グレート・ギャツビー

フィツジェラルド
大貫三郎＝訳

角川文庫
23230

目次

ニューヨーク・シティ＆ロングアイランド周辺

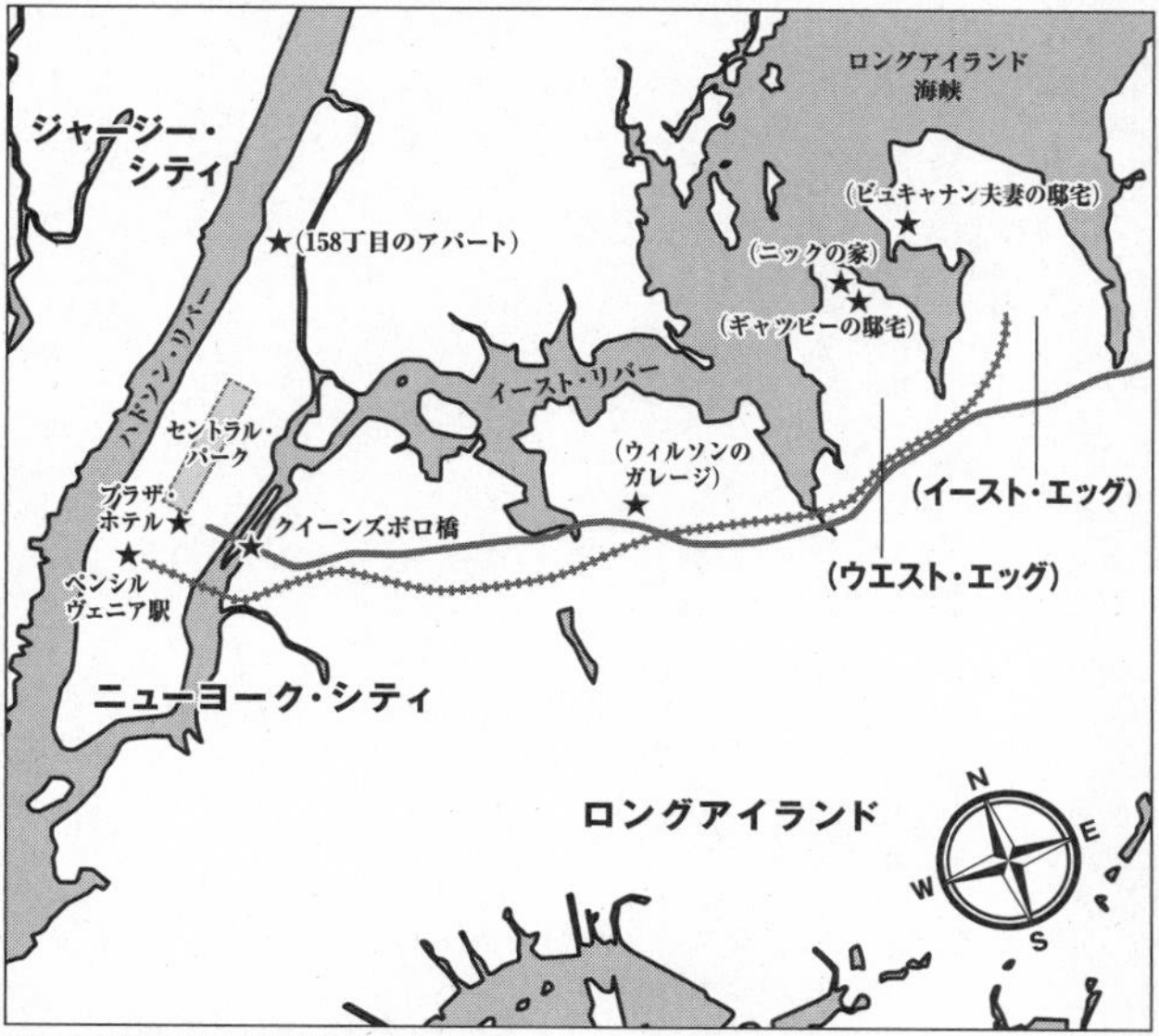

※(　)は架空につき、位置は想像

第一章

僕が今より若く心が傷つきやすい若者だった時に、父が忠告してくれたことを、その後もずっと繰りかえし考えつづけてきた。

「ひとのことをとやかく、批評したくなっても」と、父は言った。「世のなかのひとびとがみな、お前と同じようにめぐまれているわけではないんだってことを、忘れるんじゃないよ」

父はそれ以上語らなかったが、父も僕も口数がすくないわりに、いつでもおたがいの意思が、通じすぎるくらいよく通じたから、父の言ってることには、もっと深い意味があるんだろうと思った。そのため万事につけ、批評したり判断したりしないようになった。これが習慣になったお蔭《かげ》で、珍しい性格のひとにずいぶんお目にかかったし、幾人もの海千山千の鼻つまみ者からひどい目にあわされもした。僕みたいに当りまえの人間にもこんな性格があるとわかると、ひとと変った心の持ち主はすぐに嗅《か》ぎつけて、つき纏《まと》ってくる。だから大学で、あいつは策略家だ、と僕は不当にも非難されるはめになったのだが、それは誰も問題にしないような手に負えない男たちが、悲しみをこっそり話すのを黙って聞いてやったからだ。だが、ひとの信頼をえようなぞとは、ちっとも望まなかった――親しげに打ち明けられようとする秘密が、どう見ても見損いようのない徴候を示しながら、向うの地平線上にチラチラしているのがわかると、僕はよく、眠っているふりをしたり、ほかのことに気を取られているふうを装ったり、意地悪く軽薄なふるまいをしたりする。なぜかといえば、青年が親しげに打ち明ける秘密なんてものは、いや、それでなくても、打ち明けるときに使う言葉遣いなんてものは、たいていどこから盗んできたもので、抑えつけられ、歪《ゆが》められて、ほんものでないことがはっきりしているからだ。判断をさし控えることは、無限に希望を抱くことである。父が気取って婉曲《えんきょく》に言ったこと、僕も気取って繰りかえし口にしたことは、しん底からにじみでる、といった感じの礼儀作法というものは、生れつきひとによって、まちまちに授けられたもので、誰でも同じわけにはいかないということだった。うっかりそのことを忘れると、何だか箍《たが》がはずれたように、いまでもちょっと気がかりになるくらいだ。

で、こうした寛大なやりかたを自慢したけれども、寛大にもほどがあるくらいのことは、僕だって認めないわけにはいかない。行為といっても、土台に硬い岩が敷いてある、といったのもあるだろうし、土台は湿った沼地だ、といったのもあるだろう。だがある点を越えれば、土台が何だろうとそんなことはどうだっていいことだ。昨年の秋、東部から帰ってきたとき、僕は世間のひとがみんな同じ軍服を着ていて、いわば道徳という点では不動の姿勢を永久にしていてくれたらいいのになあ、と思った。さも特権があると言わんばかりに、人間の心のなかをチラチラ覗《のぞ》いたりする、騒々しい旅はもうたくさんだった。ただこの本の題名になっているギャツビー——僕が心から軽蔑《けいべつ》していたものを、一から十まで身につけていた男だが、そのギャツビーだけは例外で、僕は強く惹《ひ》きつけられた。もしうまく成功した挙動の連続が人格だといえるなら、彼の身辺には何かしら豪華なものが漂《ただよ》い、人生の途上に横たわった見込みのありそうなものには敏感に反応を示し、まるで一万マイル遠方の地震を記録する、あの複雑な器械に繋《つな》がっているみたいだった。《創造的気質》という、もったいぶった名前をつけられている、しまりのない感じやすさとは何の関係もない敏感さだ——いってみれば、あくまで希望を抱いてやまない、異常な才能だ。それはロマンチックな心構えがいちはやくできていることであって、僕の見る限り、どんなひとにも断じて見られなかったようなものだし、また二度とふたたび見られそうもないものだ。いや——結局、ギャツビーはあれでよかったのだ。中途半端に立ち消えた悲しみや、みんなが息を切らして、得意になっているさなか、僕が一時興味を失ったというのも、ギャツビーを喰《く》いものにしたものに嫌気がさしたからだ。彼が抱いていた夢の航跡に、汚い埃《ちり》が舞い上がったからなのだ。

僕の家は、三代にわたって、この中西部の都市で広く知れ渡った裕福な家だった。キャラウェイの家は、ちょっとした一族で、バクルー公爵の後裔《こうえい》だと伝えられているが、実際にわが一門を礎《きず》いたのは、祖父の兄だった。彼は一八五一年にここへ来て、南北戦争には身代り兵を送り、金物の卸商《おろししょう》を始めた。いまは父が営んでいる。

この大伯父《おおおじ》に逢《あ》ったことはないのだが、僕は彼に似ているそうだ——何となく強情だなという感じのする、父の事務室に懸《かか》っている肖像画にそっくりだという。ちょうど四分の一世紀父に遅れて、僕は一九一五年にニューヘイヴンのイェール大学を卒業した。まもなく有名な世界大戦という、チュートン民族の時代おくれの大移動に参加した。この侵略のやりとりにすっかりかまけていたので、帰還してからも落ちつかない。中西部もいまや活気づいた世界の中心ではなくて、宇宙の果てに垂れさがったぼろぼろの縁《へり》のようなものだ——そこで、東部へ行って証券の勉強をすることにした。僕の知っているひとは誰でも証券の仕事をしていたから、この仕事だったら独身者をもうひとりくらい雇ってくれるだろうと想像したのである。伯母《おば》や叔父《おじ》たちは揃《そろ》って、まるで僕のために予備校を選んでくれるような調子で相談していたが、とうとう最後に、まじめくさったためらうような顔つきで、「まあまあ——いいでしょうね」と言った。父は一年間仕送りしてくれることを承知した。いろんなことで手間どったが、一九二二年の春、僕は永住するつもりで、東部へやってきた。

実際問題として、市内に部屋を探さなければならなかったが、暖かい季節だったし、田舎《いなか》から出てきたばかりで、広々した芝生や、生い茂った樹々がなつかしかったので、事務にいる青年が、定期で通勤できる町にいっしょに家をもたないかと言いだしたときには、そいつはすばらしいぞと思った。彼は家賃八十ドルの、雨風に晒《さら》されて古くなっている、板紙造りのバンガロー風の家を見つけた。ところがいよいよというときになって、彼がワシントンに転勤になったので、僕はひとりでその田舎へ出かけて行った。犬を飼った——といったところで、二、三日飼っていたら、逃げてしまったのだが——それからダッジの中古を購《あがな》い、フィンランド人の女を雇った。彼女がベッドをつくってくれたり、朝の食事を拵《こしら》えてくれた。電気ストーヴの上にかがみこんではフィンランドの格言を呟《つぶや》いている。

一日二日は淋《さび》しかったが、ある朝、路で僕よりもあとからここへ移ってきた男に呼びとめられた。

「ウエスト・エッグ村へはどう行くんです？」彼は困ったようにたずねた。

僕は話してやった。だから歩きながら、もう淋しくなかった。おれは道案内人なんだ。未開路開拓者さ、いや、もとからの定住者だったんだ。あの男は、はからずも、隣り同士は遠慮なくつきあっていいってことを教えてくれたんだ。

だから、日光を仰いだり、樹々の葉が高速映画で大きくなるように、いっせいにさあっと大きくなるのを見ては、生が夏とともにふたたび始まったという、あのなつかしい確信が湧《わ》いたのだ。

いっぽう読むものがたくさんあったし、またいたって健康で、愉《たの》しめるものがたくさんあった。銀行経営や信用、投資証券などの本を十二冊ばかり買った。赤や金色の本は、造幣局からできてきたばかりの新しい紙幣のように、本棚に並んでいた。マイダス*やモルガン*、ミーシーナス*だけしか知らないすばらしい秘訣《ひけつ》を、そこに並んでる本がやがて解きあかしてくれるはずだった。そればかりではない、ほかの本をうんと読もうという、いとも高遠な理想をもっていた。僕は大学では少しは筆がたち——まる一年「イェール・ニュース」に、まじめくさった、しかもわかりやすい論説を書きつづけた——いままた、そうしたことを生活のなかに持ちこんで、専門家のなかでもごく限られたひと、「優雅で均斉のとれた文筆をものするひと」に、もういちどなってみたかった。といっても、ありきたりの警句を吐いたわけじゃない——ようするに、人生はただひとつの窓から眺めると、いとも容易に成功しそうにみえるものなのだ。

こともあろうに、とある北米で最も風変りな社会に家を借りてしまったわけだが、それも偶然にそうなったのだ。その家はニューヨークの真東に延びている、あの細っそりした騒々しい島ロングアイランドにあった——しかもそこには、珍しい天然現象のなかでもとりわけ珍しいふたつの地形がある。ニューヨークから二十マイルのところに、同じような輪郭をもった一対《いっつい》の大きな卵形の半島が、湾ともいえない狭い湾に申しわけ程度に隔てられているだけで、西半球でいちばん開かれた塩水域、つまりロングアイランド海峡という大きな濡《ぬ》れた納屋《なや》の前庭に転がされたように突きでている。それらはまるでコロンブスの物語にでてくる卵のように——完全な卵形ではなくて、どちらも根もとのところで、平べったく押しつぶされている——で、このふたつの自然のつくり具合が、あんまりよく似ているので、空飛ぶかもめたちはしょっちゅう驚嘆していることだろう。ところが、形と大きさ以外では、どこから見てもまるで似ていないという点こそ、空駈《か》ける翼をもたない地上のわれわれにとって、いっそう興味のある現象なのだ。

僕はウエスト・エッグに住んでいた。その——そう、ウエスト・エッグは、ふたつのうちではファッショナブルでないほうだった。もっとも、こういう言いかたは、両者の一風変った、少なからず不吉な対照を言いあらわすタッグとしては、いちばん皮相なタッグではあるのだが。で、僕の家は海峡から五十ヤードしか離れていない卵のちょうど天辺のところにあり、しかも一シーズン、一万二千ドルか一万五千ドルで貸す、ふたつの広大な屋敷の間に押しこめられていた。右手にあるのは、どの標準から見ても巨大なものだった――ノルマンディのさる市庁《オテル・ド・ヴィル》をそっくり模倣したもので、片側には伸びるがままの薄い髭《ひげ》のような蔦《つた》に覆われて、とびきり新しい塔があり、大理石の水泳プールや、四十エーカー以上の広い芝生や庭園があった。ギャツビーの邸宅だった。いや僕はミスタ・ギャツビーを知らなかったから、そういう名の紳士《しんし》が住んでいる邸宅、というべきだろう。僕のいる家といえば、目障《めざわ》りだったが、小さかったから見落されていた。だから海も眺められたし、わが隣人の芝生の一部も見ることができたし、百万長者に近いという慰めもえられたわけだ――しかもこれが月八十ドルでできることなのだ。

湾ともいえない狭い湾の向うには、ファッショナブルなイースト・エッグの白亜《はくあ》の館《やかた》が、いくつも海際にきらきらかがやいていた。僕がそこへ自動車を駆って、トム・ビュキャナン夫婦と晩餐《ばんさん》をともにした夜から、じつはその夏の出来ごとは始まるのだ。デイジーは僕のまたいとこの子供だったし、トムは大学時代の級友だった。戦争直後、シカゴで二日間彼らといっしょに暮したこともある。

彼女の夫はいろんな運動競技をやったが、特にイェール大学のフットボールの選手としては、これまでのところいちばん強いエンドだった――ある意味では国民的英雄ともいえる。二十一歳の若さで、凄《すご》く狭い門を通って優秀な地位にのし上がってしまったので、その後のことは何ごとも、とかく竜頭蛇尾に終ってしまうという、そうしたタイプの男だった。家はたいした金持ちだった――学生時代にも、湯水のように金を使うので非難されたほどだ――シカゴを去って東部へ移ってきたわけだが、その来かたがまた、あっといわせるものだった。たとえばポロ*をする小馬《ポニー》を幾頭か、レイク・フォーレスト*から連れてきていた。僕と同じ年代の男でそんなことができるほど金持ちだなんて、とうてい理解できないことだ。

彼らはなぜ東部へ来たのだろう。これという特別の理由もなく、フランスのいたるところで一年暮した。その後、金持ちが集ってポロをやっているところなら、手当り次第そそくさと渡り歩いた。今度の移転でもう一生動かないわ、とデイジーが電話で言ったが、信じられない――デイジーの心の中までは見透せなかったけれども、トムは、敗北の色濃いゲームをひっくり返せない試合に漂う、劇的な興奮を、いささかもの思いに沈みながら、永遠に求めてさまよいつづけるのだろう。

だからふと、そよ風の立ったある暖かい夕べ、イースト・エッグに車を駆って、古馴染《なじみ》を訪ねたわけだが、そのふたりのことが僕にはまるでわかっていなかったと言っていい。家は思ったより凝《こ》ったもので、派手に紅白に塗った、ジョージ王朝*植民時代風の邸宅が、湾を見おろして聳《そび》えていた。芝生は渚《なぎさ》から始まって、玄関まで四分の一マイルばかりつづいていた。芝生はその途中、日時計や、煉瓦《れんが》を敷きつめた道や、陽《ひ》に燃えた庭園を跳び越えて――最後に家のところまでくると、勢い余って、美しく色づいた蔦《つた》となって、吹き寄せられたように壁に纏《まと》いついていた。家の表側にはいくつもフランス窓が並んでいた。午後の熱い風が吹いている外に向っていいっぱいに開かれた窓は、そのとき金色に光っていた。表の玄関先に乗馬服姿のトム・ビュキャナンが、両脚を開いたまま突っ立っていた。

彼はニューヘイヴン時代とは変っていた。髪も麦稈色《むぎわらいろ》になって、いまは逞《たくま》しい三十男だ。心もち口を固く結んで、つんと澄ましこんでいた。きらきら光る傲慢《ごうまん》な眼が、顔のなかにでんと据《す》わっていたから、一見してしょっちゅう前へ、前へと貪《むさ》ぼるように乗りだしているとうけとれる。いくらにやけたハイカラな乗馬服を着ていても、もの凄《すご》い力をもった軀《からだ》を隠しきれるものではなかった――ぴかぴか光った乗馬靴が脹《ふく》らんでいて、いちばん上の紐《ひも》がピンと突っ張っていたようだ。薄い上着の下の肩が動くと、もり上がった筋肉が動くのがわかった。てこのようなもの凄い力を発揮できる軀――なさけ容赦のない、といった軀だ。

話すときの声は、突けんどんな嗄《しゃが》れたテノールで、聞いていると気むずかし屋だという印象がいっそうぴったりした。気にいったひとに向ってちょっぴり親爺が物を言う時のような軽蔑《けいべつ》した調子で、話しかける――だからニューヘイヴンでは、そうした彼のずうずうしい度胸のよさを憎んだ者が多かった。

「ところで、おれが君よりも強くって、ずっと男らしいからといって」こう彼が語っているように思われた。「おれがいろんな問題に意見を吐いたって、そいつが最終的な意見だなんて、思わないでくれよ」彼と僕は、四年生のとき同じシニアクラブに入会していたが、一度だって親しくつきあったことはない。それでも僕の存在は認めていたようだ。おれはおれらしく、厳として反抗的な態度を変えるわけにはいかない、それでもだ、何とかお前には好きになってもらいたいんだ、そう思っていたらしいという印象を、僕はいつも受けたものだった。

僕たちは陽《ひ》の当ったポーチで二、三分話した。

「ここはいい場所だぜ」そわそわしながら、眼をぎらつかせて、彼は言った。片腕を取って、僕の軀をぐるりと廻《まわ》すと、幅のひろい平べったい手を動かして、彼は表の見通しを宙になぞった。手が描いたその弧のなかには、イタリア式の沈床園、半エーカーばかり植え揃《そろ》えた、色の濃い刺《とが》った薔薇《ばら》、沖で潮を嚙《か》んでいる獅子《しし》鼻のモーターボートなどが含まれていた。

「ここは石油をやっているドメーンのものだったんだよ」やさしく、ふいに、僕の軀をまたぐるりと廻した。「なかへ入ろう」

天井《てんじょう》の高い玄関を通って行くと、明るい薔薇色の控えの間があって、その両端は、きゃしゃなフランス窓に囲まれていた。窓は少しばかり開けてあって、外のみずみずしい芝生に、白い光をキラッキラッと投げている。芝生は伸びて、少しばかり家のなかまでのしてきている感じだった。部屋を吹き抜けるそよ風に吹かれて、カーテンは、白く褪《あ》せた旗々のように、片端はなかに、片端は外に垂れさがったり、かと思うと、砂糖を白くまぶしたウェディング・ケーキさながらの天井まで、よじ登ったり、やがて、ワイン・カラーの絨毯《じゅうたん》の上をさざ波のように揺れて、風が海に影をつくるように、絨毯の上に影をつくっていた。

その部屋のなかにあるもので、じっと動かないものは、とてつもなく大きい寝椅子《いす》だけだった。若いふたりの女が、まるで繋留《けいりゅう》気球に乗っているみたいに、その上に浮きあがっていた。ふたりとも白いドレスを着ていて、家の周《まわ》りを短期飛行したあと、たったいま家のなかへ吹き戻されたところよ、といわんばかりに、そのドレスがさざ波のように揺れたり、はたはたと翻《ひるがえ》っていた。カーテンがたてる、鞭《むち》に打たれたようなぷすっという音や、壁に懸《かか》った絵の唸《うな》るような音に耳を傾けながら、僕はしばらくそこに棒立ちになっていたに相違ないのだ。そのとき、トム・ビュキャナンが後ろの窓を閉める、ばたんという音が聞こえた。そのとたん、部屋のなかを吹きぬけていた風がぴたりと鎮《しず》まったので、カーテンや、捲《ま》くれていた絨毯や、若いふたりの女が、ふわりと床の上に降りてきた。

ふたりのうち若いほうは、僕の知らない女だった。彼女は寝椅子の端いっぱいに広くなって、じっと動かなかった。顎《あご》をちょっと仰向けて、まるでいまにも落ちそうな物をその上に載せて、平均をとっているといった恰好《かっこう》だった。横眼で僕のほうを見たかもしれないが、そんなことはおくびにもださなかった――いや、僕はびっくりして、ここへやってきて邪魔をした言いわけを、おずおずと危うく呟《つぶや》くところだった。

いっぽう、デイジーは立ちあがろうとした――義理堅い、まじめな表情で、前のほうにわずかに軀《からだ》をかしげた――そしてちょっと笑った。意味もないうっとりするような笑いだった。僕も笑いながら、部屋のなかに入っていった。

「あたし幸福で、し、しびれちゃったわ」

ひどく気のきいたことを言ったみたいに、また笑った。それから僕の手をしばらく握りながら、顔を覗《のぞ》くように見あげて、こんなに逢《あ》いたかったひとって、どこにもないわよ、と言いきった。そんなのが彼女のやりかただ。彼女は小声で、そこで平均をとっている女の名前はベイカーだと、それとなく知らせてくれた。(デイジーが小声で話すのは、相手を自分のほうへひき寄せる術《て》なのさ、という噂《うわさ》を聞いたことがある。それでもそんな見当違いの批評のお蔭《かげ》で、彼女のささやくような話しぶりに、いっそう惹《ひ》きつけられる)

するとミス・ベイカーの唇が震えると、かすかに僕に向ってうなずいた。またいそいで頭をもとのようにかしげた――どうやら、平均をとっていた物がぐらついたので、びっくりしたのだ。またもや、言いわけめいたものが、僕の口から出そうになった。申し分のないほどのうぬ惚《ぼ》れの強さ、といったものを見せつけられると、いつだって、僕はぽかんとあっけにとられて、敬意を表したくなるのだ。

僕はふりかえってデイジーを見た。彼女はいろんな質問を始めたが、低いぞくぞくするような声は、思わず耳がどこまでも追い駈《か》けていくような声だ。ひとつひとつの話しぶりが、二度と演奏されない曲の調べを思わせる。顔は沈んでいたが、ぱっちりした眼もとや、さえた熱っぽい口があざやかで、愛らしい。だがそれよりも、興奮した声の調子のほうが、彼女に好意をよせたほどの男にとっては、忘れようと思っても忘れられない。歌うような調子のなかにも、ぴしっと容赦しないものがある。小声で「ねえ」という言葉。聞いていると、明るくって生き生きしたことをたったいまやり遂げたし、また明るくって生き生きしたことが、すぐそこに待っていると約束してくれているような感じがする声だ。

東部へ来る道すがら、一日シカゴに途中下車したら、十数人からよろしくとことづかってきたことを話した。

「あたしがいなくなったんで、みんな淋《さび》しがっていなくて？」有頂天になって、彼女は叫んだ。

「町中どこへ行っても侘《わび》しいな。どの車も、お葬式の花環みたいに左の後輪を黒く塗ってるし、北海岸では夜通しすすり泣きがしていたよ」

「まあ素敵！　帰りましょうよ、トム。ねえ明日よ！」すると、見当違いのことを言い添えた。

「うちの子を見てくれなきゃ駄目よ」

「そう、見たいなあ」

「いま眠ってるのよ。お年は三つよ。まだいちども見たことなかったかしら？」

「いちどもないよ」

「それじゃ、ぜひ見てやってちょうだいよ。あの子ったら——」

トム・ビュキャナンはそれまで、部屋のなかをあちこち、そわそわしながら徘徊《うろ》ついていたが、立ちどまって僕の肩に手をかけた。

「仕事は何をやってるんだね、ニック？」

「証券会社へ勤めてる」

「どこの会社で働いているの？」

僕はその名を言った。

「そんな会社、聞いたこともないな」彼はきっぱり言った。

僕はくさってしまった。

「いまにわかるよ」僕はそっけなく答えた。「東部にずっと住んでれば、いまにわかるよ」

「おう、東部に住むつもりだ、心配するなよ」と、彼は言って、デイジーをちらっと見てから、僕をふりかえって見た。何かまだほかのことを用心しているらしい。「よそで暮すなんて、ばかげたことさ」

その瞬間、ミス・ベイカーが言った。「絶対にそうよ！」あんまりだしぬけだったので、僕はびっくりした——僕が部屋に入ってきてから、彼女が最初に口をきいた言葉が、これだった。どうやら僕ばかりでなく、彼女も自分の言ったことに驚いたらしい。欠伸《あくび》をしてから、つぎつぎとすばやく巧みに身をこなして、部屋の中央に出てきたからだ。

「軀《からだ》が硬くなっちゃったわ」彼女は不平を言った。「ずいぶん長かったわ、あのソファに憩《やす》んでたことしか、覚えてないもの」

「あたしの顔見なくったっていいでしょう」と、デイジーがやり返した。「これでも昼すぎずうっと、あんたをニューヨークへ連れてってやれないかなあって、骨折ってみたのよ」

調理室からきたばかりの、四杯のカクテルに向って、ミス・ベイカーは言った。「いいえ、結構よ。あたしいま、上々のコンディションに持ちこんできてるんだから」

もてなし役のトムは、疑わしそうに彼女を見やった。

「そうなのかい！」グラスの底に一滴しかないのを呑《の》むみたいに、彼は自分のグラスをいっきに呑み干した。「君がそうやって勝ちとっていくのは、まったく驚きだよ」

僕はミス・ベイカーを見て、何を「勝ちとっていく」のだろう、と思った。彼女を見つめているのは愉《たの》しかった。細っそりした、胸の平べったい女で、若い士官候補生のように、両肩をうしろに投げかけていたので、真直ぐな姿勢がよけい目だった。彼女もまた、太陽の強い光線を避けるように灰色の目を細めて僕を見かえしたが、ひとを惹《ひ》きつけずにはおかないどことなく不満そうな蒼白《あおじろ》い顔に、うっすらと好奇心を浮かべていた。そのとき、これは前にどこかで見かけた、あるいは写真を見たことがある顔だと思った。

「ウエスト・エッグに住んでらっしゃるのね」いくぶん見下したような口調で彼女は言った。

「あそこには、知ってるひとがいるわ」

「僕はひとりも知らない——」

「でもギャツビーならご存じでしょう」

「ギャツビーですって?」と、デイジーが訊《き》きただした。「ギャツビーって、どのひとよ?」

隣りに住んでいるひとだと、答えようとしたとき、晩餐《ばんさん》の用意ができたことが告げられた。トム・ビュキャナンは硬い腕を容赦なく、僕の腕の下に当てがって、チェスの駒《こま》をべつの目に動かしでもするように、有無を言わさず僕を部屋から連れだした。若いふたりの女は、腰に軽く手を当てたまま、いかにも細っそりとした物腰で、ものうそうに、僕たちの先に立って、落日に向って開かれた、薔薇《ばら》色のポーチに上がって行った。そこでは、テーブルの上に置いてある、四本の蠟燭《ろうそく》が、おさまりかけてきた風に当って、揺らめいていた。

「何だって蠟燭なんかつけるの?」デイジーは眉《まゆ》をひそめて反対して、指でぽきぽき取ってしまった。「もうあと二週間で、一年中でいちばん日が長くなるでしょう」晴れやかな顔で、彼女は僕たちをひとりひとり見た。「一年中でいちばん日が長い日を、いつでも待っていながら、そのときになると、逃がしてしまうんじゃない？　あたしって、いつだって一年中でいちばん日が長い日を待ってるくせに、そのときになると、逃がしてしまうのよ」

「何か計画をたてなければ駄目よ」ミス・ベイカーは欠伸《あくび》をして、まるでベッドに入るような恰好《かっこう》で、テーブルに向って腰をおろした。

「よろしいわ」と、ディジーは言った。「どんな計画をたてましょう？」彼女は困ったように僕のほうを向いた。「みんなどんな計画をたてるのかしら？」

僕が答えられないでいると、彼女の眼は、畏《おそ》れに打たれたような表情をたたえて、小指にじっと注がれた。

「ほら！　あたしここを怪我《けが》したわ」と、訴えた。

僕たち誰もがそこを見やった――関節があお黒くなっていた。

「あんたがしたのよ、トム」責めるように、彼女は言った。「そりゃあんたはそんなつもりじゃなかったかも知れないけど、でもあんたがや
ったのよ。これも獣のような人間と結婚したお蔭《かげ》だわ。大きな、ずうたいを持てあましてる肉体の見本と結婚した――」

「ずうたいを持てあますなんて言葉は、嫌いだな、たとえ冗談にしたって」トムはむっとして抗議した。

「ずうたいを持てあます、よ」ディジーは強情に言った。

ときどき彼女とミス・ベイカーが、いっぺんに話しだした。しかし彼女たちが話すことも、控え目な冗談まじりの見当違いの話だったので、それはお喋《しゃべ》りとはいえないものだった。着て

いるその白いドレスのように、また、欲望なんてものの影もかたちもない個性の抜けたような彼女たちの眼のように、冷やかで、落ちついた話しぶりだった。ここにいて、トムや僕を嫌がりもせずに受けいれ、ていねいで、見ていて気持のいいくらい気を遣って、もてなしたり、もてなされたりしている。やがて晩餐《ばんさん》もすむだろう、そのうち、日も暮れるだろう。そうすれば偶然のように片がつくだろうと、彼女たちはちゃんとご存じだ。西部とは大変な違いだ。向うでは、夕暮が終末に向って刻一刻急いでゆくと、はらはらしたり、がっかりしたりしながら、じっとみんなで見送っている。そうでなければ、日が暮れるその瞬間を、いらいらと怖《おそ》れの念を抱きながら見送っているのが西部だ。

「ねえデイジー、君といっしょにいると、僕は自分が、まるで教養のない人間だって気がしてくるよ」僕はコルク臭いけれども、わりとのどにしみるクラレットの二杯目を飲みながら、本音を吐いた。「収穫だの何だのっていう、田舎《いなか》の話はできないのかい？」

こう言ったからとて、特別な意味があったわけではないが、話は思いがけない方向に取りあげられた。

「文明ってやつは瓦解しているんだよ」トムがだしぬけに、激しい語調で言いだした。「僕はひどい悲観論者になっちゃったよ。このゴダードという男の書いた『有色人帝国の興隆』っていう本を読んだかね？」

「いや、読んでない」彼の激しい調子にびっくりしながら、僕は答えた。

「うん、立派な本だよ。みんな読むべきだね。言ってることはこうなんだ、つまり用心しないと、白人ってものは――そう、白人は完全に没《ぼっ》しちまうだろうって言うんだ。この本は、一から十まで科学的に書かれてるしろものなんだ。論証してあるんだ」

「トムはとても学識があるのよ」うっかり悲しそうな表情をしながら、デイジーは言った。「長い言葉のまじった、深遠なご本を読むのよ。あの言葉は何という言葉だったかしら、あたしたちが――」

「そうだな、こういう本はどれも科学的だよ」と、トムは言い張って、いらいらしたように彼女のほうをちらっと見た。「この男はしっかり検証して書きあげたんだよ。用心することこそが、いま支配的な人種たるわれわれに、義務として課せられているんだ。さもないと、ほかの人種が、いっさいを支配するようになるだろうさ」

「ほかの人種は打倒しなければならない」と、デイジーは言って、燃えるような赤い太陽に向って眼をしばたたいた。

「あんたたちカリフォルニアに住んだら、きっといいわ――」ミス・ベイカーが話し始めたが、トムが椅子《いす》のなかでどさりと軀《からだ》の位置を変えて、彼女を遮《さえぎ》った。

「言ってることは、われわれが北欧人種《ノーディックス》*であるということなんだ。僕がそうだ、あんたがそう、君がそう、それから――」一瞬、ためらっていたが、軽くうなずいて、デイジーをそのなかに加えた。すると、彼女はまた僕に眼くばせした。「――それにだね、文明を形成するうえに役だったものは、みんなわれわれが生みだしたんだ――そうだ、科学や芸術、それからまあそういうふうなものすべてだ。わかるだろう？」

彼の熱中ぶりには、何かしらあわれを誘うものがあった。前よりもさらに激しくなった自己満足も、もはや彼にとっては不充分のようだった。と、たちまち部屋で電話が鳴り、執事がポーチを離れると、ディジーは束《つか》の間《ま》、中断された機会をすかさずつかんで、僕のほうに身をかがめた。

「家の秘密をお話しするわ」と、やっきになってささやいた。「それは執事の鼻のことなのよ。執事の鼻のこと、お聞きになりたい？」

「そうだね、そのために今夜、はるばるとやってきた、というもんだろうね」

「それでね、もとは執事じゃなかったのよ。ニューヨークで、二百人分の銀食器をかかえてるお店で、銀磨きをしていたの。朝から晩まで磨かなくちゃいけないでしょう。だから、しまいに鼻に障《さわ》り始めたってわけ――」

「事態はだんだん悪くなってきました」と、ミス・ベイカーがさりげなく言った。

「そうなの。事態はだんだん悪くなってきて、とうとうその仕事を諦《あきら》めなければならなくなったの」

その一瞬、まさに暮れようとする陽《ひ》の光が、ロマンチックなやさしさをたたえながら、熱した彼女の顔に落ちかかった。彼女の声を聞いていると、僕は思わず息をつめて、前へ乗りださないではいられなかった――やがてその光は消えてしまった。一刻一刻の光が、名残惜しそうにためらいながら、彼女から離れた。その光は、夕暮に愉《たの》しい街路を去って、しぶしぶ家へ帰る子供たちのようだった。

執事が戻ってきて、トムの耳もとにぴたり口をつけて、何ごとかささやいた。すると、トムは顔をしかめて椅子《いす》を押しのけ、ひとことも言わずになかへ入って行った。彼がいなくなったことが、デイジーの心のなかの何かをはやめさせたのか、また前へ乗りだして、熱っぽい、歌うような声で話しだした。

「うちのテーブルであんたに逢《あ》うなんて、すばらしいわね、ニック。あんたを見てると、憶《おも》いだすわよ。その――薔薇《ばら》をね、生粋の薔薇を憶いだすわよ。ねえ、そうじゃないこと?」ミス・ベイカーのほうをふり向いて、確かめた。「生粋の薔薇に似てるわね、このひと?」

そんなことは嘘《うそ》だ。僕が薔薇に似ているなんて、まるで違う。彼女はただ即興的に喋《しゃべ》っていただけだ。だが、ひとを感動させずにはおかないあたたかさが、彼女から溢《あふ》れていた。あのはっと息をつめて、わくわくしながら聴く言葉のなかに隠れながら、彼女の心臓が、聴くひとのところまでやってくるような気がする。すると、いきなりナプキンをテーブルの上に投げだして、「失礼するわ」と言って、家へ入ってしまった。

ミス・ベイカーと僕は、つとめて意味のない眼ざしをちらと交した。僕が話そうとすると、彼女はひとを寄せつけないような、しゃんとした姿勢をとって、制するように「しッ!」と言った。たかぶる声を押し殺した小声で、やりとりしているのが、向うの部屋から聞えてくる。すると、ミス・ベイカーは、恥ずかしげもなく前へ乗りだして、聞きとろうとした。ささやきは震えて、いまにもちゃんとつづいた話し声になりそうだ、と思うまもなく、低く沈み、また興奮して高くなり、やがてパッタリやんだ。

「あなたが言ったギャツビーさんていうのは、僕の隣りに住んでるひとです——」と、僕は始めた。

「お話しにならないで。どうなるか聞いていたいわ」

「何かあるんですか?」僕は何の気なしにたずねた。

「あなたご存じないって、おっしゃるつもり?」ミス・ベイカーは、心から驚いて言った。

「誰でも知ってると思ってたわ」

「知らんですよ」

「まあ——」彼女はためらいながら言った。「トムはニューヨークに女がいるの」

「女がいる、だって?」僕はうつけたように、鸚鵡《おうむ》がえしに言った。

ミス・ベイカーはうなずいた。

「せめて夕飯のときくらい、電話なんかかけてこないだけの慎《つつし》みは、あってもよさそうなのにね。そうお思いにならない?」

彼女の言った意味を解しかねていると、はためくドレスの音と、ざくざくいう皮革の長靴の音がして、トムとデイジーが、テーブルに戻った。

「どうしようもないわよ、それは!」と叫んだデイジーは不自然なほどはしゃいでいた。

彼女は腰をおろして、最初ミス・ベイカーを、それから僕を、探ぐるようにちらっと見てから、言葉をつづけた。「ちょっと外を見ていたのよ。外はとてもロマンチックよ。キュナード汽船会社か、白星汽船会社の船で、はるばるやってきた夜鶯《ナイチンゲール》だと思うの、小鳥が一羽芝生にいたわ。それが鳴きながら飛んで行ったわ――」彼女の声は歌声のようだった。「ロマンチックじゃなくて、ねえトム？」

「とてもロマンチックだよ」と、彼は言い、それから僕に向って、みじめそうに言った。「晩餐《ばんさん》がすんでもまだ明るかったら、厩舎《うまや》に案内しよう」

家のなかで、電話がけたたましく鳴った。デイジーがトムに向って、きっぱり頭を横に振ってみせたので、厩舎の話は、いやそれどころか、どんな話題もふっ飛んでしまった。テーブルで最後の五分間に起った、ちぎれちぎれの断片的な出来ごとのなかで、僕が覚えているのは、蠟燭《ろうそく》がこれといった意味もなく、ふたたび点《とも》されたことだ。僕はみんながどんな顔をしているか、まともに見てやろうと思ったが、さりとていっぽうでは、誰とも視線を合せたくないという気もした。当事者のトムやデイジーが、何を考えてるのか、そいつを推測するのはむずかしい。第三者のミス・ベイカーは、頑固に頭を擡《もた》げてくる懐疑心を、やっと抑えつけることができたらしい。それでも、さし迫った用事があるとばかりに、金属的なかん高い音をたてた、この第五のお客のことを、ぜんぜん気にかけずにいられたかどうか疑わしい。ある種の気質をもったひとからみれば、この場のありさまに興味を唆《そそ》られたかもしれない――僕はといえば、本能的にすぐ警察に、電話をかけようと思ったほどだ。

馬のことはもちろん話題にのぼらなかった。トムとミス・ベイカーは黄昏《たそがれ》のなかを、たがいに五、六フィート離れたまま、書斎のほうへぶらぶら戻って行った。まるで、触わろうと思えば、自由に触われる死体の傍へ、不寝番に立ちに行く、といった恰好《かっこう》だった。いっぽう、僕は面白くってたまらないというふうに見せかけたり、少しばかり耳が悪くて、何も聞かなかったふりをして、表のポーチにつづいた長いヴェランダを廻って、デイジーのあとからついて行った。奥深いうす暗闇《くらやみ》のなかで、僕たちは柳細工の長椅子に並んで腰をおろした。

デイジーは両手を顔にもっていった。まるで愛くるしい顔の輪郭を確かめているみたいだった。視線は次第に動いていって、ビロードのような肌ざわりの黄昏に向って注がれた。彼女がいろんな感情にとり憑《つ》かれているのが、僕にもわかった。だから、幼い娘のことで、これなら彼女の心を惹《ひ》きつけるだろうと当てこんだ質問をしてみた。

「あたしたち、おたがいにあんまりよく知らないわね、ニック」彼女はいきなり言った。「これでもいとこかしら。あたしの結婚にもきてくれなかったわ」

「戦争からまだ還《かえ》っていなかったもの」

「その通りね」彼女はためらった。「あのね、あたしずいぶんひどい目にあってきたのよ、ニック。だからどんなことだって信じないわ」

彼女がそう思うようになったのも、当然すぎるほど当然だ。僕は待っていたが、彼女はそれ以上語らない。しばらくしてから、恐る恐る娘のことに話題を変えてみた。

「きっともう喋《しゃべ》るだろうね、それから――喰《た》べたり、何でもするんだろうね」

「ええ、そうよ」彼女はぼんやり僕を見た。「ねえ、ニック。あの子が生れたとき、あたしなんて言ったか、お話ししましょうか。お聞きになりたい？」

「うん、ぜひ聞きたいね」

「それをお話しすれば、わかってもらえるわ、あたしがどんな感じをもつようになったか――いろんなことについてよ。あのね、生れて一時間も経《た》たないのに、トムったらどこへ行ったか、まるっきりわからないの。麻酔から醒《さ》めたときは、まるで捨てばちな気持。すぐ看護婦に男か女かきいたわ。女だって教えてくれたの。だから、あたし顔をそむけて泣いちゃったわ。言ってやったの、『結構です。女でよかったわ。どうかお馬鹿さんでありますように――可愛いお馬鹿さんになるのが、女のいちばんの幸福なのよ』って」

「ねえ、とにかく何もかもすさまじいと思うわ」彼女は確信をもってつづけた。「誰だってそう思ってるのよ――いちばん進歩的なひとたちだってそうよ。あたし知ってるんですから。どこへだって行ってみたし、何だって見たし、何でもやってみたわ」眼がトムの眼のようにぎらぎら光って、反抗的にあたりを見まわした。そして、思わずぞっとするほど嘲笑《あざわら》った。「すれっからしなのよ――そうよ、あたしって、すれっからしなのよ!」

彼女の声がとぎれて、僕の注意を無理にも惹《ひ》こうとしたり、無理にも信じこませようとする気配がなくなると、とたんに、彼女の言ったことには、根本的な不誠実の響きがあると感じられて、僕は不安になった。今宵の一から十までが、助けになったり、役にたつような感情を、僕から強請《ねだ》るために設けた、一種のトリックではなかったのか。僕は待ってみた。するとどうだろう。たちまち彼女は愛らしい顔に紛れもない作り笑いを浮かべて、僕を見たではないか。まるで彼女やトムが属しているかなり名の知れた秘密社会の一員であることを、彼女は確認しているかのようだった。

なかでは、深紅色の壁を張った部屋に、ぼんやり灯《あかり》が点《とも》っていた。トムとミス・ベイカーが、長い寝椅子《いす》の両端に腰をおろして、彼女が「サタデー・イヴニング・ポスト」を大声で読んでやっていた――言葉はさらさらと、ひとつひとつが紛れないで、全体がなだめるような調子でつづいた。ランプの灯は、彼の乗馬靴には明るく光り、秋の黄色い木の葉色の彼女の髪にはぼんやりと映り、細っそりした両腕を動かしてページを繰るとき、紙面にキラキラ光った。

僕たちが入ってくると、彼女は片手を挙げて、ちょっと黙っていてね、と合図した。

「すぐ次号に」テーブルの上に雑誌をぽいと投げながら言った。「つづく」

彼女は膝《ひざ》をそわそわ動かして、自分の体を持てあましていたが、やがて立ちあがった。

「もう十時だわ」時計を見るかのように天井を仰いで、彼女は言った。「あたしのようないい娘《こ》はお寝んねする時間よ」

「ジョーダンは明日、はるばるウエストチェスターまで行って、ゴルフのトーナメントに出るのよ」と、デイジーが説明してくれた。

「ああ――君はジョーダン・ベイカーですか」

彼女の顔をどこかで見たような気がした、そのわけがわかった――あの、好ましいがちょっとひとを軽蔑《けいべつ》したような表情は、アッシヴィルやホット・スプリングズやパーム・ビーチなどで行なわれるスポーツの試合のようすを撮《と》った、たくさんのグラヴィア写真のなかで、すでに見かけていたのだ。それから、彼女にまつわる何やら不愉快な話も聞いていたが、どんな話だったかはとっくに忘れてしまった。

「おやすみなさい」彼女はやさしく言った。「八時に起してちょうだい、よくって？」

「起きるかしら」

「起きるわよ。おやすみなさい、キャラウェイさん。そのうちまたね」

「もちろんそうよ」ディジーは請《う》け合うように言った。「ほんとにあたし縁談をまとめようと思ってるのよ。ときどきいらっしゃいよ、ニック。なんて言ったらいいかしら——あら、そうよ——あんたたちをいっしょにほうりだしてみるのよ。ねえ——リンネルをしまっておく戸棚かなんかに入れてさ、錠をかけて、そのままボートに乗せて海へ押しだすのよ。まあそういったふうないろんなことやるわ——」

「おやすみなさい」ミス・ベイカーは階段から呼びかけた。「あたしひとことも聞えませんでしたよ」

「いい娘《こ》だ」しばらくしてトムは言った。「こんなふうに田舎《いなか》なんか飛びまわらせておいちゃいけないんだ」

「誰がそうさせちゃいけないの？」と、ディジーは冷やかにきいた。

「家の者がさ」

「家の者って、まるで年老《と》っちゃった伯母《おば》さんがひとりいるっきりじゃないの。それに、これからはニックが面倒見てくれるわ。そうでしょう、ニック？　彼女この夏は、週末はここで暮すのよ。家庭的な感化っていうものが、とても役にたつだろうと思うの」

デイジーとトムは、一瞬、黙ったままたがいに顔を見合っていた。

「ニューヨークのひと？」僕はいそいできいた。

「ルイヴィルよ。汚れを知らない少女時代を、あたしたちそこでいっしょにすごしたのよ。美しい汚れを知らない――」

「ヴェランダへ行って、ニックに打明け話をしたのかい？」トムはいきなり訊《き》きただした。

「したかしら？」彼女は僕を見た。「あたし覚えていそうもないわ。でも北欧人種のことは、話合ったように思うわ。ええ、そうよ、確かにそうよ。何とはなしに、その話があたしたちのところまで忍び寄ってきたのね。それに第一ねえ――」

「どんなこと聞いたか知らんが、ほんとにするんじゃないよ、ニック」彼は忠告するように僕に言った。

何も聞かなかった、と僕はあっさり言った。二、三分して、家へ帰るつもりで、立ちあがった。ふたりは外の扉《とびら》のところまで送ってきて、方形に光がさしている明るいところに並んで立った。エンジンをかけたとき、デイジーが有無を言わさぬ調子で、「待ってよ！」と、声をかけた。

「きくの忘れたわ。大事なことよ。あんた西部で婚約したそうね」

「そうそう、婚約したそうだね」トムはやさしく、うそとは言わせない、と言わんばかりの口調で言った。

「そりゃひどい。僕なんか貧乏で駄目さ」

「でも聞いたのよ」デイジーは言い張った。また華《はな》やかな言葉をふり撒《ま》いて、ずけずけ喋《しゃべ》りだしたので、僕はびっくりした。「二人から聞いたんですもの、ほんとだわ」

むろんふたりが言っていることはわかっていたが、それとなく婚約したことさえなかった。事実、結婚の予告が噂《うわさ》にのぼったので、それをひとつの理由に、僕は東部へ来たのだ。噂がたったからと言って、幼なじみと交際を絶つわけにはいかないし、さればといって、噂のとおり結婚するつもりはなかった。

ふたりがそんなことにまで関心をもっていてくれたので、僕はかなり感動した。彼らは足もとにも及ばない金持ちだというひけ目のようなものも薄れたような気がした――それでも、僕は自動車を走らせながら、頭が混乱し、多少うんざりしていた。デイジーがするべきことは、子供を両腕にしかと抱えて、家を飛びだすことだ――しかし、どうやらそんなことは考えてもいないようだ。トムはどうかと言えば、「ニューヨークに女がいる」という事実だって、実際はさほど驚くべきことではなく、本を読んで憂鬱《ゆううつ》になったことのほうが、むしろ驚くべきことだった。何かのせいで、古めかしい思想の一端を嚙《かじ》っていたのだ。恐らく、わがままいっぱいにふるまう逞《たくま》しい肉体の力では、ちょっとやそっとのことでは満足しない精神を、もう養いきれなくなったからだろう。

路傍の家々の屋根のあたりにも、道に面したガレージの前にも、すでに夏が深まっていた。あちこちに据《す》えられた、ま新しい赤い色のガソリンポンプが、灯のさす輪のなかに浸《ひた》って、いつまでもじっと突っ立っている。ウエスト・エッグの家に着いてから、自動車置場に車を置き、庭にうち捨てられてあった草ならし機の上にしばらく腰をおろした。吹き捲《まく》っていた風はやんで、喧《や》かましい明るい月夜となった。木立では鳥が羽搏《はばた》き、大地の力強いふいごに吹かれたような蛙《かえる》——ぴちぴちといのちが脈打っている蛙が鳴くと、オルガンをつづけざまに弾いているようだ。猫が動いて、影法師が月光を横ぎって揺らめいた。猫をよく見ようと思ってふり向くと、そこにいるのは僕ひとりきりではなかった——五十フィート向うのところに、隣りの邸宅の蔭《かげ》から、人影が現れて、ポケットに両手を突っ込んで立ったまま、銀色の胡椒《こしょう》をふり撒《ま》いたような星々を眺めていた。何となくゆったりした物腰といい、芝生をしっかと踏みしめた足くばりといい、どうやらほかならぬミスタ・ギャッツビーらしかった。このウエスト・エッグの、われらの空を見あげて、自分の領分の空はどこからどこまでか、見定めに出てきたのだろうか。

よし、声をかけてみよう。晩餐《ばんさん》のときミス・ベイカーが彼のことを言っていたが、これが話のきっかけにいいだろう。だが実際は声をかけなかった。ひとりぼっちでいいんだ、といきなり彼がそれとなく知らせて寄こしたからだ——つまり、暗い海に向って、変なふうに彼は両腕を伸ばした。僕は離れていたのだが、誓ってもいい、彼は震えていたのだ。思わず僕も海のほうに視線を投げた——だが、桟橋《さんばし》の突端なのだろう、小さく遥《はる》か遠くに、ぽつり緑の灯火があるだけで、ほかには何も見わけられなかった。もういちどギャッツビーのほうを見ると、彼の姿はもうそこになく、僕はまたひとり、騒々しい闇《やみ》のなかに取り残された。

第二章

ウエスト・エッグとニューヨークのほぼ中間に、まるで広い荒地を避けるかのように、いきなり車道と鉄道が合して四分の一マイルほど並んで走っている場所がある。それは灰の谷で——山の背や丘やグロテスクな庭に、灰が麦のように生《は》えている異様な農場である。そこでは家といい、煙突といい、立ち上る煙まで、灰で包まれている。それればかりではない、ずいぶんと及びもつかない努力の賜物《たまもの》だと思うが、灰色の人間の形まで、灰でできていると言っていいくらいだ。彼らはぼんやりと動いているが、粉の立ちこめる空気のなかにいるから、もうすでに粉みたいになっている。ときおり、一列に繋《つなが》った灰色の車が、見えない軌道をのろのろやってきて、身の毛のよだつようなキーという音をたててとまる。するとたちまち灰色の男たちが、鉛色の鋤《すき》を持って寄ってくる。見透しもきかないほど、灰の雲を掻《か》きたてるので、朦朧《もうろう》として彼らの作業も隠れてしまう。

だがまもなく、その灰色の土地の上のほうに——灰が休みなしに漂《ただよ》い、もくもくと吹きさらされている上のほうに、T・J・エクルバーグ博士の眼が、ぬっと出ているのに気がつく。T・J・エクルバーグ博士の眼は、碧《あお》くて巨大である——網膜の高さが一ヤードもある。顔はないが、そのかわりとてつもなく大きな黄色い眼鏡越しにこっちを見ている。眼鏡はそこにはない鼻にかかっている恰好《かっこう》である。きっとクイーンズ区で流行《はや》らせようとした、気紛れで剽軽《ひょうきん》者の眼医者が、そこに据《す》えたものだろう。そうするうちに、ご本人が永久に眼を閉じて御陀仏《おだぶつ》になったか、それとも、この眼のことなんか忘れて、よそへ引っ越してしまったのだろう。長いことペンキを塗らないから、雨風に晒《さら》されてかすれてきたが、それでもしかつめらしい灰の粉山の上で、じっと考えこんでいるようだ。

濁《にご》って汚ない小川が、灰の谷の片側を区切っている。で、跳橋《はねばし》が上がって、はしけが通過するときには、それを待っている列車の乗客は、なんと三十分間もその陰鬱《いんうつ》な光景にうっとり見とれていられるわけだ。いつもそこでは最低一分間は停止する。そのために、僕はトム・ビュキャナンの情婦に初めてお目にかかったのだ。

彼を知っているところへ行くと、いたるところで、あいつに女がいるのはほんとだよ、と断言する。事実、女を連れて大衆食堂に現れ、女を席に残したまま、ぶらつき廻《まわ》って、知っている者なら誰彼なしに、つかまえてお喋《しゃべ》りしたりするのを、彼の知人はみな憤慨していた。僕はもの好きに女を見たいとは思ったが、わざわざ逢《あ》ってみたいという気はなかった――ところが逢ったのだ。とある日の午後、僕はトムといっしょに汽車でニューヨークへ出かけた。で、灰の山の傍で停車すると、彼はいきなり立ちあがって、僕の肘《ひじ》をつかんで、文字通り無理やり列車から降ろした。

「降りるんだよ、おい」彼は言い張った。「僕の彼女に逢ってほしいんだ」

彼は昼めしをしこたま詰めこんだのだろう。それで、僕をいっしょに連れて行こうと思いたつと、そのためには暴力も振るいかねなかった。日曜日の午後だというのに、べつにいいこともないんだろう、とひとを喰《く》った臆測《おくそく》をしたに違いない。

僕は彼のあとに従《つ》いて、水漆喰《しっくい》を塗った鉄道の柵《さく》を越えた。エクルバーグ博士が上から、じっと眼を据えている路を、百ヤードあと戻りした。そこで見える建物は、ただ黄色い煉瓦《れんが》造りの小さい一棟のビルディングだけで、荒地の端に建っていた。この建物は荒地をひきたてる、いわばこぢんまりした典型的な一画をなしていたが、しかし全然無きに等しいものだった。その建物にある三軒の店のうち、一軒は貸家になっている。もう一軒は、灰を運ぶ路がすぐ近くまできている、終夜開店のレストランだ。三軒目がガレージだった――修理。ジョージ・B・ウィルソン。自動車売買。――で、僕は彼につづいてなかに入った。

なかは不景気そうにがらんとしていた。眼につく車はただ一台、塵《ちり》の溜《たま》ったフォードの残骸《ざんがい》で、それが薄暗い隅に、うずくまっていた。ガレージがこんなふうに暗いのが日除《ひよ》けの役割をして、じつは立派な、ロマンチックな部屋が、頭の上に隠されているんじゃないか、そんな気がした。すると、そのとき当の経営主が、機械を掃除する屑毛《くずげ》で両手を拭《ふ》きながら、事務室の扉口《とびらぐち》に姿を現した。髪は薄い鳶色《とびいろ》で、貧血症の無気力そうな男で、かすかに好男子の面影をとどめていた。うるんだ、ほのかな希望の光が、薄碧《うすあお》い眼に光った。

「よおー、ウィルソン親爺」トムは言って、快活に肩を叩《たた》いた。「景気はどうだい?」

「文句を言うわけにもいかないし」と、ウィルソンは不服そうに答えた。「あの車いつ売ってくれますね？」

「来週だな。いまうちの者に手を入れさせてるんだよ」

「仕事っぷりがのろかぁないかね？」

「いや、そんなことはないさ」トムは冷淡に言った。「そんなふうに思ってるんだったら、まあ結局よそへ売ったほうがいいかな」

「そういう意味じゃないんでさ」ウィルソンは慌てて弁解した。「ただちょっとその――」

その声は消えてしまった。トムはもどかしそうにガレージをちらっと見まわした。すると、階段に足音がしたかと思うと、すぐに厚ぼったい女が姿を現し、そこに立ちふさがって、事務室の扉口からさしてくる光を遮《さえぎ》った。年は三十五、六で、肥《ふと》り気味だったが、ある種の女だけにできるあの、軀《からだ》のこなしが官能的だった。紺のクレープデシンの、しみのついたドレスの上に鎮座した顔には、美貌《びぼう》の相もきらめきもなかったが、軀中の神経が絶えまなしに鬱積《うっせき》しているみたいに、軀に生気があふれているのがすぐに見てとれた。にっこりと微笑《ほほえ》んで、そこに立っている夫なんか、まるで幽霊だとでも思っているのか、傍を通り抜けて、トムの生き生きと燃えた眼をじっと見つめながら、握手した。やがて唇を濡《ぬ》らして、ふり向きもしないで、やさしい耳触りな声で、夫に話しかけた。

「椅子《いす》を持ってらっしゃいよ、ねえ。お客さんが坐《すわ》れるじゃないの」

「ああ、そうだったな」ウィルソンはそそくさと応じて、セメント色の壁にすぐつづいた、小さい事務室のほうへ行った。灰の山の近所にあるものは、何から何まで白い灰ぼこりを被《か》ぶっていたが、彼の黒っぽい服や、薄い色の髪にもかかっていた——ただ細君だけにはかかっていなかったが、その細君はトムに近寄った。

「逢《あ》いたいんだ」トムは熱心に言った。「今度の汽車に乗るんだよ」

「ええいいわ」

「下のほうのホームの新聞売店の傍で逢おう」

彼女はうなずいた。そしてジョージ・ウィルソンが椅子を二脚持って、事務室の扉口に現れると、すぐにトムから離れた。

僕たちは路を向うへ行った見えないところで、彼女を待った。その日は独立記念日の二、三日前だったので、髪は灰色の、瘠《や》せこけたイタリア系の少年が、かんしゃく玉を線路づたいに、一列に並べて仕掛けていた。

「ひどい所じゃないか」トムは言って、エクルバーグ博士と睨《にら》めっこした。

「凄《すご》い所だ」

「だから出かけたほうが彼女のためだよ」

「亭主は文句を言わないのかい？」

「ウィルソンがかい？　ニューヨークの妹に逢いに行くんだと思ってるさ。ひどいのろまで、自分が生きてるのかどうかも知らないくらいの男だ」

こうしてトム・ビュキャナンと女と僕は、いっしょにニューヨークへ行った——いや、必ずしもいっしょだったわけじゃない。ウィルソンの細君が気をきかせて、べつの車輛《しゃりょう》に乗ったからだ。イースト・エッグのひとたちが、汽車に乗っているかもしれない。彼らの思惑を気にする程度のへり下だった気持は、トムにもあったのだ。

彼女は茶の模様のついた、モスリンのドレスに着替えていたが、ニューヨークの駅のプラットホームに降りるとき、トムが手を貸すと、その服はやや幅広の臀《しり》にピッタリ付いて伸びた。新聞売店で、彼女は「タウン・タトル」一部と映画雑誌を買った。そして駅のドラッグストアで、コールドクリームと、香水の小壜《こびん》を買った。階上の、車の音がいかめしく響き渡っている車道に出てから、彼女はタクシーを四台やりすごしたのち、内部を灰色の革で張った、ラヴェンダー色の新車を選んだ。それに乗って、大きな駅の建物を出て、燃えるような陽《ひ》のさす街頭へ滑って行った。ところがたちまち、彼女はぐいと前に乗りだして、運転席と後部座席をへだてるガラスをコツコツ叩《たた》いた。

「ああいう犬が一匹ほしいわ」彼女は本気で言った。「アパートにほしいのよ。飼うの素敵だわ——犬をさ」

滑稽《こっけい》なほどジョン・ディ・ロックフェラーに似ている、白髪の老人のところまで、僕たちは車をバックさせた。頸《くび》からぶらさがった籠《かご》には、種類のはっきりしない、生れたての仔犬《こいぬ》が十数匹縮こまっている。

「何種なの、それ?」老人がタクシーの窓へ寄ってくると、ウィルソンの細君が熱心にたずねた。

「何でもございますよ。何種がよろしゅうございましょう、奥さん?」

「ほらあの警察犬みたいな犬がほしいわ。いないわよね？」男は疑わしそうに籠を覗《のぞ》いて、片手を突っ込むと、一匹頸筋をつかんで、あがくのをひきずり出した。

「そりゃ警察犬じゃないよ」トムが言った。

「そうですな、警さつ犬とは少うし違いますな」と、男は失望を声にあらわしながら、言った。「エアデールに近いでしょうな」彼は茶色の手拭《てぬぐい》のような、犬の背中の毛並を撫《な》でた。「この毛をご覧なさい。たいした毛ですぜ。これがあるから風邪《かぜ》をひいて心配かけるようなことはありませんよ」

「あたし可愛いと思う。いくらなの？」ウィルソンの細君は夢中になって言った。

「これですかい？」男は惚《ほ》れ惚《ぼ》れとその犬を見やった。「これなら十ドルですな」

そのエアデールは——むろんどことなくエアデールらしいところはあったが、足がびっくりするほど白かった——持ち主が替って、ウィルソンの細君の膝《ひざ》におさまった。彼女は膝の上の、その防寒コートのような毛を、有頂天になって撫でまわした。

「男の子かしら、女の子かしら？」彼女は婉曲《えんきょく》にきいた。

「これですかね？　男の子ですよ」

「牝《めす》だよ」と、トムはきっぱり言った。「ほらお金。それでもう十四仕入れるといいさ」

僕たちは五番街までタクシーを走らせた。暖かく爽快《そうかい》で、牧歌的といっていい、夏の日曜日の午後だった。羊の大群がそこの街角を曲るのを見かけたとしても、さして不思議はなかったろう。

「ストップ。ここで君たちとお別れしなきゃいけない」と、僕は言った。

「いやいや、それは駄目だよ」トムはいそいで言葉を挟《はさ》んだ。「アパートまで来ないと、マートルが気を悪くするよ。そうだろう、マートル？」

「いらっしゃいよ」彼女は僕の気を惹《ひ》くように言った。「妹のキャサリンに電話するわ。とても美人だっていわれてんのよ、あの子を知ってるほどのひとはみんなそう言うのよ」

「そうだな、行きたいけど、でも――」

僕たちは車を止めずに、セントラル・パークを抜けて、またウエストサイドに戻り、百丁目のさらに北へ向った。百五十八丁目の、何軒ものアパートが長い白いケーキのように並んでいる、その一かけらのところで、タクシーは止まった。ウィルソンの細君は、王妃がご帰館なさったときに、あたりをご覧になるときの思い入れよろしく、隣り近所に視線を向けてから、犬やほかの買物を掻《か》き集めて、つんとしてなかへ入った。

「マッキーさんたちに来てもらうわ」昇ってゆくエレベーターのなかで、彼女は宣告するみたいに言った。「それからもちろん、妹にも電話するわよ」

そのアパートは最上階にあった――小さい居間に小さい食堂、小さい寝室に浴室。居間には不釣合に大きすぎる綴織《つづれおり》で飾りたてた家具一式が、扉口《とびらぐち》のところまで犇《ひし》めいていた。だから部屋のなかを歩くたびに、綴織に描いてある、ヴェルサイユの庭園で淑女たちが腰をふりふり闊《かっ》歩《ぽ》している光景のなかに、どうしても躓《つまず》いてしまう。壁に一枚だけ懸《か》けてある写真は、引き伸しすぎたやつで、ちょっと見ると、ぼやけて写った岩に牝鶏《めんどり》がとまっているように見える。だが、ちょうどいい距離をとって眺めると、その牝鶏はボンネットとなり、肥《ふと》った老婦人の顔が、部屋に向って晴やかに微笑《ほほえ》んでいた。「タウン・タトル」の古いのが五、六部と、『ペテロと呼ばれたシモン』と、幾冊かの小型のブロードウェイのスキャンダル・マガジンが、いっしょにテーブルの上に置いてあった。初めのうち、ウィルソンの細君は、犬の相手になっていた。エレベーターボーイはしぶしぶ藁《わら》の一杯詰った箱と牛乳を取りに行った。彼はそのうえ、自分で気をきかせて、大きい硬いドッグ・ビスケットをひと缶《かん》、べつに持ってきた——ひとつ牛乳の皿のなかに投げ込まれたビスケットは、午後いっぱいかかって、つまらなそうに溶けてしまった。そうしているあいだに、トムは鍵《かぎ》のかかった簞笥《たんす》の扉から、ウィスキーの瓶を取りだした。

僕はこれまで二度ばかり酔払った経験があるが、二度目がその日の午後だった。だから、八時すぎても、まだ明るい陽《ひ》ざしが、アパートの隅々までいっぱいにさしこんでいたが、そこで起った出来ごとは、いまから憶《おも》いだしてみると、何から何まで、ぼんやり霧がかかったような色合をしている。ウィルソンの細君は、トムの膝《ひざ》に腰かけて、数人に電話をかけた。ところが煙草がきれていたので、角のドラッグストアまで、僕が買いに出かけた。部屋へ戻ってみると、ふたりともその場から姿を消していた。そこで僕は大事をとって、この居間に腰を落ちつけて、『ペテロと呼ばれたシモン』の一章を読んだ——ところが、この小説がまた凄いしろものだったのか、それともウィスキーがきいてきて、見るものが何もかもいびつに見えたせいか、読んでもてんで意味がわからなかった。

ちょうどトムとマートルが（一杯やり始めてからは、ウィルソンの細君と僕は、おたがいに名前で呼ぶことにした）ふたたび居間に姿を現したのと、仲間がアパートの入口に到着し始めたのといっしょだった。

妹のキャサリンは三十くらいの、瘠《や》せた俗っぽい女だった。髪は厚いべとべとした赤毛の断髪で、顔には白粉《おしろい》をまっ白に塗っている。眉毛《まゆげ》は抜いたあと、もっと粋《いき》な角度で描き直されていたが、もとの直線を回復しようという自然の勢いがあって、そのため顔がぼやけていた。動きまわるたびに、数えきれないくらいたくさん両腕につけた、陶器の腕環が、両腕を上がったり下がったりして、しょっちゅうかちかち鳴った。いかにもこのアパートの所有者然として、いきなり部屋に入ってきたかと思うと、まるでわがもの顔に家具を見まわしたので、ここに住んでいるんじゃないかな、と僕は思った。そのことをきいてみると、突拍子もなく笑って、僕の質問を大声で繰りかえし、女友だちとホテルに住んでいる、と語った。

マッキーさんは顔の蒼《あお》い、女のような男で、同じアパートの下の階から来た。髯《ひげ》をあたったばかりで、頰骨《ほおぼね》に石鹼《せっけん》の白い泡つぶがついている。部屋にいる誰彼に向って、馬鹿ていねいに挨拶《あいさつ》した。《芸術的な遊戯》をやってましてて、と僕に語った。で、あとになって、彼は写真屋で、壁に心霊体のようにぶらさがっている、ウィルソンの細君の母親のぼやけた写真、あれを引き伸した人物だと察せられた。マッキーの細君は金切声の、だらっとした、美人だが、いやらしい女だった。結婚してから、夫は百二十七回あたしの写真を撮《と》ってくれましたわ、と得意になって僕に語った。

ウィルソンの細君は、少し前に服装を替えていた。いま着ているのはクリーム色のシフォンの、凝《こ》ったアフタヌーンだ。裾《すそ》を曳《ひき》ずって歩くたびに、さらさら音がした。着物のせいで、人柄まで変ってしまった。ガレージにいたときには、あんなに目立った強烈な生気は、いまは変って、どぎつい尊大なもの腰となっていた。一瞬ごとに、笑い声や、身ぶりや、強情におのれを通そうとする態度が、だんだん気取ったものとなった。彼女の存在が大きくふくれあがるにつれて、彼女を取り巻く部屋はいっそう小さくなり、ついには煙っぽい空気をついて、彼女が騒々しくキーキー鳴る軸の上に立って、回転しているような感じだった。

高い調子の、もったいぶった大声で、妹に言った。「ねえ、そんじょそこらの連中といったら、いつだってひとを瞞《だま》すんだから、やりきれないよ。お金のことしきゃ考えていないんだよ。先週ここへ女のひとを呼んで、足を診《み》てもらったのさ。そしたら診療費請求書を寄こしたけど、まるで盲腸の手術をしたんじゃないかって、ひと様が思うくらい高いのさ」

「その女のひと、何て名だったの？」マッキーの細君がきいた。

「ミセス・エバハートってのさ。往診して足を診て回ってるのよ」

「あんたのドレスいいわ。惚《ほ》れ惚《ぼ》れするわ」と、マッキーの細君は言った。

ウィルソンの細君は、蔑《さげす》むように眉《まゆ》をつり上げて、そのお世辞を一蹴した。

「とんでもないお古よ。どんな恰好《かっこう》しても構わないときに、ときどきちょっとひっかけるだけよ」と、彼女は言った。

「でも素敵よ、あんたに似合ってる。あたしの言う意味わかるかしら」マッキーの細君は喰《く》いさがった。

「そういうポーズで、あんたを撮《と》れたら、きっとチェスターはいいのを撮《と》るわ」

みんな黙ってウィルソンの細君を見た。彼女は眼の上にかかった髪の房を払いのけて、派手に微笑《ほほえ》んで、僕たちを見返した。マッキーさんは頭をいっぽうにかしげて、熱心に彼女を見つめていたが、やがて片手を自分の顔の前で、ゆっくり前後に動かした。

「光線を変えなくちゃ」しばらくして彼は言った。「顔かたちの実体感を出したい。それに、後髪を全部把《とら》えるようにやってみたいな」

「光線は変えないほうがいいと思うわ」マッキーの細君は叫んだ。「あたしはこう思うけどな――」

彼女の夫が「しっ!」と言った。そこで、みんなもういちどいっせいに話題の主を見た。すると、トム・ビュキャナンがみんなに聞えるような大きな欠伸《あくび》をして、立ちあがった。

「君たち、何か飲んだらどうだい」彼は言った。「マートル、氷や炭酸水をもっと持ってこいよ。みんな寝ちまうといけないから」

「氷のことは、あのボーイに言っといたのよ」下層階級の不甲斐《ふがい》なさに絶望して、マートルは眉《まゆ》をつり上げた。「ああいう連中といったら! しょっちゅう目をつけてなくちゃ、駄目なんだからね」

彼女は僕を見て、意味もなく笑った。それから身悶《みもだ》えして犬の上にかがみ込み、うっとりと犬に接吻《せっぷん》した。そして十数人の料理人頭《がしら》が、そこで自分の命令を待っている、という思い入れよろしく、台所へしずしずと出ていった。

「ロングアイランドでいいものを作りましたぜ」と、マッキーさんははっきり言った。

トムはぽかんとして彼を見た。

「そのうちの二枚は、額に入れて階下にありますよ」

「二枚って、何がだい？」トムは訊《き》きただした。

「習作が二枚できたってことですよ。一枚を『モントーク岬《みさき》――かもめ』といい、もう一枚を『モントーク岬――海』とつけたんです」

妹のキャサリンは、寝椅子《いす》に腰をおろして、僕と並んだ。

「あんたもロングアイランドに住んでるの？」と、彼女はきいた。

「ウエスト・エッグに住んでるんですよ」

「ほんとそれ？　ひと月ほど前、パーティがあって、あそこへ行ったわ。ギャツビーっていうひとの家であったの。ご存じ？」

「隣りですよ」

「それでね、あのひとウィルヘルム皇帝の甥《おい》だか、従弟《いとこ》ですってね。だからお金はみんなそこからくるんだって」

「ほんとですか？」

彼女はうなずいた。

「あたしあのひとが怖《こわ》いわ。あんなひとから何かしてもらうなんていやだな」

　こうした、僕の隣人についての素敵に面白い情報は、マッキーの細君がいきなりキャサリンを指さしたので、中断されてしまった。

「チェスター、あんたこのひとで何かできそうに思うわ」彼女は不意に大声で話しだしたが、マッキーさんはうんざりしたように、うなずいただけで、トムのほうに注意を向けた。

「ロングアイランドでもっと仕事をしたいね。紹介してもらえるならね。とにかく向うでわしにやらせてみてくれさえすりゃいいんだ、わしが頼みたいのは」

「マートルに頼むんだね」と、トムは言って、ウィルソンの細君が、お盆を持って入ってくると、だしぬけに短く大声で笑った。「あれが君に紹介状を書いてくれるよ、そうだろう、マートル？」

「何をするっていうの？」彼女はびっくりしてきいた。

「マッキーを君の亭主に紹介する手紙を書いてやるんだよ。そうすりゃ、亭主の習作が幾枚もできるんだよ」一瞬、写真の題名をひねりだしているあいだ、彼の唇は無言で動いた。『ガソリンポンプの傍に立てるジョージ・B・ウィルソン』とか、まあそういったようなもんだな」

　キャサリンはぴたり寄ってきて、僕の耳にささやいた。

「ふたりとも結婚している相手に、我慢できないのよ」

「そうなの？」

「相手に我慢できないのよ」彼女はマートルを見、それからトムに眼をやった。「あたしが言いたいのは、相手に我慢できないくせに、何だっていつまでもいっしょに暮してるのかってこと。あたしだったら、離婚して、さっさと結婚しちまうわ」

「彼女もやっぱりウィルソンが好きじゃないんだね?」

その答えは意外にも、質問を聞きつけたマートルからきた。それも乱暴で猥褻《わいせつ》な答えだった。

「ほらね」キャサリンが勝ち誇って、叫ぶように言った。彼女はまた声を低めた。「ほんとはあのひとの奥さんなのよ、ふたりをひき離してるのは。奥さんはカトリックなのよ。だから離婚なんて認めないのさ」

デイジーはカトリックではない。念の入った嘘《うそ》に、僕はびっくりした。

「ふたりが結婚したら」キャサリンは話しつづけた。「ほとぼりが冷めるまで、しばらく西部へ行って暮すのね」

「ヨーロッパへ行くほうが、もっと気がきいているよ」

「あら、あんたヨーロッパお好き?」彼女は不意打にあったように叫んだ。「あたしモンテカルロから帰ったばかりよ」

「ほう」

「つい去年よ。べつの女のお友だちと向うへ行ったのよ」

「長くいたの?」

「ううん、モンテカルロへ行って帰ってきただけよ。マルセイユ経由で行ったの。出かけるときは千二百ドル以上あったんだけど、二日もいたら、賭博室《とばく》ですっからかんに捲《ま》きあげられちゃったの。帰るのにひどかったったらないの、ほんとよ。ああ、憎ったらしいわ、あの町!」

暮近い午後の空は、束《つか》の間《ま》、地中海の碧《あお》い空のように、窓に美しく映えた――するとマッキーの細君の癇高《かんだか》い声で、僕はまたもとの部屋に呼び戻された。

「あたしも間違いをやらかすとこだったわ」彼女は元気よく、はっきり言った。「何年もあたしのあとを追いかけた小柄なユダヤ人と、もう少しで結婚するところだったのよ。あたしの相手としちゃ、不足だってことがわかってたの。誰でもあたしに向ってしきりに言ったわ、『ねえルーシール、あの男はあんたよりずっとおちるね』って。でもチェスターに行逢《いきあ》わなかったら、あの男、きっとあたしをものにしてたわ」

「ええ、でもねえ」マートル・ウィルソンは頭を上下にふりながら言った。「なんて言ったって、あんた結婚しなかったわね」

「そうよ、しなかったわ」

「ところがあたし、結婚しちゃったの」マートルは曖昧《あいまい》に言った。「そこがあんたの場合とあたしの場合と違うところよ」

「なぜしたのよ、マートル？」キャサリンが答えをうながした。「誰も無理にしろとは言わなかったのに」

マートルは考えていた。

「結婚したのは、あのひとが紳士だと思ったのさ」彼女はついにこう言った。「少しは育ちのよさってものを知ってると思ったのよ。ところがどうして、あたしをちやほやする柄じゃなかったわ」

「一時は夢中だったわよ」と、キャサリンが言った。

「あんなひとに夢中だって！」マートルは怪しむように叫んだ。「誰が言ったのさ、あの男に夢中だったなんて？　夢中になんかなるもんかね。ほら、そこにいるそのひとにあたし夢中じゃないわよ、それと同じよ」

彼女がいきなり僕を指さしたので、誰もが責めるように僕のほうを見た。僕は愛情なんか当てにしていないと、顔の表情で示そうとした。

「たったいちどだけ夢中だったのは、結婚したときさ。それもすぐに間違いだったってわかったのよ。誰かの上等の服を借りて、それを着て結婚したのよ。ところがそんなこと、あたしに話しもしないのよ。それで、ある日留守にさ、取りにきたのよ。『あら、あんたの服でしたの？　初めて聞いたわ』って、あたし言ったの。でも服をそのひとに渡してから、あたし身を投げだして、午後、夕方までわあわあ泣いたわ」

「ほんとに逃げだすべきだわ」キャサリンは僕に向って、また始めた。「あのガレージの二階で十一年も暮してきたのよ。それでトムは初めての愛《いと》しいひとなのさ」

いまはそこにいた誰もが、ウィスキーの瓶――二本目――をたてつづけにひき寄せた。呑《の》まないのはキャサリンで、彼女は「全然呑まなくても、呑んだみたいに、いい気分になった」と言った。トムは呼鈴を鳴らして小使を呼び、有名なサンドイッチを買いにやった。さすがに夕食としても申し分のないサンドイッチだった。僕は外へ出て、爽《さわや》かな黄昏《たそがれ》のなかを、東へ歩いて、公園へ行きたかった。だが、出かけようとするたびに、何かしらでたらめで耳障りな議論に捲《ま》き込まれて、綱《つな》をつけてひっ張られるみたいに、椅子《いす》にひき戻された。けれども都の空高く、一列に並んだ、灯の入った黄色い窓々は、人間の秘密を知っていて、暗くなってゆく街頭で、何気なく見守るひとに、その秘密を教えてやったに違いない。僕もそのひとが窓を見あげて、いぶかっている姿を見た。僕は内にいると同時に外にもいた。尽きることなく多彩な人生に、惹《ひ》きつけられもし、反撥《はんぱつ》もした。

マートルは僕の傍に椅子をひき寄せると、いきなりなまあたたかい息を吐きかけて、初めてトムに逢《あ》った経緯《いきさつ》を話し始めた。

「汽車へ乗ると、いつでもそこしか空《あ》いてない、向かい合った席がふたつあったわけなのさ。あたしニューヨークへ行って、妹に逢って、その晩をすごすつもりだったの。彼ったら、夜会服を着て、専売特許の革靴をはいていたわ。それであたしどうしてもあのひとから眼を離すことができなかったの。でもこっちが見られると、仕方なしにあのひとの頭の上に懸《かか》っている広告を見てるふりをしたわ。駅に着いたら、すぐ隣りに立ってるじゃないの。ワイシャツの胸で、あたしの腕を押しつけてるの。だから言ってやったわ、どうでも警官を呼ぶわよって。でも嘘《うそ》だってこと知ってるのさ。あたしとても興奮しちゃって、いっしょにタクシーに乗り込んだときだって、いつものように地下鉄に乗らなかったことに、気がつかないくらいだったの。あたし繰りかえし繰りかえし思いつづけたことといえばね、『永遠には生きられないんだよ、永遠には生きられないんだよ』ってことだったのさ」

彼女はマッキーの細君のほうに向いた。すると彼女の不自然な笑い声が、部屋中に響いた。

「ねえあんた」彼女は叫ぶように言った。「このドレス脱いだら、すぐあんたにあげようと思うの。明日またべつのを手に入れなくちゃ。どうしてもしなくてはいけないことや、買わなくちゃいけないものを、みんな書き入れたリストを作ろうと思うの。マッサージとパーマ。犬の頸環《くびわ》。バネ仕掛になってる可愛らしい小さい灰皿。黒い絹のリボンのついた、夏中もつような花環、お母さんのお墓に供えるのよ。リストに書きとめておけば、買いたいものはみんな忘れずにすむでしょう」

九時だった——その後いくらも経《た》たないうちに、腕時計を見たら十時だった。マッキーさんは両の拳《こぶし》を膝《ひざ》に置いて、椅子《いす》に眠っていた。写真に写った活動家のような恰好《かっこう》だった。僕はハンカチを取りだして、午後からずっと気にかかっていた、彼の頬《ほお》についている乾いた石鹸《せっけん》の泡つぶを拭《ふ》いてやった。

仔犬はテーブルの上に坐《すわ》って、煙の立ちこめる部屋に、見えない眼を凝《こ》らしながら、ときおり弱々しく唸《うな》った。みんなは消えたり、また現れたり、どこかへ行くプランをたてたり、かと思うとおたがいに見失ったり、捜し合ったり、二、三フィートの近くにいるのに気がついたりした。いつごろだったか、真夜中近くに、トム・ビュキャナンとウィルソンの細君が面と向かい合って、ウィルソンの細君にデイジーの名を口にする権利があるのかないのか、激しい口調で議論した。

「デイジー！　デイジー！　デイジー！」ウィルソンの細君は、大声で叫んだ。「言いたいときはいつだって言うわよ！　デイジー！　デイ——」

短い器用な動作で、トム・ビュキャナンは平手で彼女の鼻を打った。

すると、浴室の床には血に染ったタオルが投げられ、ぶつぶつこごとを言っている女たちの声が聞こえ、そのごたごたした騒ぎよりも、ひと際《きわ》高く、長いとぎれとぎれの泣き叫ぶ声が苦痛を訴えた。マッキーさんはうたた寝から覚めて、ぼーっとしたまま、扉口《とびらぐち》に向って歩きだした。半分ほど行ってから、彼はふりかえり、その場の光景をじっと見つめた——彼の妻とキャサリンが、ここごとを言ったり、慰めたりして、ぎっしり混み合った家具のあいだを、あちこち躓《つまず》きながら、いろんな救急品を持ってくる。それに、血を流しながら寝椅子に横わっている絶望的なマートルの姿、しかも綴織《つづれおり》のヴェルサイユの風景を隠すように、「タウン・タトル」を広げて見ようとしている。やがてマッキーさんは、くるりと向うを向いて、どんどん歩いて扉の外へ出た。僕はシャンデリアから帽子を取って、あとを追った。

「いつか昼食をしにおいでなさい」ふたりともエレベーターの唸りを聞きながら、下へ下って行く時、彼が言いだした。

「どこで？」

「どこでも」

「レバーから手を離して下さい」と、エレベーターボーイががみがみ言った。

「失礼しました」マッキーさんは重々《おもおも》しく言った。「触わっているとは知りませんでしたよ」

「結構です」と、僕は同意した。「喜んで行きますよ」

……僕は彼のベッドの傍に立っていた。彼は下着のまま、両手に大きな紙挟《かみばさ》みを持って、敷布のなかに入って起きあがっていた。

「美女と野獣……孤独……老いたる食料品店の馬……ブルックリン橋……」

それから、僕はペンシルヴェニア駅*の、地下の冷たいホームのベンチで横になり、半分うとうとしつつ、「トリビューン」の朝刊に目を凝らしながら、四時の汽車を待っていた。

第三章

夏の夜をついて、隣りの家から音楽が聞えてきた。ささやきやシャンペンや星々の間を縫って、青々した庭園を、蛾《が》のように男女が往来した。午後、海峡が高潮になると、客たちが筏《いかだ》の櫓《やぐら》から飛び込んだり、渚《なぎさ》の熱い砂の上で日光浴しているのが眺められた。いっぽう二隻のモーターボートが海峡の水面を切って、泡だつ奔流を滑ってゆく波乗り板を曳《ひ》いて走る。週末はロールス・ロイスがバスとなって、朝は九時から真夜中遅くまで、市とのあいだを往復して、一行を運ぶ。ステーション・ワゴンはどの汽車にも間に合うよう、敏捷《びんしょう》な黄色い昆虫のように飛びまわる。月曜日になると、臨時の庭師も交じえて八人の使用人が、雑巾《ぞうきん》やたわしや金槌《かなづち》や植木鋏《ばさみ》を持って、一日中働き、前夜に壊れたところを修理した。

毎金曜日オレンジとレモンが五籠《かご》、ニューヨークの果物屋から届き──毎月曜日、真っ二つに割られて実のない、この同じオレンジやレモンが、ピラミッドのように積まれて、裏口から取り除《の》けられる。飲物係の給仕人が、親指で小さいボタンを二百回押すと、三十分で二百個のオレンジからジュースが絞れる機械が台所にある。

すくないときでも二週間にいちどは、調達人の一団が、五、六百フィートもある大きいキャンバス布と、ギャッツビーの巨大な庭園を一本のクリスマス・ツリーに変えられるほどたくさんの色塗り電球を運んでくる。立食場のテーブルには、艶《つや》のいいオードブルをあしらって、薬味を利《き》かせた焼ハムや、斑《まだら》の模様に作ったサラダや、練り粉で揚げた豚や、神業のように美しく燻金色《いぶしきんいろ》にゆだった七面鳥が、盛り合せになっている。大広間には、ほんものの真鍮《しんちゅう》の横板を渡したバーがあって、いろんなジンや、火酒の類《たぐい》や、いろんなコーディアルを貯えている。コーディアルなどは長いことひとびとの口にのぼらないで忘れられているから、若い女の客には、どれがどれと見分けがつかないだろう。

七時までにはオーケストラが到着する。どうして、五楽器編成くらいの薄手なものではない。オーボエ、トロンボーン、サキソフォーン、弦楽器、コルネット、ピッコロ、低音と高音の太鼓という、大劇場のオーケストラ・ピットをいっぱいにするくらいの大編成だ。最後まで泳いでいたひとたちも、もう渚《なぎさ》から戻って、二階で着物を着ている。ニューヨークから来た自動車は、邸内車道に縦に五台並んで駐車している。原色の衣装を纏《まと》ったり、変った新型の断髪にしたり、スペインの王妃の夢も遠く及ばない派手な肩掛けをした女たちが、広間や客間やヴェランダを華《はな》やかに色どっている。バーはいまを盛りと繁昌《はんじょう》している。カクテルはお盆が移動して、何回も回って外の庭園にまで行き渡っている。とうとうお喋《しゃべ》りや笑い声が高まり、そうかと思うと、行き当たりばったりに当てこすったり、紹介されてもすぐその場で忘れてしまったり、おたがいに名前も知らない女同士が、夢中になって話したりして、あたりの空気は生き生きしてくる。

この大地がよろめくようにして太陽から遠ざかるにつれて、灯《あかり》は反対にいっそうかがやいてくる。いまオーケストラは煽情《せんじよう》的な甘いとろりとするような音楽を演奏している。話し声はオペラのように、一段と調子が高まり、笑い声は、一瞬ごとにいよいよはずみ、あふれて飛び散り、燥《はしや》いだ言葉に弾《はじ》かれて湧《わ》きあがる。グループは急激に変って、新来の客を交じえて脹《ふく》れあがるかと思うと、あっという間に解《と》けて、また作られる。もうふらふら彷徨《さまよ》いだす者もあり、自信たっぷりの女は、酒に強いしっかりした連中のあいだをあちこち縫って、グループの中心となって、一瞬、肌を刺すような愉《たの》しさに浸たる。やがて勝利に興奮して、頭上の光線が休みなく変るのにつれて、顔や声や色彩が変貌《へんぼう》するなかを、滑るように進んで行く。

と、いきなりこうしたひとりの流浪《さすらい》の女が、オパール色の衣装をひらひらさせながら、空中高くカクテルのグラスをひっつかみ、思いきりガチャンと落し、両手をすばやく動かしながら、ただひとりキャンバスを張った舞台へ踊りでる。一瞬、あたりは静まりかえる。と、オーケストラの指揮者は親切にリズムを変えて、彼女に合せてやる。どっとお喋《しやべ》りが始まって、彼女はフォリーズ所属で、ギルダ・グレイの臨時の代役だという、まことしやかなニュースが広まる。パーティは始まったのだ。

初めてギャツビーの家へ行った夜、たしか、僕は正式に招待された数すくないお客の仲間だったような気がする。そこへ来ているひとびとは招待されたのではない――だがみんなやってきた。彼らは自動車に乗ると、ロングアイランドまで運ばれる。何となくギャツビーの戸口の前で止まってしまう。彼らはそこでいちど、ギャツビーを知っている誰かから紹介されたことがあるのだ。その後は、遊園地ではきまりに従って行動するように、きまりに従ってふるまうのだ。ときおり、彼らはやってきても、ギャッツビーに全然逢《あ》わずに帰ったり、単純な気持でパーティにやってくるが、実はこの単純な気持こそ、パーティの入場券なのだ。

僕はたしかに招待されたのだ。お抱えの運転手が、駒鳥《こまどり》の卵の殻のような緑がかった、碧色《あおいろ》の制服を着て、土曜日の朝早く、僕の家の芝生を横ぎってきたかと思うと、びっくりするほど形式ばった主人の手紙を届けた。今宵の「小宴」に御光来を得ば、ギャッツビーの光栄これに過ぎるものは御座無く候、とあった。数回僕を見かけ、はやくより訪問致したい所存であったが、折悪しく差障《さしさわ》りが重なり重なって、これを果さなかった——荘重な筆蹟《ひっせき》でジェイ・ギャッツビーと署名がしてあった。

白いフラノの服を着こんで、七時少しすぎ、僕は彼の屋敷の芝生を通って行った。知らないひとたちが集って、そこに大小さまざまな渦巻きをつくっていた。少々気づまりになりながら、そのなかを歩きまわった——もっとも、通勤列車のなかで見かける顔は、そこにもここにも見えた。すぐさま心を打たれたことは、たくさんの若いイギリス人が、あちこちに散らばっていたことだ。みんな立派な身なりをして、腹の減ったような顔つきで、低い熱心な口調で、信頼できそうな金持ちのアメリカ人をつかまえては、話しかけている。債券とか保険とか自動車といったようなものを、何かしら売りつけていたことはたしかだ。すぐ近くに簡単に動く金があることを、とにかく彼らは痛いほどよく知っていた。的《まと》を射た言葉をずばり、二言《ふた》三言《み》喋《しゃべ》れば、その金は自分たちのものになると確信している。

着くとすぐ僕は主人を探そうとつとめた。ところが、二、三のひとにどこにいるかきいてみたら、ひどくびっくりして僕をまじまじと見つめて、彼の動静なんかなんにも知らないと、勢いこんで否定したので、僕はカクテルのテーブルのほうへこそこそと逃げだした——そこだけが、庭園にひとりでいても、あいつは当てもないひとりぼっちだ、とひとから見られもせずに、ぶらぶらできる場所だった。

当惑しきって、酒を呑《の》んだが、そろそろ呑み過ぎそうになったとき、ジョーダン・ベイカーが家から出てきて、大理石の石段の天辺に立って、心もち軀《からだ》を反らせて、軽蔑《けいべつ》したような表情ながら、関心の色を浮かべて、庭園を見おろしていた。

通りすがりのひとたちに、ていねいな言葉をそろそろかけなくちゃなるまいが、その前に、歓迎されようがされまいが、まず誰かにくっついて、いっしょにいなけりゃいけない、と僕は気がついた。

「やあ!」と、大声で言って、彼女のほうへ進みでた。僕の声は庭からかけた声としては、不自然なほど大きかったようだ。

「来てらっしゃると思ったわ」僕が上って行くと、彼女は何かに気を取られているらしくぼんやりと言った。「お隣りに住んでいるってこと憶《おも》いだしたもんだから——」

彼女はすぐに面倒をみてやるからという約束のしるしに、僕の手をなんなく取りながら、石段の下のところまできて立ち止まった、揃《そろ》いの黄色い服を着たふたりの娘に耳を貸した。

「あら!」ふたりの娘は同時に叫んだ。「勝てなくって残念だったわね」

それはゴルフのトーナメントのことだった。彼女は先週、決勝戦で敗れたのだ。黄色い服を着た娘のひとりが言った。「でもあたしたちのこと、ご存じないでしょうけど」黄色い服を着た娘のひとりが言った。「でもひと月くらい前に、ここでお目にかかりましたわ」

「あれから髪を染めたのね」と、ジョーダンが言った。それで僕は驚いたが、娘たちはもう歩いて行ってしまったので、ジョーダンの言葉は、まだ出るには早い月に向って言われた恰好《かっこう》になった。もちろんその早い月は、夕食をつくるために、調達人が籠《かご》のなかに持ってきた材料で作りだしたものだ。ジョーダンの細っそりした黄金色の腕を僕の腕にかけたまま、石段を下りて、庭園を彷徨《さまよ》った。カクテルを載せたお盆が、黄昏《たそがれ》のなかから、目の前に浮かび出た。僕たちは黄色い服を着たふたりの娘と、三人の男と、ひとつテーブルについた。男たちは、紹介されたところによると、三人ともマンブルという名だった。

「こういうパーティにたびたびいらっしゃるの？」ジョーダンは隣りの娘にきいた。

「この前来たのは、ちょうどお目にかかったときよ」と、きびきびした、自信たっぷりな口調で言った。彼女は仲間のほうを向いて「ルーシール、あんたもそうじゃなかったかしら？」

ルーシールも、そのとおりだった。

「あたし、ここに来るの好きよ」ルーシールは言った。「あたしって、何をしても気にかけないの。だからいつだって愉《たの》しいわ。この前ここへ来たとき、椅子《いす》にひっかけて、ドレスを破いちゃったの。そしたら、あのひと、あたしの名前と住所をきいたわ——一週間も経《た》たないうちに、クロワリエールから小包が届いて、なかに新しいイヴニング・ドレスが入っているじゃないの」

「それお取りになったの?」ジョーダンがきいた。

「もちろんそうよ。今晩着てくるつもりだったんだけど、胸のところが大き過ぎて、直さなくちゃ駄目なの。ラヴェンダー色のビーズ玉のついた、ガス・ブルーのドレスよ。二百六十五ドルなのよ」

「そんなことまでするひとって、なんだかおかしいわね。あのひとどんなひとともいざこざを起したくないんだわ」べつの娘が熱心に言った。

「誰がそうなんです?」僕はきいた。

「ギャツビーよ。あるひとがあたしに言ってたけど――」

ふたりの娘とジョーダンは、内緒ごとでも話すように、軀《からだ》を寄せ合った。

「あるひとが言ってたけど、あのひと、昔ひとを殺したことがあるんじゃないかって、思われてるんですって」

戦慄《せんりつ》が僕たちみんなをかすめて走った。三人のマンブル氏は、前に乗りだして、熱心に耳を傾けた。

「それほどだとはあたし思わないわ」と、ルーシールが疑うように論じた。「それよりも、戦争中ドイツのスパイだったたってことのほうがほんとらしいわ」

男たちのひとりが、たしかにそうだ、というふうにうなずいた。

「彼といっしょにドイツで育って、彼のことなら何でも知っている男から、僕はそうだって聞いたよ」と、彼ははっきりとうけあった。

「あら、違うわ」最初の娘が言った。「そんなことはありえないわ。だって戦争中はアメリカ軍にいたんですもの」。僕たちのとかく信じやすい傾向が切り換えられてそのほうに向うと、彼女は熱心に前へ乗りだした。「ときどき誰も見てるものはないと思ってるときの、あのひとを見てごらんなさいよ。人殺しをやったわ。きっとそうよ」

彼女は眼を細めて身震いした。ルーシールも身震いした。僕たちは誰もふりかえって、ギャツビーがあたりにいないかと思って見まわした。世間へ出て噂話《うわさばなし》をし散らす必要なんかあまり感じないひとたちから、こんなふうに噂されるということは、ギャツビーが、ひとびとにロマンチックな推測を起させる証拠だった。

最初の夕食が——というのは、真夜中すぎにべつの夕食が出るのがつねだったから——いま振舞われていた。ジョーダンは彼女の一行に加わるように、僕を招《よ》んでくれた。その一行は庭園の向う側のテーブルの周《まわ》りにひろくなっていた。夫婦者が三組と、ジョーダンに付添ってきた大学生がいた。痛烈な言葉を吐く不敵な面魂の学生で、遅かれ早かれ、ジョーダンがある程度自分に身を任せるだろうと思っていることは、見え透いていた。この一行はぶらぶら歩きまわったりしないで、みんないちようにいかめしく構えていて、ファッショナブルなイースト・エッグは彼らのウエスト・エッグに膝《ひざ》を屈する——堅実で高尚な田舎《いなか》を代表する役割を自分たちは果しているのだ、と考えていた。そしてスペクトルを当てたような華《はな》やかさに対して、細心の警戒を払っていた。

「出ましょう」三十分ばかり、なんとなく無駄でしっくりしない時間をすごしてから、ジョーダンがささやいた。「あたしにはおしとやかすぎるわ」

僕たちが立ちあがってから、主人のギャッビーを探すのよと、彼女は説明した。このひとがまだいちども逢《あ》ったことがないから、なんだか落ちつかないらしいわ、と。大学生は皮肉にも、憂鬱《ゆううつ》そうにうなずいた。

初めにちょっとのぞいたバーは大勢で混んでいたが、そこにはギャッビーは見えなかった。彼女は石段の天辺から庭園を見たが、見つからなかった。ヴェランダにもいなかった。ふとものものしそうに見える扉《とびら》を押して、僕たちは天井の高い、ゴシック式の書斎に入った。イギリスのオーク材に彫刻した鏡板を嵌《は》めたもので、恐らくどこか、海外の廃墟《はいきょ》から、そっくりそのまま持ってきたものだろう。

梟《ふくろう》の眼のようにとてつもなく大きい眼鏡をかけた、がっちりした体躯《たいく》の中年男が、大テーブルの縁に腰をかけ、いくらか酔ってふらふらしながら、それでも眼を凝《こ》らして、本棚をじっと見ていた。僕たちが入って行くと、彼はやっきになって、躯《からだ》の向きを変えたかと思うと、ジョーダンを頭の先から足の先までじろじろ見た。

「どう思うかね？」と激しい口調できいた。

「何のことですの？」

彼は本棚のほうへ片手を振って見せた。

「あれをさ。実際のところあんたはわざわざ確かめてみる必要はないね。わしが確かめてみたんだから。ほんものだね」

「ご本がですか？」

　彼はうなずいた。

「絶対にほんものだね――ページもあるし、何でもある。上等の丈夫なボール紙だろうと思ってたんだがね。ところがどうして、絶対にほんものだね。ページもあるし――ほら、お見せしよう」

　お前たちが疑ってるのも当りまえだが、と言わんばかりに、彼は書棚へ突進して行って、ストダードの『講義』の第一巻を持って戻ってきた。

「ほら！」彼は勝ち誇ったように叫んだ。「印刷物としては本当のものだね。わしは一杯くわされた。ここの主人は正真正銘のベラスコウ*だね。これは勝利だ。なんという徹底ぶりだ！　なんというリアリズムだ！　どこでやめるかも知ってたんだ――ページが切ってないもの。ところで何のご用だね？　どうしたらいいんだね？」

　僕から本をひったくって、彼はいそいでもとの棚に戻した。煉瓦《れんが》のように積んである本を、一冊でも動かすと、書斎全部が崩れそうだ、と呟《つぶや》いた。

「誰に連れてきてもらったんだね？」彼は訊《き》きただした。「それともただなんとなく来たのかね？　わしは連れてきてもらった。たいていのひとが連れてきてもらうんだね」

　ジョーダンは答えないで、きびきびした態度で、にこにこと彼を見ていた。

「わしはルーズヴェルトというご婦人に連れてきてもらったんだがね」と、彼はつづけた。

「ミセス・クロード・ルーズヴェルト。ご存じかね？　ゆうべどこかで彼女に逢《あ》ったんだね。ここ一週間ばかり酔っぱらっているんで、書斎にいれば酔が醒《さ》めるかもしれんと思ってね」

「醒めまして？」

「どうもちょっぴりだな。まだ何とも言えんな。一時間ここにいただけだから。本のことはお話ししたっけかな？　あれはほんものだ。あれは——」

「お話しになったわ」

僕たちは真面目《まじめ》くさって彼と握手して、外へ戻った。

庭園のキャンバスの上では、いまダンスが始まっていた。老人たちは若い娘を、下品な、いつまでもとぎれない輪のなかへ押しかえしている。上手《じょうず》な組はくねくねと抱き合って、ハイカラな恰好《かっこう》で、いつも隅で踊っている——かと思うと、連れのない娘が大勢、自分勝手に踊ったり、ほんのちょっとバンジョーや打楽器の代りに囃《はや》したて、オーケストラをほっと憩《やす》ませてやったりした。夜中近くになると、その浮かれ騒ぎはいっそう高まった。有名なテナーがイタリア語で歌った。評判のアルト歌手がジャズを歌った。曲目のあい間には、いろんなひとが庭園中に向って、「妙技」を演じた。いっぽう、幸福そうでうつろな笑いが、夏の空に向ってどっと湧《わ》き起った。舞台の二人組が、なんと黄色い服のふたりの娘だとわかったのだが、衣装をつけて赤ん坊の芝居をしていた。フィンガーボールよりも大きいコップに、シャンペンが注がれた。月はさらに高く昇っていた。しかも海峡に浮かんだ月は、三角形の銀色の鱗《うろこ》で、芝生のバンジョーの硬いブリキを叩《たた》くような、雨だれに似た音に合せて、少し震えて見えた。

僕はなおジョーダン・ベイカーといっしょだった。僕たちのほかに、僕と同年輩の男と、喧《やかま》しい少女が、ひとつテーブルについていた。その少女はちょっとでも刺戟《しげき》されると、自分でもどうしようもないくらいに笑った。僕もいまは我ながら愉《たの》しかった。フィンガーボール二杯分シャンペンを呑《の》んだから、あたりの情景は見る間に変化して、意味の深い、怖《おそ》ろしいばかりの、深遠な何ものかと化していた。

余興がひと休みしたとき、テーブルにいた男が僕を見て、微笑《ほほえ》んだ。

「あなたの顔には見覚えがあるんです」彼はていねいに言った。「戦争中、第三師団じゃなかったですか?」

「ええ、そうですよ。第九機関銃大隊でした」

「僕は一九一八年の六月まで、第七歩兵連隊だったんです。まえにどこかで逢《あ》ったことがある、と思ってました」

フランスの、雨に濡《ぬ》れた灰色の小さいある村のことを、僕たちはしばらく話し合った。たしかにこの男はこの近所に住んでいる。水上飛行機を買ったばかりで、朝になったら試験してみるつもりだ、と語ったからだ。

「いっしょに行ってみないか、ねえ君《オールド・スポート》*? 海峡の渚《なぎさ》のすぐ近くなんだ」

「何時に?」

「いつでも君が都合がいいときでいいよ」

彼の名前をたずねる言葉が、舌の尖《さき》まで出かかったとき、ジョーダンがふり向いて、微笑んだ。

「愉《たの》しくって、いまは？」彼女はきいた。

「とてもいいよ」新しい知り合いのほうに僕はまた向いた。「こんなの、僕には珍しいパーティですよ。主人にまだ逢《あ》ってもいないんだから。僕はあそこに住んでるんだけど――」僕は片手を振って、遠くの見えない垣根を指さした。「しかもこのギャツビーってひとは、お抱えの運転手に招待状を持たせて寄こしたんだから」

一瞬、わかりかねるというふうに、彼は僕を見た。

「僕がギャツビー」彼はいきなり言った。

「ええっ！」僕は叫んだ。「やあ、失礼しました」

「知ってると思ってたよ、ねえ君。どうやら僕はそれほどいい主人役じゃなさそうだね」

彼はわかっている、というふうに微笑《ほほえ》んだ――いや、わかっているなぞというものではなく、それ以上のものだった。一生に四、五回しか出喰《でく》わさないような珍しい笑いで、永久に変らない自信を湛《たた》えているしろものだ。それは一瞬、久遠《くおん》の全世界と面接する――でなければ、面接するように思われる。やがてとめようもないくらい、むやみにひとの肩をもって、そのひとに笑いかける。こっちが理解してもらいたいと思うだけたっぷり理解してくれる。自分で自分を信じたいと思うとおりに、こっちを信じてくれる笑いだ。最上の状態で伝えたいとのぞむ印象を、そのとおり受けとった、と保証してくれる笑いだ。まさしくその点で笑いは消えた――すると僕は三十をひとつふたつ越した、端麗で無頼の青年を見つめていた。彼の形式ばって念入りな言葉遣いは、もうすこしで愚劣なものになりかねなかった。自己紹介をする少しまえから、言葉遣いに細心の注意を払っているな、という印象を僕は強く受けた。

　ミスタ・ギャッツビーが名乗りでたのと同時に、執事が慌《あわただ》しく彼のところへ来て、シカゴから電話がかかっていると告げた。僕たちにいちいち軽くお辞儀をして、失礼すると言いわけをした。

「欲しいものがあったら、かまわず言ってくださいよ、ねえ君」彼は力をこめて言った。「失礼します。またあとで来ますよ」

　彼が行ってしまうと、僕はすぐジョーダンのほうを向いた――びっくりしたので、どうしても彼女に確かめたかったのだ。ミスタ・ギャッツビーは中年の、赭《あか》ら顔ででぶでぶと肥《ふと》った男だろうと、当てこんでいたのだ。

「あれは誰なの？」僕は訊《き》きただした。「知ってる？」

「ほかでもないギャッツビーっていうひとよ」

「どこの出身かっていう意味なんだよ。それで何をやってるのかね？」

「いよいよあんたもその問題をきりだしたのね」と、彼女は弱々しく笑いながら答えた。「そうね、オックスフォード大学出だって、いつかあたしに話したわ」

　ぼんやりしていた背景が、彼の背後にはっきりした形をとり始めたが、次の言葉でまた消えてしまった。

「だけど、信じられないわ」

「なぜさ？」

「わからないわ」彼女は言い張った。「でも、あのひとがあそこへ行ったなんて、ちょっと考えられないもの」

そういう彼女の調子に潜んでいるあるもののせいで、僕は、ほかの娘が「あのひと人殺しをしたと思うわ」と言ったことを憶《おも》いだした。僕の好奇心はいやが上にも刺戟《しげき》された。ギャッビーはルイジアナの湿地か、ニューヨークのイースト・サイドから出た、という話なら、一も二もなく認めたろう。それならわかる話だった。だが、青年のくせに、どこからともなく涼しい顔をしてさまよい出てきたかと思うと、ロングアイランド海峡に面した宮殿のような屋敷を買う、なんてことはしない――すくなくとも、僕のような田舎者の乏しい経験では、そんなことはしないと思う。

「とにかく大きなパーティをやるわね」ジョーダンは都会風に具体的な話をするのを嫌って、話題を変えた。「それにあたし大きなパーティ好きよ。とても親しみがあるでしょう。小さなパーティだと、こっそりしていられないもの」

大太鼓が鳴って、庭園でみんながぺちゃくちゃ喋《しゃべ》っている上で、オーケストラの指揮者の声がいきなり響き渡った。

「淑女並びに紳士の皆様」と、彼は叫んだ。「ギャッビー氏のご所望により、これよりウラジミール・トストフ氏の最近作、去る五月カーネギー・ホールで非常な注目を惹《ひ》きましたる曲を演奏いたします。皆様新聞をご覧になれば、一大センセーションが捲《ま》き起ったことがおわかりです」彼は愉快な、謙遜《けんそん》した微笑を浮かべて、言い添えた。「いやその、そこそこのセンセーションですが」そこでみんなどっと笑った。

「この曲はウラジミール・トストフの『ジャズ世界史』として知られているものであります」と、彼は威勢よく結んだ。

トストフ氏の曲がどんなものだか、僕の耳には入らなかった。というのも、ちょうどそれが始まったとき、ひとりで大理石の石段に立って、満足そうな眼で、グループからグループを見渡している、ギャツビーが眼にとまったからだ。彼の日焼けした皮膚は、きゅっと顔をひき締めていて、それが魅力的だった。短い髪は毎日摘《つ》んでいるのではないか、と思うほどきちんとしていた。不吉な陰翳《かげ》は彼のどこにも見られなかった。酔っていないので、そのせいでお客たちとなじまないのじゃないだろうか。和気藹々《あいあい》とした、どんちゃん騒ぎが高まるにつれて、彼はいよいよきちんとしてくるように思われたからだ。「ジャズ世界史」が終ると、宴会の浮かれた気分で、仔犬がじゃれるように、男たちの肩に頭をもたせかける娘たちもあり、ふざけて男たちの腕のなかに後ろ向きに卒倒したり、誰かが支えてくれることを承知で、グループのなかにまで卒倒しかかる娘たちもあった――だが、ギャツビーに倒れかかる者はひとりもなかったし、ギャツビーの肩に手を触れるフランス風の断髪の乙女もなかった。輪をつくってギャツビーを指揮者にする四重唱をやろうとする者もなかった。

「ごめんください」

ギャツビーの執事が、不意に僕たちの傍に立っていた。

「ベイカーさんでいらっしゃいますか？」彼はきいた。「失礼ですが、ギャツビーさんがあなた様おひとりとお話し申したいそうです」

「あたしと？」彼女はびっくりして、大声で言った。

「はい、さようで」

驚いた、というふうに彼女は僕に向って眉《まゆ》をつり上げて見せ、ゆっくり立ちあがって、執事のあとについて家のほうへ行った。気がついてみると、彼女は夜会服を、まるでスポーツウェアのように着こなしていた。彼女の服はどれでもそうなってしまうのだが――よく晴れたすがすがしい朝、ゴルフ・コースで初めて歩きかたを習った、とでもいうように、身のこなしが颯《さっ》爽《そう》としていた。

僕はひとりでいた。もう二時に近かった。さっきから、テラスの上に張りだしている、窓がたくさんある細長い部屋から、めちゃくちゃで面白そうな音が聞こえていた。ジョーダンの付添いだった大学生は、気のすすまないふたりのコーラスガールに聞いてもらおうと、一生懸命話しかけているところだった。僕にもその話に入るように頼みこまれたが、断って、家のなかへ入った。

その大きな部屋には、ひとがいっぱいだった。例の黄色い服を着た娘のひとりが、ピアノを弾いて、その傍に有名な合唱団から来た、背の高い赤毛の若い女が立って、歌っていた。彼女はシャンペンをしたたか呑《の》んでいたので、歌が進行するあいだ、馬鹿馬鹿しいことだが、何ごとも、とても、とても悲しいと決めてかかっていた――歌っているだけでなく、泣いていた。

歌の休止のところへくると、いつも喘《あえ》ぐように、とぎれとぎれに啜《すす》り泣くので、休止にならなかった。やがて震えるソプラノで、またオペラを歌い始めた。涙が頬《ほお》をつたって流れた——といっても、とめどなくするすると流れたのではない。ぽったりと露の玉を宿した睫毛《まつげ》に、新しく涙が触れると、マスカラの色になり、やがてゆっくりと黒っぽいせせらぎとなって、あとの道を辿《たど》って行くからだ。顔に書かれた音符を歌っているよ、とユーモラスにそれとなく指摘する者があった。すると、彼女はさっと両手を挙げて、椅子《いす》に軀《からだ》を投げだして眠りこんだ。一杯機嫌のぐっすりした眠りだ。

「あのかた、ご主人だっていうひとと、大げんかしてらしたのよ」すぐ傍にいた娘が説明してくれた。

僕はあたりを見まわした。まだ残っている女たちはたいてい、彼女たちの夫と称する男たちと交戦中だった。ジョーダンの一行だった、イースト・エッグから来た四人組までが、いさかいをして離れ離れになった。ひとりの男が強い好奇心に駆られて、若い女優に話しかけていると、細君は品を保って、無関心を装い、その情景を嘲笑《ちょうしょう》しようとつとめていたが、そのあと、まるで態勢が崩れてしまって、やがて立ち直って側面攻撃をかけた——ときおり、怒れるダイヤモンドの如く、突如夫の傍に現れては、「あなた約束なさったじゃないの！」と耳もとにしゅっしゅっとかすれた声で罵《ののし》った。

家へ帰りたがらないのは、気紛れな男たちばかりとは限らなかった。哀れにも白面《しらふ》の男がふたり、ひどく腹を立てている細君たちと、我がもの顔にいま広間を占拠していた。細君たちは思いなしか声を高めて、同情し合っていた。

「あたしが愉《たの》しんでるとわかると、いつでも宅は帰りたがるんですもの」

「そんな利己主義って、あたしいちどだって聞いたことございませんわ」

「あたしたちいつでもいちばん早く引き揚げる組ですの」

「あたしたちもそうですわ」

「ところで、今夜はもう最後だといってもよさそうだね」と、男のひとりが恐る恐る言った。

「オーケストラは半時間も前に引き揚げてったから」

そんな意地悪な考えは信用できない、と細君たちの意見は一致したが、それでも言い争いは短いこぜり合いに終り、ふたりの細君はどちらも抱き上げられて、足をバタバタ蹴《け》ちらしながら、夜のなかへ運びだされた。

僕が広間で帽子を持ってきてもらうのを待っていると、書斎の扉《とびら》が開いて、ジョーダン・ベイカーとギャツビーが揃《そろ》って出てきた。彼は熱心な身ぶりで最後の言葉を話していたが、五、六人が傍へ近づいてさよならを言うと、彼の態度は急に硬《こわ》ばり、形式ばったものに変った。

ジョーダンの一行は待ちきれずに、玄関《ポーチ》から彼女を呼んでいたが、彼女はしばらくぐずぐずしていて、僕と握手した。

「とてもびっくりするようなこと聞かされたのよ」彼女はささやいた。「あそこにどのくらいいたかしら？」

「そうだね、一時間くらいだよ」

「そのお話……とにかく、びっくりするようなことだったのよ」と、彼女はうつけたように繰りかえした。「でもあたし喋《しゃべ》らないって誓ったの。だからここであんたを焦《じ》らして苦しめてるわけね」彼女は僕の目の前でしとやかに欠伸《あくび》をした。「ぜひいらしってね……電話帳をご覧になって……シガニイ・ホワードという名前のところよ……伯母《おば》なの……」彼女は話しながらいそいで去った——陽焼《ひや》けした手を振り、元気よく挨拶《あいさつ》して、扉口のところにいた一行のなかに消えた。

初めて顔を出したのに、こんなに遅くまでいたことが、僕はかなり恥ずかしかったが、ギャッビーを囲んで群がっている最後の仲間に加った。夕方はやくにギャッビーを探したことを説明したかった。庭園で逢《あ》っても気がつかなかった弁解をしたかった。

「とんでもない」彼は熱心に、決めつけるように言った。「変なふうに考えなくてもいいんだよ、ねえ君」親しそうな表情も、片手で元気づけるように僕の肩をこすっただけで、それ以上の親しさは示さなかった。「それから明日、朝九時に水上飛行機に乗るから忘れないで」

するとと執事が、彼の背後で言った。

「フィラデルフィアからお電話でございます」

「よろしい、すぐ行くから。すぐ行くからと話しときなさい。……おやすみ」

「おやすみ」

「おやすみ」彼は微笑《ほほえ》んだ——すると不意に、僕が最後に帰る仲間のなかにいたことに、何か愉快な意味があるらしいようすだった。まるで僕が最後に帰る仲間であってほしかった、とまえから望んでいたのだ、とでも言うようだった。「おやすみ、ねえ君。……おやすみ」

だが、石段を下りながら、パーティの夜はまだまったく終ったわけでもないことがわかった。扉から五十フィート離れたところで、十幾つかのヘッドライトが、奇怪な騒々しい場面を照しだしていた。邸内車道を出て、ものの二秒とは経《た》っていないクーペの新車が、路傍の溝《みぞ》のなかにはまりこんでいた。車輪がひとつ、もの凄《すご》い勢いでもぎ奪《と》られていた。壁が鋭く突き出ているために、車輪が取れたのだとうなずける。そのときは物見高い六人の運転手が固唾《かたず》を呑《の》んでじっと見ていた。だが、彼らが車を降りて路をふさぐと、うしろにいる幾台もの車から、騒々しい警笛の響きがときどき激しく聞えて、それがすでにその場のごったがえした混乱に、さらに拍車をかけていた。

長い塵除《ちりよ》けの上着を着た男が、壊れた車から降りて、路の真中に突っ立ち、剽軽《ひょうきん》な当惑したようすで、車からタイアに、タイアから見物人にと、眼を移している最中だった。

「ほら！」と、彼は叫んだ。「溝に落っこったよ」

その事実に彼はいつまでも驚いていた。僕はまずその異常な驚きっぷりに気づき、やがてその男に気がついた――それはさっきの、ギャツビーの書斎の贔屓客《ひいききやく》だった。

「どうしたんだね？」

彼は両肩をすぼめた。

「機械のことはわしは何も知らん」彼はきっぱり言った。

「だけどどうしてこんなことになったんだね？　壁のなかへ突っ込んだのか？」

「わしにきいたってしようがないよ」と、「梟《ふくろう》の眼」は言って、すっかり手をひいたかたちだった。「わしは運転のことはあまり知らん——いやまるで知らんといってもいい。そうなったんだ——わしの知ってることは、それだけさ」

「そうだな、あんまり運転できないなら、夜間運転なんかやるべきじゃない」

「いや、やる気なんかなかったさ」彼はむっとして言った。「やる気なんかないよ」

見物人は畏《おそ》れに打たれたようにしーんとなった。

「自殺したいのかい？」

「車輪だけですんで、運がよかった！　下手《へた》な運転手のくせに、やる気なんかなかっただって
さ！」

「君たちはわからんのだね」と犯人は説明した。「わしは運転していなかったんだ。車にもうひとりいるんだよ」

こうはっきり言い渡されると、みんなはっと衝撃を受けたが、クーぺの扉《とびら》がゆっくり、すうっと開くのを見ると、「あーあー！」と押し殺した声が聞こえた。群集——いまはもう群集だった——は思わず一歩退った。扉がすっかり開くと、幽霊が出てくるときのように、しーんとなった。すると、蒼《あお》ざめた男が、ひどくゆっくりと、壊れた車からすこしずつ外へ踏みだしてきて、大きなだぶだぶの舞踊靴で、地面を試すようにこつこつ打った。

ギラギラ光ったヘッドライトに眼が眩《くら》み、ひっきりなしに唸《うな》っている警笛にへどもどして、そこに現れた妖怪《ようかい》は、一瞬ふらふらしながら立っていたが、やがて塵除《ちりよ》けの上着を着た男を認

めた。

「どうしたんだい？」彼はしずかにきいた。「ガソリンが無くなったのかね？」

「見なさい！」

六人ばかりのひとたちが、切断された車輪をそれぞれ指さした——彼は一瞬その車輪を見つめていたが、やがて空を見上げた。空から落ちてきたのかな、と疑っているらしかった。

「車輪が取れたんだよ」誰かが説明した。

彼はうなずいた。

「初め車が止まったのがわからんかった」

話がとぎれた。すると、深い息をして、両肩を張って、彼はきっぱりした声で言った。

「ガソリン・スタンドがどこか、教えてくれんかな？」

すくなくとも十二人が——そのうちの幾人かは、この男と同じぐらいひどい状態だったが——車輪と自動車は、もういっさいの物質的な絆《きずな》で結ばれてはいない、と説明した。

「バックしてくれ」しばらくして彼が案を出した。「車を切りかえしさせるから」

「だって車輪が取れちゃってるんだよ！」

彼は言いよどんだ。

「やってみたって悪かないさ」と、彼は言った。

啀《いが》み合うような警笛が漸強音《クレッセンド》に達した。僕はひきかえして、芝生を横ぎって家のほうへ行った。いちどちょっとふりかえって見た。細い月がギャツビーの家の上に輝いて、相変らず夜を美しく色どっていた。いまなお灯《あかり》が皎々《こうこう》としている庭園に、笑い声や物音が湧《わ》き起るさまを月は見渡している。窓々や大きないくつもの扉口から、突如空虚が流れ出ているように思われた。そのため、ポーチに立って、片手を挙げて、形式ばった別れの挨拶《あいさつ》をしている主人の姿は、まるで孤独なものとなった。

これまで書いてきたことを読みかえしてみると、五、六週隔ったこの三夜の出来ごとが、すっかり僕の心を奪ったことであるような印象を与えていることがわかる。ところが、実際はそうではなくて、多事多端な夏にあって、それはほんの行きずりの出来ごとにすぎなかった。ずっとのちになるまで、僕の個人的な事件に比べれば、僕の心を奪うなどということは、まるでなかったのだ。

大部分の時間、僕は働いていた。朝早く太陽が僕の影を西に投げるころ、職場のプロビティ・トラストに向って、南ニューヨークの白亜の建物と建物のあいだの、深い峡谷のような街路をいそいだ。職場では、ほかの事務員や証券の外交員たちともファーストネームで呼ぶぐらいになっていたし、彼らといっしょに、薄暗い混んだレストランで、小さい豚のソーセージ、マッシュ・ポテト、コーヒーで昼食をとった。ジャージー・シティ*に住んでいる、会計課の娘と、ちょっとした恋愛事件を起したりもした。だが、彼女の兄が僕に向って意地の悪い目つきをし始めたので、七月に彼女が休暇をとって休んだときをしおに、それとなく沙汰《さた》やみにしてしまった。

ふつう晩餐《ばんさん》は、イェール・クラブでとった――ある意味で、これは一日のうちで最も陰鬱《いんうつ》な時間だった――それから二階の図書室へ行って、良心に恥じない一時間を、投資や有価証券の勉強に当てた。クラブには、たいてい呑《の》んだり騒いだりする人が二、三人はいたが、決して図書室へ上がってくることはなかったので、勉強をするにはいい場所だった。そのあと、しっとりした夜だと、マジソン通りをぶらぶら下り、古いマレー・ヒル・ホテルを通り過ぎて、それから三十三丁目を越え、ペンシルヴェニア駅まで歩いた。

僕はニューヨークが好きになりだした。夜の活気にみちた、冒険的な感じ。ひきもきらず現れたり消えたりする男女や明滅する機械を見ると、落着きのない眼も満足するのだ。五番街を歩きながら、群集のなかからロマンチックな女を見分けるのが、僕は好きだ。そして、一、二分すれば彼女たちの生活のなかへ入ってゆくのだ。しかも誰も気がつかないし、誰からも文句は出ない、などと想像するのが好きだった。ときおり、心のなかで、彼女たちのあとを追ってみる。隠れた裏街の隅にあるアパートまで行くと、彼女たちはふりかえって僕に向って微笑を返してから、扉口《とびらぐち》を通って暖かな屋内の闇《やみ》に消えてしまう。心を魅する都の黄昏《たそがれ》のなかに立ちながら、僕はときおり孤独に襲われるのを感じた。他のひとたち――ひとりぼっちで、晩餐をとる時間がくるまで、レストランの窓の前をぶらぶらして待っている、貧しい若い事務員たちにも――暮かかる夕闇のなかに佇《たたず》みながら、胸を締めつけられるような、夜や人生の一瞬一瞬を浪費している若い事務員たちにも――それを感じた。

それにまた、八時になって、四十何丁目あたりの暗い傍道に、劇場地区へ向うタクシーが止まって、震動しながら五台も縦に並んでいると、僕の心は沈んでくる。車がスタートするのを待ちながら、なかでは人影がたがいに身をすり寄せている。歌っている声もする。ここまでは聞えないけれども、何か冗談を言ったらしく、笑いが起る。煙草に火をつけると、煙で車内のひとたちがぼやけてくる。僕だって華《はな》やかなところへいそいでいるのだ、僕だってこのひとたちの親しそうな興奮に一枚加わるのだ、と想像しながら、僕はこのひとたちよ、愉《たの》しかれ、と祈った。

しばらくジョーダン・ベイカーを見かけなかった。すると、真夏にまた逢《あ》った。最初のうちは彼女といろんな場所へ行くのが得意だった。ゴルフのチャンピオンで、誰でも名前を知っていたからだ。そのうち、何かしらそれ以上のものになった。現に僕は恋はしていなかったが、なんというか、愛情のこもった好奇心を感じていた。彼女は世間のひとに向って、退屈した高慢な顔つきをするが、そこには何か隠されている——たいてい気取った態度というものは、始まりはそうでなくても、結局何かを隠しているのだ——で、ある日、そいつが何であるかわかった。ウォーリック*のハウスパーティに招待されていっしょに行ったとき、彼女は借りてきた自動車を、屋根を開けたままで、雨のなかへ放置した。あとでそのことで嘘《うそ》をついた——すると、あの晩デイジーの家で、どうしても憶《おも》いだせなかった、彼女にまつわる話がふいに憶いだされた。彼女にとって初めての、大きなゴルフ・トーナメントのとき、騒ぎがもちあがって、もう少しで新聞に出そうになったのだ——準決勝で、彼女が、自分の不利な位置にあったボールを動かしてから打ったんじゃないかという話だ。事は世間を騒がせる手前までいった——すると、いつのまにかそれが消えてしまった。キャディは自分の言ったことを取り消したし、もうひとりの、唯一《ゆいいつ》の目撃者は、自分の間違いだったかもしれない、と認めてしまった。この出来ごとと名前がいっしょになって、僕の心に残っていたのだ。

ジョーダン・ベイカーはかしこく鋭いひとを本能的に避けた。いまになってわかったことだが、これは、規範から脱線することなど絶対にないと思えるひとたちのなかにいたほうが、いっそう安全だ、と感じるからなのだ。薬のつけようのないほど、彼女は不誠実だった。彼女には、不利な立場に立つことがたえられなかったのだ。で、不利になるという嫌なことが与えられると、ごく若いときから、口実をでっちあげることを始めたのだ。それというのも、あの冷やかで高慢な微笑を、世間のひとに向っていつまでもしていたいと願っていたからだし、いっぽう、自分のがっしりした、元気な躯《からだ》が求めるものを満足させたいと願っていたからにちがいない。

しかしそんなことは、僕にはたいしたことではなかった。女の不誠実なんか、そう深く咎《とが》めだてすることではない——時に遺憾だったが、やがて忘れてしまう。自動車の運転のことで、妙な会話をしたのも、その同じハウスパーティのときだった。彼女の運転する車が、数人の労働者のすぐ近くを通り、車のフェンダーがひとりの男の上着のボタンをはじいたので、話が始まった。

「駄目な運転手だね」僕は文句を言った。「もっと慎重にやらなくちゃ。それができないなら、全然運転しないことだ」

「あたし慎重よ」

「いや、そうじゃないよ」

「それじゃ、ほかのひとが慎重だってことね」彼女は平然と言った。

「それが何の関係があるのかね？」

「ほかのひとがよけてくれるでしょ」彼女は言い張った。「事故は、ふたつのものが寄らなくちゃ起こらないんだから」

「じゃあ、もし君とそっくり不注意なひとと出逢《であ》ったら、どうするの」

「断然出逢いませんように」と、彼女は答えた。「不注意なひとって嫌いよ。だからあなたが好きなのよ」

太陽の強い光線を避けるように細めた灰色の眼を、真直ぐ前方に注いだままだったが、彼女はこの言葉で、僕たちの関係を意図的に変えようとしたのだ。で、僕も、束《つか》の間《ま》彼女を愛しているような気がした。だが、僕は頭脳の回転が鈍《にぶ》くて、内心の規則がいっぱいあって、それがブレーキとなって僕の欲望を抑えてしまうのだ。まず第一に、故郷に残してきたやっかいな問題を片づけてしまわなければならなかった。僕には、週に一回手紙を書いて、「愛をこめて、ニックより」と署名するような間柄の女の子がいたのだ。と言っても、彼女についてせいぜい憶いだせたことといえば、彼女がテニスをしたとき、上唇に汗がたまって薄っすらと髭《ひげ》ができていたっけ、ということぐらいだった。それでもやはり、ふたりのあいだには暗黙の了解のようなものがあったので、自由になるまえに、思いきりよく断ち切らなければならなかったのだ。

ひとは誰でも、基本的な美徳のせめてひとつぐらいは、自分にもありはしないかと思うものだ。そしてこれが僕の美徳である——僕が知ってる限りの最も誠実な、数すくないひとびとの仲間だ、というのが。

第四章

日曜日の朝、渚沿《なぎさぞ》いの村々で教会の鐘が鳴るころ、信仰心のない男女が、ギャツビーの家へまた舞い戻って、芝生にあらわれ、陽気にちらちらと動きまわっていた。

「密造酒を売り捌《さば》いているのね」と、若い女たちはギャツビーのことを言いながら、彼のカクテルや、彼の草花のあいだをぶらぶら歩きまわった。「あるとき、あのひとがフォン・ヒンデンブルグ*の甥《おい》であの悪魔*とはまたいとこだってことを見破った男を、殺したのよ。あなた、薔《ば》薇《ら》を採《と》ってちょうだい。それから、そこにあるカット・グラスに最後の一滴を注いでちょうだい」

あるとき、僕はその夏ギャツビーの家へ来たひとたちの名前を、行事予定表の余白に書きとめた。もう古い予定表で、折り目がばらばらにくずれてしまって、「この予定表は一九二二年七月五日に実施」と、見出しに書いてある。それでも灰色になった名前はいまでも読めるし、その名前を挙げれば、ギャツビーのもてなしを受けながら、ギャツビーのことは何も知らない、とずるく敬遠してしまったひとびとについて、僕が総括的な話をするよりも、もっとはっきりした印象を読者に与えることになるだろう。

ところで、イースト・エッグから来たのは、チェスター・ベッカー夫妻、リーチ夫妻、僕がイェールで知っていたバンセンという男、ウェブスター・シヴィット博士、このひとは去年の夏メイン州で溺死《できし》した。それからホーンビーム夫妻、ウィリー・ヴォルテヤー夫妻、ブラックバックの一族全員、彼らはいつでも隅のほうに集っていて、誰が傍へ寄ってきても、山羊のように鼻をつんと持ち上げていた。それからイズメイ夫妻、クリスティ夫妻（というよりも、ヒューバート・アウエルバッハとクリスティ氏の細君と言ったほうがいい）、エドガー・ビーヴァ、このひとの髪の毛は、これといった正当な理由なんかまったくないのに、ある冬の午後、綿のように白くなったという。

クラレンス・エンダイヴは、僕の記憶ではイースト・エッグからだった。彼は白いニッカーボッカーをはいて、たったいちど来ただけだが、しかもエティという浮浪人と庭園で喧嘩《けんか》した。島の遥《はる》か遠くから来たのは、チードル夫妻、オー・アー・ピイ・シュレイダー夫妻、ジョージアのストーンウォール・ジャクソン・エイブラム夫妻、フィシュガード夫妻、リプレー・スネル夫妻。スネルは州刑務所にはいる三日前に来ていたが、ひどく酔って、砂利を敷いた邸内車道でユリシーズ・スウェット夫人の自動車に右手を轢《ひ》かれた。ダンシー夫妻も来たし、それからとっくに六十の坂を越したエス・ビイ・ホワイトベイト、それからモーリス・エイ・フリンク、ハマーヘッド夫妻、煙草輸入業者のベルーガと娘たち。

ウエスト・エッグから来たのは、ポール夫妻、マルレディ夫妻、セシル・ロウバック、セシル・シェーン、州上院議員グーリック、ニュートン・オーキッド、このひとは特別優秀映画会社の取締だ。エックハウスト、クライド・コーエン、ドン・エス・シュヴァルツ（息子）、アーサー・マッカーティ、みんな何かしら映画に関係のあるひとたちだ。それから、キャトリップ夫妻、ベンバーグ夫妻、ジイ・アール・マルドゥーン、のちに細君を絞殺した、例のマルドゥーンの兄弟である。プロモーターのダ・フォンターノオがそこへやってきた。エド・ラグロー、ジェームズ・ビイ（「下等酒《ラット・ガット》」）、フェリット、ド・ヨング夫妻、アーネスト・リリー――彼らは賭博《とばく》をしに来た。で、フェリットがぶらぶら庭園に出てくれば、一文なしに捲《ま》きあげられるのだし、その翌日の連合鉄道輸送の株が騰《あ》がらないと困るだろうと察しがつくわけだ。

クリップスプリンガーという男は、しょっちゅう来て、いつまでもいたので、「下宿人」とまで言われて有名になった――どこかに家庭があったのかどうか疑わしい。劇団のひとたちでは、ガス・ウェイズ、ホレース・オードノヴァン、レスター・マイアー、ジョージ・ダックウィード、フランシス・ブル。またニューヨークから来たのは、クローム夫妻、バックハイソン夫妻、デニカー夫妻、ラッセル・ベッティ、コリガン夫妻、ケラー夫妻、ドゥーアー夫妻、スカリー夫妻、エス・ダヴリュ・ベルチャー、スマーク夫妻、いまは離婚している若いクウィン夫妻、ヘンリー・エル・パルメットー、このひとはタイムズ・スクエアで、突進してくる地下鉄の前に飛び下りて自殺した。

ベニー・マックレナンはいつでも、若い女を四人連れてやってきた。彼女たちは同じ容姿をしていたわけでは決してないが、おたがいにとてもよく似ていたので、どうしても前にここへ来たことがある、というふうに見えた。彼女たちの名前は忘れてしまった――ジャクリーヌだったと思う。でなければ、コンスエラか、グロリアか、ジュディか、ジューンだったか。姓は花や月のメロディアスな名前だったか、あるいはアメリカの大資本家の、とてもいかめしい名前だったか。無理にきけば、資本家の従妹《いとこ》だと白状するかもしれない。

こうしたひとたちに加えて、フォースティーナ・オプライエンが、少なくともいちどはここへ来たような記憶がある。それからベデカーの娘たち、若いブルワー、彼は戦争で撃たれて鼻を失ってしまった。ミスタ・アルブラックスバーガーと許嫁《いいなずけ》のミス・ハーグ、アーディタ・フィッピーターズ、元アメリカ世界大戦参加軍人会長のミスタ・P・ジュウェット、お抱え運転手だという評判の男と、いっしょに来たミス・クローディア・ヒップ、僕たちが公爵と呼んだ、なんとかのプリンス、その名前は知っていたんだが、忘れてしまった。

こうしたひとたちがみな、その夏ギャツビーの家へ来たのだ。

七月下旬のある朝九時に、ギャツビーの豪奢《ごうしゃ》な自動車が、岩石を敷いた車道をよろめくように走って、僕の家の扉《とびら》のところまで来て、いきなり警笛を鳴らして、三音階のメロディを奏した。初めて訪ねてきたのだ。しかし僕は二度彼のパーティに出かけて行ったし、水上飛行機にも乗ったし、熱心に誘うので、彼の所有地の渚《なぎさ》をたびたび使ったりもした。

「お早よう、ねえ君。今日は昼飯を喰《く》おうよ。それで車でいっしょに行こうと思ったんだ」

彼は車のフェンダーに乗って、体の平衡を保っていたが、これはアメリカ人特有の、あのいつまでも消耗しきることのない身ぶりだ——その身ぶりは多分、若いときに重量のものを手で持ちあげることをしなかったからだし、それにもまして、上品な身ぶりを作りだすいろんな運動競技に参加しなかったからだと思う。これが落ちつきがないというかたちをとって、せっかくの几帳面《きちょうめん》な態度も、ひっきりなしにぶち壊しになった。彼はじっとしていることは絶えてなかった。いつでもどこかしら足でコツコツ叩《たた》いているか、さもなければ手をいらいらと開いたり、握ったりしていた。

僕が車を眺めて讃嘆《さんたん》しているのを、彼は目にとめた。

「きれいだろう、ねえ君？」僕にもっとよく見させるように、彼は跳《と》びのいた。「まだ見たことがなかったのかい？」

僕だって見たことがある。誰だって見たことはある。その車は鮮かなクリーム色で、ニッケルがきらきらかがやき、途方もなく長い車体のここかしこが脹《ふく》らんでいるのは、帽子入れや、食事の箱、道具箱などが、得意顔にそこにあるからだ。風防ガラスは、テラスのように複雑に入り組んだ段々になっていて、それが太陽をいくつにもうつしていた。幾層ものガラスのうしろの、いわば緑色の皮革製の温室とでもいうべきところに坐《すわ》って、僕たちは街《まち》へ出発したのだ。

このひと月ばかりのあいだに、たしか六回ほど彼と話したことがあるが、話らしい話を彼はほとんど何も持っていないことがわかったので、僕は失望していたのだ。だから、何かはっきりしないが、とにかく重要な人物なんだという第一印象はだんだん消えてしまって、ただ隣りの、数奇《すき》を凝《こ》らした路傍の旅館の経営者にすぎない者となっていた。

ところが、ひとをまごつかせるような、この自動車旅行が起ったのだ。ウエスト・エッグ村に着くか着かないかに、ギャツビーは上品な話しぶりを途中でやめて、彼のキャラメル色の洋服の膝《ひざ》を、決断がつかないのか、ぴしゃぴしゃ叩き始めた。

「ねえ、君」彼はびっくりするような大声で急に話しだした。「いったい僕のことをどう思ってる?」

いささか圧倒されて、僕はその質問にあった、あたり触わりのない逃げ口上を切りだした。

「じゃ、僕の人生について少し話そう」と彼は遮《さえぎ》った。「ひとから聞いたいろんな話をもとにして、僕のことを誤解してもらいたくないんだ」

彼の家の広間で交される会話に色どりを添えた、あの奇怪な非難のことを、彼は知っていたわけだ。

「絶対真実を話すよ」いきなり右手を挙げて、嘘《うそ》をついたら神の応報に従うという誓いをした。「僕は中西部の金持ちの息子なんだ――もう家の者はみんな死んじゃったけどね。アメリカで育ったが、教育はオックスフォードで受けたんだ。僕の先祖は誰でも昔から、そこで教育を受けるからなんだ。古くからの家のしきたりさ」

彼は僕を横目で見た――で、彼は嘘をつく、とジョーダン・ベイカーが確信していた理由が僕にもわかった。「教育はオックスフォードで受けたんだ」という言葉を、彼はいそいで言った。その言葉を呑《の》みこんだり、そこで詰まったり、まるで前にもそれで悩まされたことがあったみたいだ。こう疑われてくると、彼の言うことはすべて粉々に崩れてしまった。煎《せん》じつめれば、不吉なものが彼にはまつわっているのではないのかしら。

「中西部のどの辺？」ふと僕はきいた。

「サンフランシスコ」

「なるほど」

「家の者がみんな死んじゃったので、うんと金を相続したんだよ」

一族がそのように突然消滅してしまった記憶に、いまなおとり憑《つ》かれているのか、彼の声は厳粛だった。一瞬、からかっているのではないかと疑ったが、彼をひと目見ただけで、そうでないことがわかった。

「その後、ヨーロッパ中の都会――パリ、ヴェニス、ローマで、若いインドの王様みたいに暮したよ――宝石、そう、おもにルビーを蒐《あつ》めたり、獅子《しし》や虎《とら》の猛獣狩りをしたり、自分だけの手慰みだが、少し絵を描いたりして、ずっと前にあった、とても悲しいことを忘れようとしたんだ」

それを疑うような笑いを、僕はやっと抑えた。こういう言葉遣いはすっかり擦《す》り切れているので、なんのイメージも喚《よ》び起さない。ただブローニュの森で虎を追いながら、穴からおが屑《くず》をこぼす、ターバンを巻いた「人形」*の姿しか思い浮かばなかった。

「すると戦争になったんだよ、ねえ君。大きな救いだった。一生懸命死のうとしたんだが、どうやら僕は魔に憑かれたような生活に耐えたらしいよ。戦争が始まると中尉に任命されたんだ。アルゴンヌの森で、生き残った自分の機関銃大隊をうんと前進させたんだが、両側にいた歩兵部隊が前進できなかったから、半マイルばかり切れ目ができちゃった。そこに二日二晩頑張った。兵隊が百三十人、ルイス式軽機関銃十六挺《ちょう》だけさ。ようやく歩兵部隊が追いついてきたとき、死体の山のなかから、ドイツ軍の三箇師団の記章が見つかったよ。僕は少佐に昇進した。連合国の政府はどの政府も僕に勲章をくれたよ――モンテネグロ、ほらあのアドリア海の尖《さき》っちょの小っぽけなモンテネグロまでくれたんだぜ」

小っぽけなモンテネグロ！　彼は高く叫ぶように言って――彼らしい微笑をたたえながら、うなずいた。モンテネグロの苦難にみちた歴史を理解し、モンテネグロ国民の勇敢な奮闘ぶりに同情している微笑だった。一連の国際情勢に促されて、モンテネグロがささやかな熱烈な心をこめて、この贈物をくれたことを、充分認めている微笑だった。疑い深かった僕も、いまはその魅惑に浸っていた。一ダースばかりの雑誌を、大急ぎで読んでいるみたいだった。

彼がポケットに手を突っ込んだと思うと、リボンで吊《つる》したメダルが一個、僕の手のひらに落ちてきた。

「モンテネグロからもらったんだよ」

驚いたことに、見たところほんものらしかった。「ダニエル勲章、モンテネグロ、ニコラス王」と、円形の銘にしるされてあった。

「裏返してごらん」

「ジェイ・ギャッビー少佐、抜群の武勇に対して」と、読めた。

「もうひとつ肌身離さず持ってるものがあるんだ。オックスフォード時代の記念品だがね。トリニティカレッジの中庭で撮《と》ったんだよ――僕の左にいるのが、いまのドンカスター伯なんだ」

ブレザー・コートを着た六人の青年が、アーチ路でぶらぶら遊んでいる写真だった。アーチ路の向うには、たくさんの尖塔《せんとう》が見えた。そこにギャツビーがいて、クリケットのバットを片手に持って——さほど若くはないが、いまよりはいくらか若い。

するとこれはすっかり本当だったのだ。きっとヴェニスのグランド・キャナルに面して、彼の住む御殿があったのだろう。そこに敷かれた虎の燃えるような色艶《いろつや》が眼に見えるようだ。ルビーの小筥《こばこ》を開けて、深紅色にかがやく濃い色を眺めては、傷心の苦悩を医《いや》すありさまが眼に見えるようだ。

「今日は君にとんだお願いがあるんだよ」と彼は言って、満足そうに記念品をポケットに収めた。「だから、少しは僕のことを知っておいてもらわなくちゃいけないと思ったんだよ。ただのつまらん人間だと思われたくなかったんだ。ねえ、僕はいつだって知らない連中のなかに身を置いてるだろう。あれは僕にふりかかった悲しいことを忘れよう、忘れようと思って、あちこち彷徨《さまよ》ってるんだよ」彼は言いよどんだ。「午後になれば、悲しいことってどんなことかわかるよ」

「昼飯のときにだね？」

「いや、午後になってだよ。君がベイカーさんをお茶に誘っているのが、偶然わかったんだよ」

「じゃ君はベイカーさんに惚《ほ》れてるっていう意味なんだね？」

「いや、ねえ君。僕は惚れてなんかいないよ。でもベイカーさんは親切さね、君に話してくれるって、承知してくれたんだよ」

「それ」が何なのか、まるで見当がつかない。僕には興味があるよりも煩《わずら》わしかった。僕はなにもミスタ・ジェイ・ギャッツビーのことを話し合うために、お茶を飲みに行こう、とベイカーに言ったわけではない。きっとそのお願いというのは、何かまるで風変りなことなのだろう。で、いっぱいひと混みのした彼の家の芝生なんかに、なんだって足を踏み入れたんだろう、と一瞬後悔した。

それ以上彼はひとことも口をきこうとしなかった。ニューヨーク市に近づくにつれて、彼の態度は端正になっていった。ルーズヴェルト港を通ると、赤い筋をつけた太洋航路の汽船がちらと見えた。それから、鍍金《めっき》もはげた一九〇〇年代風の、だがまださびれてはいない酒場が軒を連ねる貧民街の玉石敷きの道を、スピードを出して通り過ぎた。やがて灰の谷間が両側に展開する。するとウィルソンの細君が喘《あえ》ぎながら元気よく、ガレージのポンプを一生懸命押しているのが目をかすめた。

僕たちはアストリア*の中ほどまで、フェンダーを翼のように広げて、あたりに光を散乱させながら走り抜けた――中ほどまでだった。高架鉄道の台柱の間に曲ったとき、「ジュグ、ジュグ、バタ！」というオートバイの聞きなれた音がして、血走った警官が横にぴたりとついて走ったからだ。

「わかったよ、君」と、ギャッツビーは言って、車は速力を落した。札入れから白いカードを取りだして、それを警官の眼の前で振って見せた。

「結構です」と、警官は帽子を取って承知した。「ギャッツビーさん、今度は見そこなわないようにしますよ。失礼しました！」

「あれは何だったの？」僕はきいた。「オックスフォードの写真を見せたの？」

「以前、警察長官にひと肌脱いでやれたんでね、それ以来、毎年クリスマス・カードを送ってくるんだよ」

大きな橋*を走ってゆく自動車に、桁《けた》のあいだからさしこむ陽《ひ》が、絶え間なくピカピカ光っている。イースト・リバーの向うには、白い積み重なりか砂糖の塊《かたま》りのように、ニューヨーク市が聳《そび》え立っている。願わくは、それはすべて臭くない金銭で建てられたものであってほしい。クイーンズボロ橋から見た市は、いつも初めて見る街のようだ。世界中の神秘という神秘、美という美を、初めてのように約束しているではないか。

死人を載せて、花をうず高く積んだ霊柩車《れいきゅう》とすれ違った。窓の覆いをおろした馬車が二台つづき、それよりも明るい馬車が何台か、友だちを乗せてつづいた。友だちは南東ヨーロッパで見かける悲しそうな眼ざしや、短い上唇を向けて、僕たちをじっと見た。ギャッツビーの豪奢《ごうしゃ》な自動車を眺めたことは、陰鬱《いんうつ》な彼らの休日にとってはせめてものことで、なによりだ。ブラックウエルズ島*を通り過ぎるころ、リムジンとすれ違ったが、運転手は白人で、流行の身なりをした男ふたりに女ひとりの、三人の黒人が乗っている。彼らが、敵意をこめて、横柄に僕たちのほうへまん丸の眼を向けたので、僕は大声を出して笑ってしまった。

「この橋を滑るように渡ったからには、どんなことだって起りうるのだ」僕は考えた。「まったくどんなことだって……」

ギャッビーの存在だって、なんのこれといって特別の不思議もなくなるのだ。

騒々しい午《ひる》さがり。よく風の通る、四十二丁目のある地下室で、昼飯を喰《た》べる約束をしたギャッビーに逢《あ》う。外の明るい街《まち》に眼が眩《くら》んで、控えの間でほかの男と話している彼の姿がぼんやり見分けられた。

「こちらはキャラウェイさん、こちらは友だちのウルフシェーム君」

鼻の平べったい小柄なユダヤ人が、大きな頭を擡《もた》げて、ふた塊《かたま》りに分けたみごとな髪の毛が両方の鼻の穴まで伸びている顔で、じっと僕を見つめた。しばらくして薄暗がりのなかで、彼の小っぽけな両眼を見つけだした。

「――そこでわしはあの男をじろっと見たんだがな」と、ミスタ・ウルフシェームは言って、僕の手を真剣になって握った。「それでわしが何をしたと思うね?」

「何です?」と、僕は愛想よくきいた。

しかしどうやら僕に話しかけているのではなかった。僕の手を離して、表情たっぷりな鼻を、ギャッビーに向けた。

「キャッポオにその金を渡してから、わしは言ってやった。『キャッポオ、よろしい。あいつが黙るまでは一銭だって払うんじゃねえぞ』とな。あいつはすぐその場で黙っちゃったよ」

ギャッビーは僕たちの腕をつかんで、レストランのなかへ入っていったので、ミスタ・ウルフシェームは新たに出かかっていた言葉を呑《の》みこんで、催眠術にかかったようにぽかんとしてしまった。

「ハイボールですか?」給仕頭がきいた。

「ここはいいレストランだわい」と、ミスタ・ウルフシェームは言って、天井に描かれた長老教会派のニンフの絵を眺めた。「でもやっぱり街の向う側のほうが好きだよ!」

「うん、ハイボール」と、ギャッビーは応じて、それからミスタ・ウルフシェームに向って言った。「向うは暑すぎて」

「暑くて部屋が小さい――そのとおりだが、ずいぶんと憶《おも》い出があるぜ」ミスタ・ウルフシェームが言った。

「どういう所ですか?」と、僕はきいた。

「昔のメトロポールなんだ」

「昔のメトロポールさ」ミスタ・ウルフシェームはふさいで考えこんだ。「死んだ顔やいなくなった顔がわんさとある。もう永久におさらばした友だちがわんさとあるぜ。あそこでロージィ・ローゼンタールが撃たれた晩のことは一生忘れられねえな。わしら六人でテーブルを囲んでいた。ロージィは一晩中たらふく喰《く》ったり呑《の》んだりしてた。もう朝になるってときに、給仕が妙な顔をして奴のところへ来て、誰か外まで顔をかしてくれと言うんだ。『よし』と、ロージィは言って、立ちかける。そこでわしが椅子《いす》へひき戻した。『ロージィ、用があるなら、そいつらをここへ来させな。きっとこの部屋から外へ出るんじゃねえぞ』もう朝の四時だった。鎧戸《よろいど》を開けりゃ、陽《ひ》が見られたろうな」

「出てったんですか？」と、僕は何の気なしにきいた。

「ええ出てったともさ」ミスタ・ウルフシェームの鼻が僕に向って怒ったように赤くなった。「扉口《とびらぐち》のところでふりかえって言うのさ、『給仕におれのコーヒーを下げさせるなよ！』それから歩道へ出ていった。奴らは満腹の腹に三度もぶっ放して、自動車で逃げてったんだ」

「そのうちの四人は電気椅子で死刑にされたんだったね」と、僕は憶いだしながら言った。

「ベッカーと五人さね」鼻をうごめかしながら、彼は興味ありげに僕のほうを向いた。「あんたは取引先を探しているってわけかね」

つづいて言われたこのふたつの話の対照には、驚くべきものがあった。ギャッビーが僕に代って答えた。

「ああ、違うよ」彼は叫んだ。「これは違うひとだよ」

「違うのか？」ミスタ・ウルフシェームはがっかりしたらしかった。

「これはただの友だちだよ。例のことはまたいつか話そうと、言ったろう」

「申しわけなかった」と、ミスタ・ウルフシェームは言った。「見違えちゃったわい」

おいしそうな料理ができてきた。ミスタ・ウルフシェームは昔のメトロポールの、ずいぶんとセンチメンタルな雰囲気も忘れて、狂暴といっていいほど、うまそうに喰《た》べ始めた。その間、彼の眼は部屋のまわり中を時間をかけてゆっくりと見まわした——眼の描いた弧は、最後にぐるりと体をまわして、まうしろのひとびとをじろじろ見て、完全な円周となった。もし僕がいなかったら、このテーブルの下もちょっと覗《のぞ》いたかもしれない。

「ねえ、君」とギャッビーが僕のほうにかがみこんで言った。「今朝、車のなかで怒らせちゃったんじゃないかしら」

　また微笑が浮かんでいたが、今度は僕もそれに抵抗した。

「僕は秘密が嫌いなんだ」僕は答えた。「だからなぜ君が率直に打ち明けて、どういうふうにしてほしいと話さないのか、僕にはわからん。なぜ一から十までベイカーさんを通してでなくちゃいけないんだ？」

「ああ、秘密なことなんか何もないよ」彼は請《う》け合うように言った。「ベイカーさんはたいしたスポーツ選手さ、そうだろう。だからまちがったことなんか決してするひとじゃないよ」

　彼はいきなり時計を見て跳《と》び上がり、僕とミスタ・ウルフシェームをテーブルに残したまま、いそいで部屋から出て行った。

「電話をかけなくちゃいけないんだ」ミスタ・ウルフシェームは言って、眼であとを追った。「よくできたひとじゃねえかね？　器量はいいし、申し分ない紳士さ」

「そうね」

「オッグズフォード出だよ」

「ああ！」

「英国のオッグズフォード大学《カレッジ》へ行ったんだ。オッグズフォード大学って知ってるね？」

「聞いたことがあるような大学だね」

「世界中でいちばん有名な大学のひとつさ」

「長いことギャッツビーと知り合いですか？」僕はきいた。

「五、六年だね」と、彼は満足そうに答えた。「戦争直後お近づきを願ったわけさね。それでも一時間も話したら、育ちのいいひとを見つけたもんだわい、と気がついたね。わしは自分に向ってこう言ったもんだ、『家へ連れてって、母や妹に紹介したいような男だ』」彼はそこでちょっと黙った。「やあ、わしのカフスボタンを見てるね」

僕は見てはいなかったのだが、そう言われて目をやった。妙に親しみのもてる形で、象牙《ぞうげ》で作ってある。

「人間の臼歯《きゅうし》の形に作ったんじゃ、いちばん立派なもんさ」と、彼は教えてくれた。

「なるほど！」僕はじっと見つめた。「なかなか面白い思いつきですな」

「そう」彼は上着の下で袖《そで》をパンとはじいて上にあげた。「そう、ギャッツビーは女のことはとても用心してるな。友だちの細君の顔ぐらい見たってよさそうなもんだが、絶対にそんなことはしねえね」

こう本能的に信頼しきっている当の相手が、テーブルに戻ってきて腰をおろすと、ミスタ・ウルフシェームはコーヒーをぐいと飲んで、立ちあがった。

「ご馳走《ちそう》さん」彼は言った。「長居をして飽きられないうちに、お前さんたち若いご両人の傍から逃げだそうわい」

「いそがなくてもいいだろう、メイヤー」ギャツビーがお座なりに言った。ミスタ・ウルフシェームは、一種の祝禱《しゅくとう》でも捧《ささ》げるように、片手を挙げた。

「ご親切にどうも。しかし、わしは違う時代の人間ですわ」と、彼はまじめくさって言い放った。「お前さんたちはここに坐《すわ》って議論なさる、スポーツのことや、若いご婦人のことや、それから――」もういちど手を振って、その架空の名詞を補った。「このわしといや、五十ですわ。だからこれ以上、お前さんたちにつけ込むようなことはしませんわ」

握手して身を翻《ひるがえ》すとき、彼の悲しげな鼻は震えていた。気に障《さわ》るようなことを、何か言ったのだろうか。

「ときどきとてもセンチメンタルになるんだよ」ギャツビーが説明した。「今日はそのセンチになった日さ。ニューヨーク界隈《かいわい》ではまったくの変り者さ――ブロードウェイの住人でね」

「いったい、あれは何者です、俳優？」

「いや」

「歯医者？」

「メイヤー・ウルフシェームだろう？　いや、賭博《とばく》をやる男だよ」ギャツビーはためらっていたが、やがて平然として言い添えた。「一九一九年にワールド・シリーズを買収した男さ」

「ワールド・シリーズを買収したって？」と、僕は繰りかえした。

そういう見かたに僕はびっくりした。もちろん一九一九年のワールド・シリーズが八百長だったことは覚えていた。しかしちょっと考えてみても、あれはどうしようもないことがいろいろ繫《つな》がって、その終結としてただ偶然に起ったにすぎないとしか考えられない。爆薬を使って金庫破りをする夜盗のような単純な心で、ひとりの人間が——五千万の人間の信じこんでいることに、手を出すなぞということができるなんて、どうしても僕には信じられなかった。

「どんな拍子でそんなことができたのかね？」——しばらくして僕はきいた。

「ただ機会をつかんだだけさ」

「なぜ投獄されないんだろう？」

「捕えられないんだよ、ねえ君。利口な男さ」

僕はどうしても勘定を払うと言い張った。給仕が僕のところへ釣り銭を持ってきたとき、トム・ビュキャナンが混雑している部屋の向うのほうにいるのが目についた。

「ちょっといっしょに来てくれたまえ」と僕は言った。「あるひとに挨拶《あいさつ》しなくちゃいけないんだ」

僕たちを見ると、トムは跳《と》び上がって、こっちへ五、六歩近づいてきた。

「どこへ行ってたんだい？」彼は熱心にきいた。「君から電話がかかってこないもんだから、デイジーがひどく怒っているぜ」

「こちらギャツビーさん。ビュキャナン君」

ふたりは簡単に握手した。すると、ひきつったような、あまり見なれない当惑した表情が、ギャツビーの顔に浮かんだ。

「いったい、どうしてたんだい？」と、トムは僕のことを訊《き》きただした。「なんの風の吹きまわしで、こんな遠くまでめしを喰《く》いにきたんだい？」
「ギャツビーさんと昼めしを喰《た》べてたんだよ」
ミスタ・ギャツビーのほうをふり向くと、彼はもうそこにいなかった。

一九一七年の十月のある日だったの――（と、その日の午後、プラザ・ホテルのティー・ガーデンで、真直ぐな椅子《いす》にきちんと背を伸ばして腰かけたジョーダン・ベイカーが言った）――あたし、こっちからまたべつの所というふうに歩いていたの。歩道を歩いたり、芝生を歩いたり、半分半分にね。芝生のほうが愉《たの》しかったわ。だって英国から来た靴をはいてたんだけど、靴底にゴムの頭がついていて、それが軟かい土のなかに喰い込むんですもの。スカートも格子縞《こうしじま》の新しいのをはいていたの。風が吹くとそれがちょっと揺れるのよ。そうなるたびに、どの家の前にも出ている赤や白や青の旗が、延びてこわばって、風に吹かれるなんか不本意だっていわないばかりに、タッタッタッタッて鳴るのよ。

いちばん大きな旗、それからいちばん大きな芝生っていえば、デイジー・フェイの家だったわ。あのひとちょうど十八で、あたしより二つ上よ。ルイヴィル中の若い女のひとでは、断然いちばん人気があるの。白い服を着て、白い小型のロードスターを持ってるのよ。お家では一日中電話が鳴ってるの。テイラー基地*の若い将校たちが興奮して、その晩あのひとを独占したいって特権をねだってるわけ。「とにかく、一時間でもいいです！」だって。

その朝あのひとの家の真向かいまで来たら、白いロードスターが歩道の縁石の傍に止まってるの。見たこともない中尉さんといっしょなのよ。ふたりともとても夢中になっていて、あたしが五フィート離れたところへ来るまで、あのひとったら気がつかないの。

「こんにちは、ジョーダン」って、彼女いきなり声をかけたの。「ねえここへいらしって」あたしと話したいらしかったので、嬉《うれ》しかったわ。だって年上の女のひとでは、いちばん崇拝してたんですもの。赤十字へ繃帯《ほうたい》を作りにいらっしゃるところ？って、あたしに聞くの。それじゃ、今日あたしは行かれなくなったって、みんなに伝えてくれない？って。デイジーが話していると、将校のひと、彼女をじっと見ているの。若い娘だったら誰だって、いつかはあんなふうに見つめてもらいたいもんだわ。ロマンチックだったんで、そのときのことずうっと覚えていたの。そのひとジェイ・ギャツビーって名前だったわ。また逢《あ》ったのは、四年以上経《た》ってからだったけど――ロングアイランドで逢ってからも、同じひとだなんて思えないくらいよ。

それが一九一七年だったの。その次の年にはもうあたしだって、相手が二、三人できたし、トーナメントにも出始めたし、だからそうたびたびデイジーに逢ったわけではないのよ。ほんの少し年上の連中と、あのひと付き合っていたわ――まあ誰かとお付き合いするってときにはね。でたらめな噂《うわさ》が広まっていたわ――ある冬の夜、旅行鞄を詰めているところを、お母さまに見つかったっていうの。ニューヨークへ行って、外国へ行く兵隊さんにさよならを言うつもりだったんですって。うまい具合に止められたのね。でも家の者とは五、六週間も口をきかなかったんですって。それからはもう兵隊さんと遊びまわらなくなったんでしょう。二、三人、扁平足や近眼の町の青年とだけ。そういうひとは軍隊には絶対とられないもの。

その翌年の秋にはもう、彼女はまた快活になったの、前みたいに快活だったわ。休戦後、社交界にデビューしたわ。二月にはニューオーリンズ出身のひとと婚約したらしかったんだけど、六月にはシカゴのトム・ビュキャナンと結婚したの。ルイヴィルはじまって以来の盛大な式。花婿は四台貸切の車輛で百人連れてきて、ミュールバッハ・ホテルの一フロアを全部借切ったの。式の前の日、三十五万ドルもする真珠の頸飾《くびかざ》りを花嫁に贈ったのよ。

あたしは花嫁付添いだったの。披露《ひろう》宴の始まる三十分前、あのひとのお部屋に行ってみたのよ。そしたらベッドに横になっていたけど、花模様の衣装を着けて、まるで六月の夜のように美しいの——それだのに酔払って猿みたいなの。片手にソーテルヌの白葡萄酒《ぶどうしゅ》の壜《びん》を持って、片手に手紙を持ってるの。

「祝ってちょうだい」そうささやくの。「いちども呑《の》んだことなんかないんだけど、ああとてもおいしいわ」

「どうなさったの、デイジー？」

あたしこわかった、ほんとよ。あんな女のひとって見たことないんですもの。

「ほらここよ。あんたぁ」ベッドへ抱えこんでた屑籠《くずかご》のなかを手捜しして、真珠の頸飾りをひき出したの。「これ階下《した》へ持ってってって、誰のもんだか知らないけど、ほんとの持ち主に返してよ。デイジーは気が変ったって、みんなに言ってちょうだい。言ってよ、『デイジーは気が変った』って！」

あのひと泣きだしたわ——とてもひどく泣くの。あたし飛びだしてって、お母さま付きのメイドをつかまえたの。ふたりで扉《とびら》に鍵《かぎ》をかけて、お風呂《ふろ》の水を浴びせたのよ。手紙は握っていてどうしても放さないの。お風呂のなかへ持って入って、握りしめてびっしょり濡《ぬ》れた球《ボール》にしてしまうの。やっと石鹸《せっけん》入れに置かせたんだけど、そのときはもう雪のように切れ切れになってしまったのを見て、やっと諦《あきら》めたからなのね。

でもそれからはひとことも喋《しゃべ》らなかったわ。アンモニア水を嗅《か》がせ、額に氷を載せて、ドレスのフックを留めてまた着せてあげたの。三十分経《た》ってお部屋を出るときは、真珠は頸《くび》にかかっていたし、その事件はもうすんでしまったの。翌日の五時に、トム・ビュキャナンと結婚したけれど、軀《からだ》が震えるなんてことはこれっぽちもなかったわ。そうして南太平洋へ三か月の旅行に出かけたの。

旅行から帰ってから、サンタ・バーバラで逢《あ》ったわ。ところが、こんなに夫に夢中になってるひとってあるかしらと思うくらい。ちょっとでもお部屋から出てゆくと、不安そうにあたりを見まわして言うの、「トムはどこへ行ったの?」トムが扉口《とびらぐち》のところへ顔を出すまでは、とてもぼんやりした表情なのよ。砂の上に腰をおろして、一時間もトムの頭を膝《ひざ》にのせて、眼の上を指でこすったり、底抜けの喜びようで、じっと顔を見つめてるの。ふたりいっしょのとこを眺めると、とても感動したわ――なんというのかしら、声も出ないでうっとりと笑ってしまうの、こっちが。それが八月だったわ。あたしがサンタ・バーバラをたって一週間してから、ある晩トムがヴェンチュラ街道《かいどう》で荷馬車と衝突したのよ。自動車の前輪がもぎ奪《と》られてしまって。いっしょに乗ってた女のひとも新聞に出ちゃった。だって、そのひと片腕を折ってしまったんですもの――サンタ・バーバラ・ホテルの寝室係のメイドだったわ。

翌年の四月、女の赤ちゃんが生まれたの。それから一年フランスへ行ったわ。あたし春カンヌで逢ったし、その後ドーヴィルでも逢ったわ。それからシカゴに戻って落ちついたのね。デイジーはシカゴで人気があったわ、ご存じでしょう。ふたりは遊蕩《ゆうとう》の群れにまじって歩きまわったんだけど。みんな若くって、お金持ちで、乱暴で、でもデイジーは絶対、申し分のない評判を落すようなことはなかったわ。それっていうのは、呑《の》まないからでしょ。大酒呑みのなかに入って、呑まないってことは、そりゃたいした強みよ。黙っていられるでしょう。そればかりじゃないわ、自分のちょっとした不品行だってうまく間《ま》をつくろえるから、ほかのものはみんな盲目になっていてわからないし、気にもかけないってわけよ。きっとデイジーは全然浮気するつもりはなかったでしょう――でもやっぱり、あのひとの声のなかには何かしらあるわ……

それで、六週間ばかり前ね、あのひと何年ぶりかで初めてギャッツビーの名を聞いたわけなの。ほらあたしがあんたにきいたでしょう――覚えてる？――ウエスト・エッグのギャッツビーご存じですかって。あんたが帰ってから、デイジーがあたしのお部屋に入ってきて、起すの。そして「ギャッツビーって、どのひとよ？」って言うの。だからどんなひとだか説明してやったわ――あたしもう眠りかけてたの――それじゃあたしの知ってたひとに違いないって、世にも不思議な声で言ったわ。そのとき初めてよ、このギャッツビーと白い車に坐《すわ》っていたあの将校と結びついたのは。

ジョーダン・ベイカーがこの話をすっかりし終ったとき、僕たちはすでにプラザ・ホテルを出てから三十分も経《た》っていて、セントラル・パークで四輪の幌馬車《ほろばしゃ》を乗りまわしていた。太陽はもう、西五十何丁目に建っている、映画スターたちの住む高層アパートの向うに沈んでいた。そしてもう遅くなったので、草の上のこおろぎのように寄り集った子供たちの透き通る声が、暑い黄昏《たそがれ》をついて高らかに聞えた。

僕はアラビアの酋長《シーク》よ
あなたの愛は僕のもの
あなたの眠る夜となれば
あなたのテントに忍び寄る——

「不思議な偶然だったんだね」僕は言った。

「でも全然、偶然じゃなかったのよ」

「なぜ?」

「だって、湾を越したすぐ向うにデイジーがいるからこそ、ギャツビーはあの家を買ったんですもの」

するといつか六月の夜、彼が熱い思いを送っていたのは、星などではなかったのだ。さながら、輝かしいものではあってもまったく無意味だった胎内から、いきなり生まれでてきたように、彼の存在は生き生きと僕に迫ってきた。

「あのひと知りたがっているの」と、ジョーダンはつづけた。「いつか午後にでも、あんたがデイジーを家に招《よ》んで、そしたらあのひとも来させてもらえるかしらって」

そのつつましい望みが、僕の心を揺さぶった。五年間待っていたのだ。邸宅を買って、そこで気紛れな蛾《が》に星の光を分ち与えていたのだ——いつか午後にでも、他人の庭に「来させて」もらえることを当てにしながら。

「話をすっかり僕に知らせてからでなくちゃ、こんな簡単なことも頼めなかったのかね?」

「あのひと、こわいのよ。だからこんなに長いこと待ったんだわ。あんたが感情を害しやしないかって思ったのね。でもわかるでしょう、このことにかけては、あのひとしんはとても強いのよ」

だが、僕はなにか釈然としなかった。

「なぜ君にあいびきのお膳立《ぜんだて》を頼まなかったんだろう?」

「彼女に家を見せたいのよ」と、説明してくれた。「それであんたの家がすぐ隣りでしょう」

「ああ、そうか!」

「パーティに、いつかはぶらりとやって来やしないかって、かなり期待してたと思うの」と、ジョーダンはつづけた。「でもまるっきり来なかったでしょう。すると今度は行き当りばったりにいろんなひとに、デイジーを知ってるかどうかきき始めたのね。それで、あたしが初めての知り合いだったわけよ。ダンスを見ていたらあたしを呼びに来たあの晩よ。だんだんにやりとげていく念の入ったやりかたは、もうよくわかったでしょう。もちろんあたしは、すぐニューヨークで昼食なさったらって、提案したのよ――そしたら、あのひとおかしくなるんじゃないかと思ったくらい、『僕は変なことはしたくない！』って言いつづけたわ。『僕はただ、すぐ隣りで逢《あ》いたいんですよ』って。あんたがトムの特別な友だちだって言ったら、その考えをすっかり棄《す》ててしまいそうになったわ。トムのことはそんなに知らないのよ。でも、ひょっとして、ただちょっとでも、デイジーの名前が見られるかもしれないというだけで、何年もシカゴの新聞を読んできたって言うの」

もう暗かったので、馬車が小さい橋の下に隠れて通るとき、*僕はジョーダンのすばらしい肩に腕をかけて彼女をひき寄せ、夕食に誘った。突然、僕はもうデイジーやギャツビーのことは考えないで、何ごとにも懐疑的で、突飛なことなんかしない、この清らかで冷静なひとのことを考えていた。そのひとはまさに僕の腕の輪のなかで、軽やかにうしろに倚《よ》りかかっているのだ。頭がカッとするような興奮をともないながら、ひとつの文句が僕の耳を打ち始めた。「追われる者と追う者、忙しい者と疲れ果てた者、だけがある」と。

「それにデイジーの人生にだって、何かなくちゃいけないわ」ジョーダンが僕にささやいた。

「ギャツビーに逢《あ》いたいのかな？」

「デイジーにそのことがわかっちゃいけないのよ。ギャツビーは知らせたくないのよ。あのひとをお茶に招《よ》ぶだけが、あんたの役目よ」

僕たちの馬車が、障壁のように立っている黒々とした木立の傍を通り、やがて五十九丁目の前を進むと、ひと塊《かたま》りのほのかな蒼白《あおじろ》い光が、公園のなかにさしこんでいた。ギャッビーやトム・ビュキャナンと違って、僕は、映画館の暗い壁面でネオンにいろどられ、胴体もなく顔だけが浮かびあがっているような、そんな女に縁はなかった。だから僕は傍に坐《すわ》っているこの女をひき寄せて、両腕に力をこめた。彼女の軽蔑《けいべつ》するような口が弛《ゆる》んで、微笑が浮かんだ。そこでまた今度は僕の顔のほうへぴったりとひき寄せた。

第五章

その夜ウエスト・エッグへ帰ってから、僕の家が火事ではないか、と一瞬はっとなった。もう二時になっているのに、半島の隅一帯に光が煌々《こうこう》とかがやいて、それが灌木《かんぼく》の林にさしているありさまが現実離れして見え、路傍の電線は細くひき延ばされたきらめく線となって映えていた。角を曲ってから、ギャツビーの家で、上の塔から地下室の穴蔵まで電灯をつけているのだとわかった。

またパーティがあるのだな、初めはそう思った。騒々しい会合がしまいに「鬼ごっこ」や「押しくらまんじゅう」*になってしまい、それで家中をその遊戯に開放したのだろうと思った。ところが物音ひとつしない。樹間に風が鳴るだけだった。その風に電線が揺れて、灯が消えたり、またついたり、まるで家が暗闇《くらやみ》に向って目ばたきしているようだった。僕が乗って来たタクシーが唸《うな》りをたてて走り去ると、ギャツビーが芝生を横ぎって僕のほうへ歩いて来る姿が見えた。

「君のところはワールド・フェアでも開かれてるみたいだね」と、僕は言った。

「そうかな?」彼は屋敷のほうをぼんやりと見た。「いろんな部屋に目を通してみたんだよ。

コニーアイランド*へ行こうよ、ねえ君。僕の車でさ」

「もう遅いよ」

「それじゃ、どう？　プールへ飛び込んでみないか。夏になってからまだ使ったこともないんだ」

「僕はもう寝なくちゃ」

「それじゃしょうがない」

逸《はや》る心を抑えて僕を見つめながら、彼は待っていた。

「ミス・ベイカーと話したよ」しばらくして僕は言った。「明日デイジーに電話して、ここへお茶に招《よ》ぼうと思うんだけど」

「やあ、それは結構だね」彼は無頓着《むとんちゃく》に言った。「でも君に迷惑はかけたくないんだ」

「いつがいい？」

「君はいつがいい？」彼はすばやく僕の言ったことを言い直した。「君に迷惑はかけたくないんだ、そうだろう」

「明後日はどうかね？」

彼はちょっとのあいだ考えた。それから気が進まないように言った。

「草を刈らせたいんだけどね」

ふたりとも草を見おろした——そこにははっきりと一線が画されていて、僕のほうの手入れのしてない芝生がそこで終り、彼のほうのもっと黒ずんだ、よく手入れの行届いた芝生が、そこからひろびろと広がっていた。僕のほうの草のことだな、と察しがついた。

「もうひとつちょっとしたことがあるんだがね」と、あやふやに言って、彼はためらった。

「二、三日延ばしたほうがいいかね？」僕はきいた。

「いや、そのことじゃないんだよ。せめて——」彼は話のきっかけを、あれでもない、これでもないと思案していた。「いや、考えてみたんだがね——その、ほら、ねえ君、君はあんまり収入は多くないんだろう？」

「そうたくさんはね」

これに勢いをえたらしく、さらに自信をもって話しつづけた。

「失礼だったら勘弁してくれたまえ、そうだろうと思ったよ——ねえいいかい、僕はちょいとした商売を副業にやってるんだよ。副業なんだ、わかるね。それで考えたんだ、君がそうたくさん収入がないとすれば——債券を売ってるんだったね、ねえ君？」

「まあそう、売ろうとやってるんだがね」

「それじゃ、これは君に面白いかもしれない。そんなに時間はとらないし、かなり転がり込むんだ。たまたま機密を要することではあるんだがね」

いまになればはっきりわかるのだが、もし周囲の事情が違っていたら、その会話は僕の生涯のひとつの危機になっていたかもしれない。しかしその申し出はあきらかに、しかもなんの掛けひきもなく、僕からしてもらうサーヴィスに返礼としてなされたものだから、僕としてはその場で彼を黙らせるよりほか仕方がなかった。

「僕はいま手いっぱいなんだ。非常に有難いけれども、これ以上仕事はやれそうもないね」僕は言った。

「ウルフシェームと取引なんかする必要はないんだよ」どうやら昼食のとき話に出た「取引先」という言葉がもとで、僕がしりごみしている、と考えたらしい。いやそれは間違いだと僕ははっきりさせた。僕のほうから会話をきり出すのを望みながら、彼はもうしばらく待った。だが僕は自分のことで頭がいっぱいで、応待なんかしていられなかった。そのため彼は仕方なし家へ戻った。

その夜は、僕は心も軽く幸福になれたのだ。玄関の扉口《とびらぐち》を入った途端に、深い眠りのなかに歩み入ったような気がする。だから、ギャッビーはコニーアイランドへ行ったのかどうか、家中でかでかと灯《あかり》をともしたまま、何時間くらい「部屋に目を通した」のか、僕は知らない。翌朝会社からデイジーに電話して、お茶に招待した。

「トムは連れて来ないでね」と彼女に注意した。

「なぁに？」

「トムを連れて来ないでね」

「誰よ『トム』って？」彼女はとぼけてきいた。

打ち合せた日は篠《しの》つく雨だった。十一時になると、レインコートを着た男が、芝刈機を曳《ひ》きずって、僕の家の玄関の扉をコッコツ叩《たた》いた。そしてこちらさんの草を刈りにお伺いしろ、とギャッビー様が申しましたんで伺いました、と言った。これで、フィンランド人の家政婦に、昼もういちど来るように言うのを忘れていたことも憶《おも》いだした。そこでウエスト・エッグ村に車を駆って、びしょ濡《ぬ》れの、水漆喰《しっくい》を塗った路地のなかで家政婦を捜し、またコップやレモンや花を買った。

花を買う必要はなかった。二時になると、ギャッビーの家から温室ひとつ分の花が、無数の容器といっしょに届いたからだ。一時間経《た》って、玄関の扉が神経質そうに開けられた。すると、ギャッビーが白いフランネルの洋服、銀色のワイシャツ、金色のネクタイという扮装で、いそいで入って来た。顔は真蒼《まっさお》で、眼の下には眠れなかったことを物語る黒い隈《くま》があった。

「万事いいかね?」彼はすぐにきいた。

「草のことだったら、きれいになってるよ」

「なんの草のことだね?」彼はぽかんとしてたずねた。「ああ、中庭の草のことだね」彼は窓越しに外を見た。だが彼の表情から察して、何も目に入っていなかった。

「とても立派に見えるね」と、彼はぼんやり言った。「新聞によると四時ごろ雨がやむらしいね。そう書いてあった新聞は、たしか『ジャーナル』だったよ。必要なものはみんな手に入ったかね? つまりそのお茶——として必要なものは」

僕は彼を食器室に連れて行ったが、そこでフィンランド人の家政婦を、ちょっと咎《とが》めるように見た。デリカテッセンで買った一ダースのレモン・ケーキを、ふたり揃《そろ》って調べてみた。

「これでいいかね?」僕はきいた。

「ええ、ええ、もちろんいいさ! とても立派だ!」そしてうつろな声で言い添えた。「……

ねえ君」

雨は三時半ごろおさまって、じめじめした霧となった。ときおり小さい滴《しずく》が露のように、そのなかをすうーっと落ちていた。ギャッビーはうつろな眼ざしで、クレーの『経済学』*を見ていたが、フィンランド人の家政婦が台所で床をきしませる音にびっくりしたり、まるで見えないけれども驚くべき出来ごとが連続して外で起っているみたいに、ときどき霞《かす》んだ窓のほうを覗《のぞ》いたりした。とうとう立ちあがって、はっきりしない声で、家へ帰ると僕に告げた。

「なぜそんなことするんだい?」

「誰もお茶に来ないよ。もう遅いもの!」彼は自分の時計を見たが、どこかよそにさし迫った用事があって、そっちに時間をとられているんだ、といったようすだった。「一日中は待てないよ」

「馬鹿な。まだ四時二分前じゃないか」

僕に押されたように腰をおろした彼の恰好《かっこう》はみじめだった。すると時を移さず、僕の家の小径《こみち》に、曲って入って来るエンジンの音がした。ふたりとも跳《と》びあがった。そして我ながらちょっと戸惑って、僕は中庭へ行った。

滴《しずく》の落ちるライラックの裸樹の下をくぐって、大型のオープンカーが邸内車道を走って来た。それが止まった。ラヴェンダー色の三角帽子の下で、横にかしげられたディジーの顔が、明るいうっとりした微笑をたたえながら、僕を見つめた。

「これがほんとに住んでらっしゃる所、ねえあなた?」

浮々したさざ波のような彼女の声は、雨のなかで聞える荒々しい主音《トニック》だった。ひたすら耳を傾けて、上へまた下へと、一瞬その音のあとについてゆかなければならない。そのあとで言葉が届いてくる。斜めにサッと碧《あお》い墨で描いたように、濡《ぬ》れた一筋の髪の毛が、彼女の頰《ほお》についていた。自動車から助け降ろそうとして、取った手は、きらきら光る滴で濡れていた。

「あなた、あたしに恋してるの?」彼女は低く僕の耳もとで言った。「そうでなければ、なぜひとりで来なくちゃいけなかったのよ?」

「それがあんたの気になることなんだね。*いまはきかないで。それから、運転手に遠くへ行って一時間つぶして来るように言ってくれないか」

「一時間したら戻ってね、ファーディ」それからまじめくさったささやき声で言った。「名前はファーディよ」

「ガソリンが彼の鼻に障《さわ》るかな?*」

「そんなことないと思うわ」と、彼女は無邪気に答えた。「なぜ?」

僕たちは家のなかへ入った。なんとたまげたことだ。居間は空《から》っぽではないか。

「おや、これはおかしい」と、僕は大声で言った。

「何がおかしいの?」

玄関の扉《とびら》を軽く、もったいぶって叩《たた》く音がしたので、彼女は頭をふり向けた。僕は出て行って扉を開いた。ギャツビーがまるで死人のような蒼白《あおじろ》い顔をして、両手を錘《おも》りのように上着のポケットに突っ込んだまま、僕の眼を悲しげに睨《にら》みつけながら、水溜《みずたま》りのなかに立っていた。

依然として両手を上着のポケットに突っ込んだまま、僕の傍をゆっくりと歩いて玄関《ホール》に入り、針金の上を渡っているみたいにさっとふりかえり、それから居間へ消えた。少しもおかしくない。僕は自分の心臓の鼓動が大きく波打っているのを意識しながら、激しくなってゆく雨を防ぐために、扉を閉めた。

ほんのちょっとのあいだ、物音ひとつしなかった。すると居間のほうで、咽《むせ》ぶようなささやきらしいものと、笑いのかけらとでもいうべきものが聞えた。つづいてデイジーの声が、はっきりと気取った調子で言うのが聞えた。

「あたしまたお目にかかれて、ほんとうにとても嬉《うれ》しゅうございますわ」

沈黙、それが怖《おそ》ろしいくらいつづいた。僕は玄関《ホール》で何もすることがなかったので、部屋に入って行った。

ギャツビーは相変らず両手をポケットに突っ込んだまま、炉棚に倚《よ》りかかって、すっかり寛《くつ》ろいでいる、退屈までしているというようすを無理に装っていた。頭を思いきり反《そ》らせていたので、いまはもう役にたたない炉棚の時計の文字盤に頭がついていた。そういう姿勢で、狂気じみた眼でデイジーを見おろしている。彼女は緊張しながらも、しとやかに硬い椅子《いす》の端に坐《すわ》っていた。

「僕たち前に逢《あ》ったことがあるんだよ」と、ギャツビーが呟《つぶや》いた。彼はちらっちらっと僕を見た。唇は開いて笑おうとしたが、どうしてもうまくいかない。うまい具合に時計がこの瞬間に、彼の頭に押されて危なっかしげに傾いた。そこで彼はふり向いて、震える指先でつかんでもとのところへ戻した。やがて固くなって腰をおろし、ソファの腕に肘《ひじ》をのせ、顎《あご》を手で支えた。

「悪かったね、時計のこと」彼は言った。

僕自身の顔はもう、ひどくかっかっと燃えている。頭のなかにはたくさん言いたいことがあるのに、そのなかから平凡な文句ひとつさえ、思いきってひき出すことができなかった。

「古い時計なんだよ」僕は馬鹿みたいにふたりに話した。

時計は床に落ちて粉々に壊れてしまったと、一瞬三人とも思いこんでいたのだと思う。

「あたしたち何年もお逢《あ》いしなかったの」と、言ったデイジーの声は、これ以上陳腐な声はありえないと思うほど陳腐な声だった。

「この十一月で五年さ」

ギャツビーがそう機械的に答えたので、もうしばらく、三人はそのままでいた。台所でお茶を用意する手助けをしてもらおうか、と苦しまぎれの提案をして、僕はふたりを立ちあがらせたが、そのときいまいましいフィンランド人の家政婦が、お盆にお茶をのせて持って来た。

コップやケーキを迎えてごたごたしているうちに、おのずから水が低きに流れるような自然な位置関係がちゃんと整ってきた。ギャツビーは陰にひっこむような場所で、デイジーと僕が話しているあいだ、張りつめた不幸そうな眼ざしで、僕たちを交互に心をこめて見ていた。とはいえ、しずかにおさまることが目的ではないのだから、利用できそうな最初の瞬間をつかんで、言いわけをしながら、僕は立ちあがった。

「どこへ行くんだね?」ギャツビーがすぐに驚いて訊《き》きただした。

「すぐ戻って来るよ」

「君が行かないうちに、話さなくちゃならないことがあるんだ」

彼は乱暴に僕のあとについて台所に入り、扉《とびら》を閉めて、みじめな恰好でささやいた。「あー
あ、弱った！」

「どうしたんだい？」

「これはひどい間違いだ」頭を左右に振りながら、彼は言った。「まるでひどい間違いだ」

「君はあがってるんだよ、ただそれだけのことさ」そしてうまい具合に、僕は言い添えた。

「デイジーだってあがっているよ」

「彼女があがっているって？」彼は信じられない、というふうに繰りかえした。

「君とまるで同じさ」

「そんな大きな声で話さないでくれよ」

「君のやりかたは子供みたいじゃないか」いらいらしながら、僕は急に大声で言った。「それ
ばかりじゃない、失礼だよ。デイジーがひとりぼっちであそこにいるじゃないか」

彼は片手を挙げて僕の言葉を制して、恨めしそうに僕をじっと見たが、注意深く扉を開けて、
向うの部屋に戻って行った。

僕は裏口から外へ歩いて行った——三十分前ギャッツビーが神経質に家を一巡りしたときも裏
口から出て行った——そして大きく節くれだった黒い樹に向って走った。厚く繁った葉は雨除
けとなっている。雨はまた激しく降っている。不揃《ふぞろ》いな芝生はギャッツビーの庭師に上手《じょうず》に刈っ

てもらったが、小さい泥沼や先史時代のような沼池がいっぱいできていた。その樹の下から見えるものは、ギャッツビーの広大な家のほかは何もなかったので、教会の尖塔《せんとう》を見つめるカントのように、僕は三十分も彼の家を見つめていた。十年昔、《時代がかった物》が大流行したのに魁《さきが》けて、さる醸造家がこれを建てた。隣り近所の小さい家の屋根を藁《わら》でふかせれば、向う五年間家屋税は自分が払ってもいいと言った、という話が伝っている。が、それらの家の所有主が断ったので、名門の家を起そうという彼の計画は骨抜きにされてしまったのだろう――彼はすぐ病の床についた。息子たちはまだ黒い花環が扉についているうちに、家を売ってしまった。アメリカ人というものは、喜んで農奴になるくせに、いや熱心にそう望んでいるくせに、貧しい小作人になることは断固として拒むのだ。

三十分経《た》つと、また陽《ひ》が照ってきた。食料品店の自動車が、召使いたちの食事の材料を積んで、ギャッツビーの家の邸内車道を曲った――だが、ギャッツビー自身は今日、一匙《ひとさじ》だって喰《た》べる気にならないだろう。メイドが階上の窓を開け始めた。ひとつの窓に姿を現したかと思うと、またすぐほかの窓にさっと現れる。すると真中の大きな張り出し窓から身を乗りだして、もの思わしげにつばを吐いた。もう戻ってもいい時間だ。雨が降りつづいているうちは、ときどき感情が激発して、高くなり膨《ふく》れあがるふたりの声のささやきのように、雨が感じられる。ところが雨がやんで、新しく沈黙が領してくると、家のなかまでしずかになるような感じだ。

僕はなかへ入った――ありとあらゆる音を台所でたててから、ただ料理用ストーヴをひっくりかえすことだけはしなかったが――それだのに、あのふたりには物音ひとつ聞こえていなかった。ふたりは寝椅子《カウチ》の両端に腰をおろして、おたがいにじっと見つめ合っていた。何か質問が出されたから、あるいはその質問が宙に浮いているから、おたがいにそうやって見つめているといった態《てい》で、さっきまで当惑していた痕跡《こんせき》なんかすっかり消し飛んでいる。デイジーの顔は涙でぬれていた。僕が入っていくと、跳《と》びあがって、鏡の前に立ってハンカチで顔をふき始めた。ところがギャツビーの変化には、ただただ驚くばかりだった。文字通り彼は光りかがやいていた。歓喜をあらわす言葉も身ぶりもなかったけれど、新しい幸福が彼の軀《からだ》から発散して、小さい部屋に溢《あふ》れていた。

「ああ、やあ君」と、まるで何年ぶりかで逢《あ》ったみたいに、彼は言った。一瞬、握手でもしそうに思えた。

「雨がやんだよ」

「そうかい?」僕がなんの話をしているのかわかると、また、ピカピカ光る鈴のように、部屋に陽《ひ》がさしているのがわかると、天気予報係か、周期的に生ずる光を熱狂して贔屓《ひいき》にするひとのように、にっこりした。そのニュースをデイジーに繰りかえした。「どう思う? 雨がやんだよ」

「嬉《うれ》しいわ、ジェイ」やるせない、悲嘆にくれた美しさをいっぱいたたえた彼女の咽喉《のど》は、思いがけない歓びをひたすら語っていた。

「君とデイジーに家へ来てもらいたいんだ」彼は言った。「彼女に見せたいんだよ」

「ほんとかい、僕にも来てもらいたいなんて?」

「まったくそのとおりだ、ねえ君」

デイジーは二階へ顔を洗いに行った――僕は自分のタオルを憶《おも》いだして恥ずかしかったが、もう遅かった――そのあいだギャツビーと僕は芝生で待っていた。

「僕の家は立派に見えるだろう、ねえ?」答えを促すように彼は言った。「家の正面が光線を捉《とら》えている具合はどうだね」

すばらしい、と僕は同意した。

「そうだよ」彼の眼はひとつひとつのアーチ形の扉口《とびらぐち》や四角な塔を調べた。「これを買う金を稼《かせ》ぐのに、丸三年かかったよ」

「金を相続したんだと思ってたけど」

「相続したんだよ、ねえ君」彼は機械的に言った。「ところが大恐慌《だいきょうこう》――戦争の恐慌で、あらかた失《な》くしちゃったんだ」

自分でも何を言ってるのか、ほとんどわかっていないらしい。なぜなら、どんな仕事をしている、と僕がきくと、こう答えたからだ。「それは君の知ったことじゃない」と。そのあとでこれはふさわしい答えでないことが彼にもわかったらしい。

「ああ、僕はいろんなことをやってきたよ」彼は自分で言い直した。「薬の商売をやったし、それから石油の商売もやった。でもいまはふたつともやってないがね」さらに注意深く僕を見つめた。「このあいだの晩、きりだした話をいろいろ考えてみた、というわけだね?」

僕が返事ができないでいるうちに、デイジーが家から出て来た。彼女の服に真鍮《しんちゅう》のボタンが二列についていて、それが日光に当ってきらきら光った。

「あのとっても大きなところがそう、あそこの？」彼女は指さしながら叫んだ。

「どうだね？」

「いいわ、でもひとりぼっちでどうやって暮してるのか、見当がつかないわ」

「いつでも面白いひとがいっぱい来てるんだよ、夜も昼間もね。いろいろ面白いことをやるひとたちさ。有名なひとたちなんだよ」

　海峡に沿った近道を行かないで、路へ出てから、大きな通用門をくぐった。ディジーはうっとりするような小声で、空に突き立っている封建時代風の影絵のような邸宅を、こっちの面がいい、あっちの相がすばらしいと賞《ほ》めた。庭園を賞め、きらめくばかりに香る黄水仙、泡のかたまりのような山査子《さんざし》の香り、西洋李《すもも》の花、薄金色に香る三色菫《すみれ》などを賞めた。大理石の石段のところまで来ても、いつものように扉口を出たり入ったりする、華《はな》やかなドレスのひるがえる影も見えず、樹々のあいだで囀《さえず》る小鳥の鳴き声のほかは、なんの物音も聞えないのは不思議だった。

　なかに入って、マリー・アントワネット時代風の音楽室*や王政復古時代風*の客間をぶらぶら歩いて行くうちに、僕たちが通り過ぎるまでは、息を殺してしずかにしているようにという命令を受けて、お客がどの寝椅子《いす》、どのテーブルのうしろにも隠れているように思えて仕方がなかった。《マートン大学図書室》*の扉《とびら》をギャツビーが閉めたとき、あの梟《ふくろう》の眼をした男が、急に笑いだしたかすかな声が聞えた気がした。

二階へあがって、薔薇《ばら》色やラヴェンダー色の絹に包まれて、新しい花々が置かれて生き生きした感じのする、時代がかった寝室をいくつも通り抜け、化粧室、玉突き場、埋め込み式浴槽《よくそう》のある浴室をいくつも通り抜けた——ある部屋に踏みこんだら、パジャマ姿の髪をもじゃもじゃにした男が、床の上で肝臓の運動をしていた。「下宿人」のミスタ・クリップスプリンガーだった。その朝渚《なぎさ》を餓《う》えたように彷徨《さまよ》っていた姿を見かけたものだ。最後に寝室と浴室とアダム式装飾様式*の書斎からなる、ギャツビーの部屋に来た。そこに腰をおろして、壁に嵌《は》め込みになった食器棚から取りだしたシャルトルーズを呑《の》んだ。

彼はいちどもデイジーから眼を離さなかった。デイジーのたまらなく愛らしい眼が、反応を示すその程度いかんによって、家中の物をすべて評価し直したのだと思う。またときおり、自分の財産であるいろんな物を見つめていたが、彼女が現実にここに現れたために、びっくり仰天してしまって、そうした物がどれひとつとしてもはや実在しなくなった、とでもいうようだった。いちどなど危うく階段で倒れて下まで転がり落ちそうになった。

彼の寝室はどの部屋よりもいちばん簡素だった——ただ違うところは、化粧卓に燻純金《いぶしじゅんきん》の化粧セットが飾られていることだった。デイジーは嬉《うれ》しそうにブラシを取りあげて、髪を撫《な》でた。するとギャツビーは腰をおろして、眼を覆って笑いだした。

「とても変だよ、ねえ君」彼は陽気に言った。「僕にはできない——僕がやろうとすると——」

彼はあきらかにふたつの状態を経過して、第三の状態に入っていた。初めは当惑し、やがて途方もなく喜んだのち、彼女がそこにいる驚きに胸を焦《こ》がしていた。こんなにも長い間そのことばかり考えてきたのだ。初めから終りまでちゃんと夢に見ていたのだ。いわば考えも及ばないようなこの強い感情に、歯を食いしばって、待っていたのだ。いまはその反動で、巻き過ぎた時計のぜんまいがほぐれていくみたいだった。

すぐに自分をとり戻すと、彼はとてつもなく大きな新型の整理戸棚《キャビネット》を開けて見せてくれた。そこには十幾つも煉瓦《れんが》を積み重ねたように、洋服、化粧着、ネクタイ、ワイシャツがうず高く積まれていた。

「イギリスにひとを雇っておいて、僕の衣類を買わせるんだよ。春と秋と、シーズンの初めに、選り抜きの品を送って寄こすんだよ」

彼はワイシャツの山を取りだして、一枚一枚、僕たちの眼の前に投げだした。透きとおって薄いリンネルのワイシャツ、厚い絹地のワイシャツ、上等のフランネルのワイシャツ、それが落ちてくるたびに折り目が崩れ、ごちゃごちゃと多彩な色彩を繰りひろげて、テーブルを覆った。僕たちが感嘆して眺めていると、彼はもっと取りだして、柔かい高価な山は、ますます高くなった――縞《しま》のワイシャツ、渦巻模様のもの、珊瑚《さんご》色、澄んだ薄緑色、ラヴェンダー色、淡いオレンジ色など格子縞《こうしじま》のもの、藍色《あいいろ》の組合せ文字のついたワイシャツ。いきなりひきつったような音をたてて、デイジーがワイシャツのなかに顔を埋めて、激しく泣きだした。

「まあこんなに美しいワイシャツだわ」彼女は啜《すす》り泣いたが、声は厚く重ねられた折り目のなかでこもった。「哀しくなるわ、いままでこんな――こんな美しいワイシャツって見たことがないんですもの」

家がすんだら、屋敷や水泳プール、水上飛行機や真夏の草花を見るはずだった。ところが窓の外を見ると、また雨が降りだしたので、僕たちは一列に並んで、波形をたたえた海峡の水面を眺めた。

「霧がなければ、湾の向うに君の家が見えるよ」と、ギャッツビーは言った。「君の家の桟橋《さんばし》の突端のところに、いつでも緑の灯火《あかり》を一晩中つけとくだろう」

デイジーはいきなりギャッツビーの腕に手をかけたけれども、彼はいま口にしたことに気をとられているらしかった。あの灯火がもっていたとてつもなく大きな意味は、いま永遠に消え失《う》せてしまったという考えが浮かんだのだろう。おれをデイジーからひき離していた大きな距離に比べれば、あの灯火こそ彼女の身近にいられるもの、もう少しで彼女に触わるくらいに近いところにいるものと思われたのだ。たとえてみれば、月にいちばん近い星のように羨《うらや》ましいものに思われたのだ。いまはそれもただ桟橋の上にかかった緑の灯火にすぎないものとなった。魔力をもっていたものが、その数をひとつ減じたわけだ。

僕は部屋のなかをあちこち歩き始めた。うす暗がりのなかで、いろいろはっきり見えない物を調べてみた。机の上の壁に懸《かか》った、ヨット服の老人を写した大きな写真に魅《ひ》きつけられた。

「これは誰かね？」

「ああそれ？　ダン・コーディさんだよ、ねえ君」

あまり聞きなれない名前だった。

「もう死んだよ。何年も前、僕のいちばんの親友だったんだよ」

事務用の大机の上には、やはりヨット服姿のギャッツビーの小さい写真が置いてあった――反抗的に頭を反らせたギャッツビー――どうやら十八歳くらいのときに撮《と》ったものだ。

「あたしこれ大好き」デイジーが大声で言った。「髪形ポンパドゥール*だったのね！　ポンパドゥールにしてたなんて、あたしにいちどもおっしゃったことないわ――ヨットのこともよ」

「これをごらんよ」ギャッツビーはいそいで言った。「たくさん記事の切抜きがあるんだよ――みんな君のことが出ているんだよ」

ふたりは並んでそれを調べた。ルビーを見たい、と僕が頼もうとしたら、電話が鳴って、ギャッツビーが受話器をとった。

「そうです。……そうね、いまは具合が悪いな。……いまは具合が悪いよ、ねえ君。……小さい町だって言ったろう。……小さい町がどんなものか、彼が知らないんじゃ困るね。……そうか、デトロイトが小さい町だと考えるようじゃ、あの男もあんまり役にたたないな……」

彼は電話を切った。

「ここへいらっしゃい、はやく！」デイジーが窓際で叫んだ。

雨はまだ降っていたが、暗く曇った空は西のほうで断《き》れていたので、海上には泡のような雲が、桃色と金色の渦巻きを作っていた。

「あれをごらんなさいよ」彼女はささやいた。それからしばらく経《た》って言った。「あの桃色の雲をひとつ取って、そのなかへあんたを入れて、ぐるぐる押してみたいわ」

そのとき僕はそこへ行こうとしたが、ふたりはそんな僕のけはいを聞きつけようともしなかった。きっと僕がその場にいるので、かえって思うとおりに自分たちきりでいられると思うのだろう。

「こうすればいいいな」ギャツビーは言った。「クリップスプリンガーにピアノを弾かせよう」

彼は部屋を出て、「ユーイング！」と呼んだ。二、三分すると、当惑した、運動して疲れのみえる青年を連れて戻った。鼈甲縁《べっこうぶち》の眼鏡をかけて、金髪は薄くなっている。今度はきちんと襟《えり》の開いた《スポーツシャツ》を着て、ゴム底の靴、かすんだ色あいのズックのズボンをはいている。

「運動なさってらしたの、お邪魔じゃないこと？」デイジーがやさしくきいた。

「寝てました」すっかりまごついて、ミスタ・クリップスプリンガーは叫んだ。「つまりその、さっき寝ていいたんです。それから起きたんです……」

「クリップスプリンガーはピアノを弾くんだよ」と、ギャツビーが遮《さえぎ》った。「そうだろう、ユーイング、ねえ君？」

「うまく弾けないんです。駄目ですよ――まるで弾けないといってもいいくらい。全然してないんです練習――」

「階下へ行こう」ギャツビーが遮った。彼はパチンとスイッチをひねった。隅々まで灯がさして明るくなると、灰色の窓々が消えた。

音楽室では、ギャツビーがピアノの傍のぽつんとひとつだけある灯をつけた。震えるマッチの焔（ほのお）でデイジーの煙草に火をつけてやった。そして部屋のずうっと向うにある寝椅子（カウチ）に、彼女と並んで腰をおろした。そこは艶々《つやつや》した床に広間の光がさしこんでくるほかは、なんの光もさ さなかった。

クリップスプリンガーは「愛の巣」を弾き終ると、椅子のまま くるりとからだを回転させて、暗がりのなかに、みじめそうにギャッツビーを捜した。

「全然練習してないんですよ、ねえわかるでしょう。弾けないってお話ししたでしょう。全然してないんです練——」

「そんなにお喋《しゃべ》りしないで、ねえ君」ギャッツビーが命じた。「弾きなさい!」

朝に
夕に
愉《たの》しからずや——

外は風が強く鳴り、海峡沿いにかすかに雷が鳴った。いまやウエスト・エッグ中に、灯という灯がついていた。電車はひとびとを運んで、雨のなかをニューヨークから家庭に向って突進して行った。深い変化が人間に起る時間であって、あたりには興奮がまき起っていた。

ひとつだけ確かなこと、それより確かなものはない

金持ちには金ができ、貧乏人にできるものは——子供たち
とかくするうち、
時間の合間に——

僕がさよならを言いにそっちへ行ってみると、ギャツビーの顔にはまた当惑の表情が舞い戻っていた。現在の幸福がどんなものか、かすかに疑いの念がきざしてきたのだろうか。ほとんど五年間！　この日の午後にだって、デイジーが彼の夢から転げ落ちた瞬間が幾度かあったに違いない——たとえ悪いのは彼女ではなく、彼が抱いた幻影が途方もなく強烈なものだったからだとしても、その幻影は実際の彼女を超えているのだ。いやどんなものをも超えているのだ。彼は創造してゆく情熱を抱いて、そのなかに身を投げだしている。間断なく新しいものをつけ加え、行く手に浮かんでいる美しい羽毛は残らず使って、その夢を飾りたてたのだ。どんなに火を高く積んでも、どんなに清新なものを積み重ねても、ひとりの人間が霊魂にしまいこんでいるものには遠くおよばない。

僕が見守っていたら、彼はちょっと気を取りなおしたのがわかった。彼は彼女の手を握り、彼女が何ごとか低く耳もとで語ると、どっと奔《ほとばし》るような感情をこめて、彼女のほうに向く。彼をいちばん捉《とら》えたものは、波のように揺れ動く熱っぽいあたたかさのこもった彼女の声だと思う。なぜなら、その声こそは夢に打負かされないもの——不滅の歌だからだ。

ふたりとも僕のことは忘れ去っていたが、デイジーはちらと見あげて手をさしだした。ギャ

ツビーはいまはもうまるで僕に気がつかなかった。もういちど見ると、ふたりは強烈な生の息吹きに憑《つ》かれたまま、遠く僕を見かえした。そこで僕は部屋を出て、ふたりともそこに残したまま、大理石の石段を下りて、雨のなかに出て行った。

第六章

　このころ、野心的な若い新聞記者が、ある朝ニューヨークから来て、ギャツビーの家の扉口《とびらぐち》に顔を出し、何か発表することはないか、ときいた。

「何か発表することって、なんのことについてですか？」ギャツビーはていねいにきいた。

「いや――何か声明を発表することですよ」

　五分間ばかりしどろもどろのやりとりがあった挙句、この男が明かしたくないのか、それとも充分にわかっていないのか、とにかくあることに関係して、ギャツビーの名前を耳にした、ということがわかった。今日は休みだったが、いそいで「確かめに」出かけてきたらしい。見あげた自主性に駆られたものだ。

　狙いはかなりいい加減だったが、それでもその記者の本能は正しかった。ギャツビーの悪名は、彼のパーティで歓待を受けてすっかり彼の過去に明るくなった何百人という権威者たちが広めたせいで、夏のあいだにどんどんエスカレートして、いつ新聞沙汰になってもおかしくない状態だった。《カナダに通ずる地下情報ルート》といった当代の伝説も、彼に結びつけられた。で、ひとつの物語がいつまでもしつこく語られていたが、それによると、彼は、家のように見せかけた船に住んで、ロングアイランドの海岸をこっそり行き来しているのだという。いったいなぜこうした作りごとに、ノース・ダコタ出身のジェームズ・ギャッツが満足したのか、それを説明するのは容易でない。

ジェームズ・ギャッツ――これが彼の本名、いや少なくとも法律上の名前だった。自分で名前を変えたのは十七歳のとき、初めて出世のきざしを目撃した特別の瞬間――ダン・コーディのヨットが、スペリオル湖のいちばん危険な浅瀬に錨《いかり》を投じたのを、彼が目撃したときなのだ。その日の午後、緑色の破れたジャージーを着、キャンバス地のズボンをはいて、湖畔をぶらぶら歩いていたのは、ジェームズ・ギャッツだった。ところが、手漕ぎボートを借りてその「トゥオロミー号」に近づき、こんなところで風に捕まったら、三十分もしないうちにバラバラになってしまいますよ、とコーディに教えてやったのは、すでにジェイ・ギャッツビーの面目が躍如としている。

実は、もう長いことその名前を考えていたのではないかと思う。両親は甲斐性《かいしょう》なしの農家のひとだった――彼の理想の世界では、このふたりを両親と認めることは絶対にできなかった。ロングアイランドはウエスト・エッグの住人、ジェイ・ギャッツビーこそ、真実プラトン的な考えかたからおのれを生みだした男だ。彼は神の子であった――もしこういう言葉に何か意味があるなら、まさにその意味の通り、神の子だ――従って、父なる神の仕事、つまり際限のない、下品で俗っぽい美に仕えて、あたふた動きまわらなければならないのだ。そこでいかにも十七歳の少年が作りだしそうな、ジェイ・ギャッツビーなるものを作りだしたというわけだ。そしてこの考えに、彼は最後まで忠実だった。

　蛤《はまぐり》を掘ったり、鱒《ます》釣りをしたり、そのほか喰《た》べものとベッドにありつけるものなら、どんなことでもできるだけやって、一年以上もスペリオル湖の南岸に出没していた。過酷だがどこかのんびりした労働をしたせいもあって、軀は鍛錬されて褐色になり、無理をしない自然な生きかただった。女ははやくから知ったが、自分のためにならないので、馬鹿にするようになった。若い処女は無知だったし、そうでない女も、自己陶酔に圧倒されていた彼から見ればごく当りまえだと思うことにも、ヒステリーを起したりするからだった。

　ところが彼の心は絶えまなく騒がしく波立っていた。いちばん奇怪で幻想的な考えは、夜寝床についているときに彼を襲った。洗面台の上で時計がカチカチ音をたて、床の上にごちゃごちゃにまるまって脱ぎ捨てられた衣類の上に、月光が濡《ぬ》れたようにさしている。するといっぽうで、口では言えないほどけばけばした宇宙が、頭脳のなかに張りめぐらされる。夜ごと幻想の模様は増大してゆくが、ついにうとうとした眠けが、ぼーっと抱擁するように、生き生きした光景を閉じ込めてしまう。こうした夢想のお蔭《かげ》で、一時彼の想像力には捌《は》け口ができた。現実こそ非現実なのだ、と仄《ほの》めかして満足させてくれたのも夢想だった。また世の中を構築している岩は、しかと妖精《ようせい》の翼を土台にしているのだ、と約束してくれたのも夢想だ。

　未来の栄光を本能的に求めて、数か月前ミネソタの南部にあるルーテル派経営の小さいセント・オラフ大学に行った。そこに二週間いたら、大学が彼の運命の打ち鳴らす太鼓の音に、それどころか、一般の運命そのものにひどく無関心なのに失望し、また生活費のために引き受けた用務員の仕事も馬鹿馬鹿しくなった。そこでスペリオル湖に舞い戻り、進路探しをしていたが、まさにその日、ダン・コーディのヨットが岸に沿った浅瀬に錨《いかり》を投じたのだ。

コーディは当時五十歳で、ネヴァダ銀山、ユーコンの金鉱、一八七五年以後ラッシュを迎えたあらゆる金属採掘でものになった男だ。モンタナの銅を売買して、輪をかけた百万長者になった。からだは丈夫だったが、精神的には軟弱だった。するとそれに気づいた大勢の女がわんさと寄って、彼からなんとか金をひったくろうとして躍起となった。新聞記者のエラ・ケイという女が彼の弱みにつけこみ、ド・メントナン夫人*の役を演じて、彼をヨットに乗せて海へ追いやってしまった。芳《かん》ばしいやりかたとは義理にも言えたものではなく、いい種とばかり一九〇二年のジャーナリズムがいっせいに大げさに書きたてた。コーディは歓待してくれる海岸には残らず立ち寄って、五年間航行していたのだが、ついにその日、ジェームズ・ギャッツの運命を司《つかさど》る神として、リトルガール湾に現れたのだ。

櫂《かい》に凭《もた》れてしばらく憩《やす》み、レールのついたデッキを見あげる若いギャッツには、そのヨットこそ、この世の美と魔力をいっさいあらわしていたのだ。きっとコーディに向って微笑《ほほえ》んだろう——おれが微笑すると誰もが好いてくれる、と恐らく気がついていたろう。それはとにかく、コーディは二つ三つ質問をしてみて（そのうちのひとつの質問によって、ギャッツの新しい名前がひき出された）なかなか利口で、やたらに野望を抱いている少年だとわかった。二、三日後、ダルースに連れて行って、青い上着、白いキャンバス地のズボン六着、ヨット帽を買ってやった。そうして、「トゥオロミー号」が西インド諸島とバーバリ海岸*指して出発したとき、ギャツビーも乗船することになった。

彼は決まった役割で雇われたわけではなかった――コーディのそばにいるときは、執事だったり、弟分だったり、船長だったり、秘書だったり、場合によっては看守だったりした。というのも、酔えばすぐに自分ながらたまげた浪費もやりかねないと、白面《しらふ》のダン・コーディは知っていたし、ますますギャツビーを信頼するにつけ、そうしたもしもの事態に備えたわけだ。この関係は五年間つづき、その間船は三度大陸を巡回した。もし何もなければ、いつまでもつづいていたかもしれない。ところが、ある夜エラ・ケイがボストンで乗船してきて、その一週間後、ダン・コーディはあっけなく死んでしまったのだ。

ギャツビーの寝室に懸《かか》っていた彼の写真を覚えている。がっしりはしているが、表情はぽかんとして、髪の白くなった、けばけばしい男――開拓者の放蕩《ほうとう》者で、西部の女郎屋や酒場が醸しだす野蛮な荒っぽい気風を、東部の海岸に持ち帰った男だ。ギャツビーがあまり酒を呑《の》まないのは、間接にはコーディのせいだった。ときおり陽気なパーティが進行中、よく女たちが彼の髪にシャンペンをこすりつけた。しかし彼は、酒には手を出さないという習慣を守っていた。

で、コーディから金を相続したのだ――二万五千ドルの遺産だったが、それをもらえなかった。法律にいろいろ細工が施されて、何百万という財産のうち残ったものは、そっくりエラ・ケイのものとなった。彼に残されたものといえば、世にも不思議な、とはいえ適切な教育を受けたことだった。いつしかジェイ・ギャツビーのぼんやりした輪郭にも肉がついて、ひとりの男としての実質が備っていった。

彼はこの一部始終をずっとあとになって話してくれたのだが、ここに書きとめて、彼の経歴について、最初とかくの荒唐無稽《こうとうむけい》な噂《うわさ》がたったが、あれを打破したいと思う。あんな噂はまるで嘘《うそ》だ。そればかりではない、ごたごたしていた時期に、彼はこの話をしてくれた。彼のことなら何でも信じる、また何にも信じない、そういう心境に僕が到達していたときに話されたのだ。だから、この束《つか》の間《ま》の休止、いわばギャッツビーがひと息入れているあいだを利用して、この一連の誤解を一掃したいと思うのだ。

このときは、彼の問題と僕との関係という点でも、やはり休止中だった。ここ数週間、逢《あ》いもしなかったし、電話で声を耳にすることもなかった——僕はたいがいニューヨークにいて、ジョーダンとあちこち歩きまわったり、老衰した彼女の伯母《おば》の気にいるようにつとめたりしていた——ところが、ある日曜日の午後、僕は彼の家へ行ってみた。行って二分も経《た》たないうちに、誰かがトム・ビュキャナンを連れて、一杯呑《の》みにきた。僕が驚いたのは当然だが、しかしほんとうは、いままでそういうことが起らなかったことのほうが、驚くべきことだった。一行は馬に乗った三人——トムと、スローンという男と、茶色の乗馬服を着た美しい女で、彼女は前にも来たことがある。

「やあ、これはこれは」ポーチに立って、ギャッツビーは言った。「よくいらっしゃいましたね」

まるで彼らがギャッツビーのことを気にしてやってきた、とでもいうみたいだ！

「さあお掛けください。巻煙草でも葉巻きでもやってください」いそいで部屋をぐるり歩いて、彼はベルを鳴らした。「すぐに飲みものを持ってきますよ」

トムがそこにいる、という事実に、彼は動転していた。だが彼らに何かふるまわないうちは、とにかく落ちつかないだろう。一行が来たのはまったくそのためだと、漠然とではあったが、彼にもわかっていた。ミスタ・スローンは何も欲しくはなかった。レモン水は？　いや、結構。シャンペンを少しいかがで？　有難う、何もいりませんよ。……そりゃどうも――

「馬に乗られていかがでした？」

「この辺はとても道がいいですな」

「きっと自動車が――」

「ええ」

抑えきれない衝動に駆られて、ギャツビーはトムのほうに向いた。トムは初対面のひととして紹介されている。

「まえにどこかでたしかにお目にかかりましたね、ビュキャナンさん」

「ああ、そうですね」トムは嗄《しゃが》れた声で、ていねいに言ったが、覚えていないことはたしかだ。

「そうでした。よく覚えてます」

「二週間ほど前に」

「そうです。このニックといっしょでしたね」

「奥さんを知ってますよ」もう少しで喧嘩《けんか》腰になりかねない勢いで、ギャツビーはつづけた。

「そうですか？」

トムは僕のほうを向いた。

「この近所に住んでるのかい、ニック？」

「隣りだよ」

「そうか？」

ミスタ・スローンは話に加わらないで、横柄《おうへい》な恰好《かっこう》で椅子《いす》に凭《もた》れかかっていた。女も何も言わなかったが——とうとうハイボールを二杯呑《の》んだあと、だしぬけに彼女は元気になった。

「あたしたちみんなで今度のパーティにお伺いしますわ、ギャツビーさん」と、彼女はもちかけた。「いかがでして？」

「ええ、ええ、お出でくださいよ」

「とっても結構」ミスタ・スローンが有難くもなさそうに言った。「ところで——もう家へ帰らなくちゃいかんと思うが」

「どうぞおいそぎにならないで」ギャツビーはしきりに説きつけた。彼はいまになると自分を抑えて、トムをもっと知りたいと思っていた。「どうしてなんです——どうして夕飯までいられないんです？　ニューヨークからほかに誰か来るかもしれないし」

「あたしのうちに夕飯を喰《た》べにいらっしゃいよ」女性は熱心に言った。「おふたりともね」

これは僕を加えて言ったのだ。ミスタ・スローンは立ちあがった。

「さあ早く」と、彼は言った——それも彼女にだけ言った。

「ほんとにね」彼女は言い張った。「ねえ、いらっしゃいな。余裕は充分ございますから」

ギャツビーはたずねるように僕を見た。彼は行きたかったのだ。だから、ミスタ・スローンがきっぱり行かせまいとしているのがわからないのだ。

「残念ですがお伺いできません」僕は言った。

「それじゃ、あなたいらしって」と、彼女はもっぱらギャツビーに向って説きつけた。

ミスタ・スローンは彼女の耳のすぐ近くで何ごとかささやいた。

「いま出かければ遅れませんわよ」彼女は声高に言い張った。

「馬がないんですよ」ギャツビーが言った。「軍隊ではよく乗りましたがね、いちども馬を買ったことはないんです。だから車でお供しなくちゃならんでしょう。ちょっと失礼します」

そこに残った僕たちはポーチのほうへ歩いて行った。スローンと女性は、わきのほうで興奮した会話を始めた。

「きっとあの男は来るよ」トムが言った。「来てもらいたくないってことがわからんのかな?」

「だって、来てくださいって言うからさ」

「彼女のところで大きな晩餐会《ばんさん》をやるんだが、そんなとこへ出たって、知ってるひとなんかひとりもいないだろうよ」彼は顔をしかめた。「いったいどこでデイジーに逢《あ》ったのかな。僕の考えかたが古いんだろうが、このごろの女はやたらと遊びまわるから、気にくわん。ありとあらゆるいかれた連中に逢うんだな」

ふいにミスタ・スローンと夫人が石段を下りて馬に乗った。

「来たまえ」と、ミスタ・スローンはトムに言った。「遅いよ。行かなくちゃいけないよ」それから僕に向って言った。「待てなかったから、と彼に伝えてもらえないか?」

トムと僕は握手した。ほかのふたりとは冷やかにうなずき合っただけだ。一行は速歩でいそいで車道を駈《か》け去り、ちょうどギャツビーが帽子と合《あい》のコートを片手に表玄関から出てきたとき、八月の木の葉の群の下に姿を消した。

トムはデイジーがひとりで遊びまわるので、あきらかにうろたえていた。そのためか、次の日曜の夜、彼女に従《つ》いてギャツビーのパーティにやってきた。多分彼が現れたためだろう、特別気がふさがる、といった晩になった——その夏ギャツビーが開いたほかのパーティに比べて、目立って違っていた点が、僕の記憶に残っている。そこにはいつもと同じひとびとがいた。それでなければ、少くとも同じ型のひとびとがいたと言おう。シャンペンがふんだんにあったことも、色とりどりのどんちゃん騒ぎがあったことも、いつもと同じだ。ところがまえにはなかった不愉快な空気や、ざらざらした肌ざわりが感じられた。それとも、ただ僕が慣れてしまっていたためかもしれない。おのれの標準をもち、おのれの偉大な人物をもち、他にひけをとるなどとは意識しないので、何ものにもひけをとらない完全な世界として、ウエスト・エッグを受けいれる習慣になっていたためかもしれない。ところがいまふたたび、デイジーの眼を通して、僕は見ていたではないか。自分では調整する力を使い尽してしまったものごとを、新しい眼で見るのは、いつになっても悲しいことだ。

黄昏《たそがれ》に彼らは着いた。ぶらぶらしながら、きらめくばかりの何百人というひとびとのなかに入ってゆくと、デイジーの声は咽喉《のど》のところでささやくような芸当を演じてくる。

「あたしこういうものにとても興奮するのよ」彼女はささやいた。「今晩いつでもあたしに接《せっ》吻《ぷん》したくなったら、ねえニック、ちょっと知らせてよ、喜んであなたにそうしてあげるわ。ちょっとあたしの名をおっしゃい。それとも緑のカードをさし出してよ。あたしくばってるのよ緑の――」

「見まわしてごらんなさい」ギャッツビーがもちかけた。

「見まわしてるわよ。あたしすばらしい――」

「大勢の顔を見なくちゃ駄目ですよ。話に聞いているだけではね」

トムの傲慢《ごうまん》な眼は、群衆の上をあてどもなくさまよった。

「僕たちはあんまり出歩かないもんだから」と、彼は言った。「ほんとにここでは知ってるひとがひとりもいないって、いま考えていたとこなんで」

「多分あのご婦人は知ってるでしょう」と、ギャッツビーは、白西洋李《すもも》の樹の下にもったいぶって坐《すわ》っている、豪華でほとんど人間離れした薄紫の衣装をつけた女を指さした。トムとデイジーは眼を見張った。これまで影のようにぼんやり考えていた、有名な映画人を目のあたりにして、あの特別現実離れしたような感じを抱きながら。

「きれいなかた」デイジーは言った。

「上から身をかがめているのは、あのひとの映画の監督ですよ」

彼は格式ばった態度で、ふたりをグループからグループへ連れまわした。

「ビュキャナン夫人……それからビュキャナン氏――」ちょっとためらってから、言い添えた。「ポロの選手です」

「いや、違うよ」トムはいそいで訂正した。「そうじゃないですよ」

ところがその言葉の響きにギャッツビーは大喜びだった。そのせいか、その晩ずっとトムは「ポロの選手」で通ってしまった。

「こんなに大勢の名士にお逢《あ》いしたことはないわ」デイジーは大声で言った。「あのひとよかったわ——なんていう名前だったかしら？——あの真面目そうなかた」

ギャッツビーはその名前を言って、ただのプロデューサーだと言い添えた。

「そうね、とにかくあたし気にいったわ、あのひと」

「僕はまあ、ポロの選手でないほうがいいな」と、トムが剽軽《ひょうきん》に言った。「こういう有名なひとたちというのは、みんなその——そっと忘れられている、そういう姿を見たいもんだね」

デイジーとギャッツビーは踊った。彼のフォックス・トロットが優雅で古風だったのにびっくりしたのを覚えている——まえに彼が踊るのを見たことはなかった。やがて、ふたりは僕の家のほうへぶらぶら歩いて行って、石段に三十分も腰かけていた。そのあいだ彼女に頼まれて、僕はずうっと庭園で見張りをしていた。「火事とか洪水《こうずい》でもあるといけないでしょう」と、彼女は説明した。「でなければ、何か神の仕業がね、だからよ」

僕たちが揃《そろ》って夕食の席についていると、忘れられていたトムが、ひょっこり現れた。「あっちにいる連中と食事をしてもかまわんですか？」彼は言った。「面白いことを言ってるのがいるんでね」

「どうぞ」デイジーが愛想よく言った。「何か住所を書きとめたいって言うのなら、あたしの金の小さい鉛筆があるわよ」……しばらくして、彼女はそっちを見まわして、その娘は「平凡だけれどきれい」だと僕に語った。で、ギャツビーとふたりきりだった三十分間を除いては、彼女は愉《たの》しくないんだな、と僕にもわかった。

僕たちはひどく酔ってふらふらする連中のテーブルにいた。それは僕が悪いのだった――ギャツビーは電話に呼び出されて行ってしまったので、僕は二週間前にも同席して愉しかったひとたちのところに坐ったのだった。ところがあのころは面白かったものも、いまは宙に浮いて腐敗したものと化している。

「大丈夫ですか、ミス・ベイデカー？」

僕の肩にどすんと落ちかかろうとして、うまくいかなかった娘に話しかけたのだ。こうきかれると、彼女はしゃんとして両眼を開いた。

「な、なぁに？」

大柄でぼやっとした女が、明日地方クラブでゴルフをしようと、デイジーにしきりに勧めていたが、ミス・ベイデカーを弁護して言った。

「あら、もうこのひと大丈夫よ。カクテルを四、五杯吞《の》むと、いつでもあんなふうにきゃあきゃあ言いだすのよ。あたし言ってるのよ、お酒をやめなきゃ駄目よって」

「やめてるわよ」責められた当人は、うわの空で肯定した。

「あんたがわめくのが聞えたから、ここにいらっしゃるシビット先生に言ったの、『先生、先生に助けていただかなくちゃならないひとがあるんですけど』って」

「彼女もとても有難がってますわ、ほんと」べつの友だちが、有難くもなさそうに言った。「彼女の頭をプールへ突っ込んだから、服がびしょ濡《ぬ》れになってたけど」

「プールへ頭を突っ込まれるほど嫌なことってありゃしないわ」とミス・ベイデカーが、口のなかでもぐもぐ言った。「いつかニュージャージーで、もう少しで溺《おぼ》れそうになったわ」

「それじゃやめなけりゃいけませんな」シビット先生が逆襲した。

「自分はどうなのよ！」ミス・ベイデカーが恐ろしい剣幕で言った。「あなたの手は震えてるわ。手術してもらうなんて、まっぴらだわ！」

万事そういった調子だ。どうやら僕が覚えている最後のことは、デイジーと並んで立ったまま、映画監督とスターを見つめていたことだ。ふたりはまだ白西洋李《すもも》の樹の下にいたが、触れ合うばかりに顔を近づけていて、顔と顔のあいだには、辛うじて蒼白《あおじろ》い月光が細くさしこむくらいしか離れていない。彼は一晩中かかって、のろのろと身をかがめて、ここまで距離をつめたのだろう、ふとそんなことが頭に浮かんだ。僕が見つめているうちにも、彼が最後にもうひとかがみして、彼女の頰《ほお》に接吻するのが見えた。

「あのかた好きよ」デイジーは言った。「きれいなかただと思うわ」

ところが彼女以外のものに、デイジーは反撥《はんぱつ》した——しかも、それは議論の余地のないことだった。というのは、それは表面的なものでなく感情だったからだ。ウエスト・エッグ、つまりブロードウェイがロングアイランドの漁村に産みつけた、この無類の《場所》に、彼女は胆《きも》をつぶしたのだ——古めかしい遠まわしな言いかたなんか、まだるっこくていらいらするむきだしな活気に、胆をつぶしたのだ。近道を通って、この世界に住む群衆を、無から無へ連れあるく、あまりにも強引な頑固さに圧倒されたのだ。彼女が理解しそこねたひどく単純なものを、怖ろしいものと思ったのだ。

彼らが車を待っているあいだ、僕もいっしょに正面の石段に腰をおろしていた。正面のここは暗かった。ただ明るい扉口《とびらぐち》だけが、十平方フィートばかりの光を、まだ暗い爽《さわ》やかな朝に向ってさっと投げているだけだった。ときおり階上の化粧室の鎧戸《よろいど》に、影が映って動き、べつの影や、次から次へぼやけてつづいた影に道を譲ったが、それはここからは見えない鏡に向って、紅を塗ったり、白粉《おしろい》をつけているのだ。

「いったいこのギャツビーってのは何者だい?」トムがふいに訊《き》きただした。「酒の密売の大物かい?」

「どこでそんなこと聞いたんだい?」僕はきいた。

「聞きゃしないよ。そう想像したんだよ。わんさとできた、こういう新興成金は、えてして酒類密売の大物だよ、そうだろう」

「しかしギャツビーはそうじゃないよ」僕はぶっきら棒に言った。

彼は一瞬黙った。邸内車道に敷きつめられた小さい玉石が、彼の足の下でガリガリ鳴った。

「そうだな、でもこれだけの動物園みたいなものをすっかりものにするには、きっと相当無理してるに違いないぜ」

そよ風が立って、デイジーの着ている貂《てん》の襟《えり》のグレーの毛皮がふわりと動いた。

「でもとにかくあたしたちの知ってるかたよりは、あのひとたちのほうがずっと面白いわ」彼女は一生懸命言った。

「そんなに面白そうにも見えなかったよ」

「いいえ、あたし面白かったわ」

トムは笑って、僕のほうに向いた。

「あの娘がデイジーに冷たいシャワーをかけてくれって言ったときのデイジーの顔、気がついたかい？」

デイジーは折から聞えてくる音楽に合せて、嗄《しゃが》れたリズミカルな小声で歌い始めた。そしてその音楽にまえには決してなかった意味、今後も二度と含まれることは断じてないと思われる意味を、ひとつひとつの言葉にはっきりと示した。メロディが高まると、彼女の声はやさしくとぎれ、アルトの声特有の歌いかたでメロディを辿《たど》る。歌が変化するたびに、彼女の人間的魅力が少しずつあたりに流れる。

「招待されもしないひとが大勢来るのよ」いきなり彼女は言った。「あの娘なんか招待されたことないのよ。みんな無理矢理やってくるのに、あのひとやさしいものだから断れないのよ」

「何者だろう。何をやってるのか知りたい」トムは言い張った。「きっとつきとめてみせるぞ」

「いますぐ言ってあげられるわよ」彼女は答えた。「ドラッグストアをいくつか、いいえ、たくさん持ってるのよ。自分で築いたのよ」

遅れていたリムジンが邸内車道を進んできた。

「おやすみなさい、ニック」デイジーが言った。

彼女の眼ざしは僕を離れて、石段のいちばん上の灯《あかり》のさしているあたりを捜した。その年流《は》行《や》った、哀調を帯びたきれいな小曲のワルツ「朝の三時」が、開かれた扉口から外へ漂《ただよ》っていた。結局、ひどく気紛《きまぐ》れなギャツビーのパーティには、彼女の世界に全然欠けているロマンチックな可能性があったのだ。上のあそこで、彼女をなかへ呼び戻しているように思われる歌のなかには、何があるのだろうか？　いま朧《おぼ》ろげで計りがたい時間に、いったい何ごとが起るのだろうか？　多分誰か、うつつとも思えないようなお客が到着するのだろう。たとえば底抜けに素敵な、驚嘆せずにはいられないような人物とか、折紙つき晴やかな若い娘とか。その娘はうっとりする邂逅《かいこう》の一瞬に、ギャツビーに一目ちらとみずみずしい視線を投げるだけで、あの五年間動揺せずにデイジーに傾倒してきたという事実を抹殺《まっさつ》してしまうかもしれないのだ。

からだが空くまで待つようにと、ギャツビーから頼まれていたので、僕はその夜遅くまで残っていた。庭園をぶらぶらしていたら、お決りの水泳パーティも、皆すっかりからだが冷え、それでもまだ興奮はしていたが、すぐ暗い渚《なぎさ》からひき揚げた。頭上の客間の灯もとうとう消えた。やっと彼が石段を下りてきたが、陽《ひ》に焼けた顔の肌は、いつもと違ってこわばり、疲れて眼はぎらぎら光っている。

「彼女には気にいらなかったよ」彼はすぐに言った。

「もちろん気にいってたさ」

「いや、気にいらなかったよ」彼は言い張った。「愉《たの》しんでいなかったもの」

彼は黙りこんでしまったので、口に言えないほど気が鬱《ふさ》いでいるのだな、と察せられた。「彼女からずっと離れてるような気がするんだ」彼は言った。「彼女にわかってもらうのはむずかしいや」

「ダンスのことかい？」

「ダンスだって？」彼は指をパチンと弾《はじ》いて、自分のやったダンスなんか目もくれなかった。「ねえ君、ダンスなんか問題じゃないよ」

デイジーはトムのところへ行って、「あんたなんか愛したことは決してないわ」と言うべきだ、デイジーにそうしてもらいたいので、それ以下では不服なのだ。彼女がそう宣告して、四年間を抹殺《まっさつ》してしまったのち、ふたりできっぱりと、もっと実際的な手段を講ずることができるだろう。そのひとつを言ってみれば、彼女が自由になったあと、ふたりでルイヴィルに帰って、彼女の家から嫁にもらうことだ――まるで何もかも五年前のつもりで。

「それに彼女にはわかってないんだ」彼は言った。「いつもわかってくれてたんだがな。五時間もよくいっしょに坐《すわ》ってたもんだ――」

彼は急にやめて、誰もいない、果物の皮が散らかっている小径《こみち》を行ったり来たりし始めた。地面には、パーティの玩具《おもちゃ》*や折れた花が落ちていた。

「僕なら彼女にそんな要求しないな」僕は思いきって言った。「過去は繰りかえすことはできないもの」

「過去は繰りかえすことはできないだって？」彼は疑うように叫んだ。「いやあ、もちろんできるとも！」

彼は荒々しく周囲を見まわした。まるで過去が彼の家の影のなかのどこか、もう少しで手の届くところに潜んでいるかのように。

「前とまったく同じに、何もかもちゃんとやってみせるぞ」彼は言って、きっぱりとうなずいた。「彼女もいまにわかるさ」

彼は過去について、いろいろ語った。何ものかをとり戻したがっている。きっとデイジーを愛するようになった自分をどう考えていいのか、もういちどその考えをひき戻したがっているのだろう。あのとき以来、彼の人生は混乱し、調子が狂っている。だが、もしある出発点にいちどたち帰って、ゆっくりと一部始終をやりなおせるなら、そのものが何であったのか、見つけだせるだろう……

……五年前のある秋の夜、ふたりは木の葉の散る街《まち》を歩いていたが、やがて樹々がなくて、歩道が月光で白くなっている場所にやってきた。ふたりはここで立ちどまって、面と向かい合った。いまはあの神秘めいた興奮を秘めた、涼しい夜だった。一年に二度ある、季節の移り変りに訪れる夜だ。家々の灯が闇《やみ》のなかに、口ごもるようにさし、星々のあいだには動揺やさざめきがあった。ギャツビーは横目を使って、歩道の街区《ブロックス》がほんもののように梯子《はしご》になって、樹上の秘められた場所まで届いているのを自分の眼の隅《すみ》に見た——もしひとりで登るなら、そこまで登れるのだ。そしてひとたびそこへ行けば、人生の乳首を吸い、言うにいわれぬ驚異の乳をごくっと飲めるのだ。

デイジーの白い顔が彼の顔に近づいてくると、彼の心臓の鼓動はいよいよ速くなった。彼は知っていた、この乙女に接吻《せっぷん》し、彼の抱いた言いようのない幻影を、彼女の壊れやすい呼吸に永遠に結びつけるなら、彼の心は神のみ心のように、ふたたび跳《は》ねまわることは断じてあるまいと。そこで彼は待って、星にぶつかって鳴った音叉《おんさ》の音に、さらにもう一瞬、耳を傾けた。それから彼女に接吻した。彼の唇が触れると、彼女は彼のために花のように開いてくれ、彼の夢の顕現も完結した。

彼の言った一部始終を通して、いやそのセンチメンタルなところは、ぞっとするようなものだったが、それでも僕は何かを憶《おも》いだしていた――ずっと昔どこかで聞いたことのある、捉《とら》えどころのないリズムを、失われた言葉の断片を。一瞬、ひとつの文句が僕の口のなかでまとまろうとして、唇が開いたが、いつものようにひと塊《かたま》りの空気がパッと飛び立って言葉になるのと違って、唇がさかんに踠《もが》いていたからか、とうとう音にはならず、僕が十中八、九まで憶いだしそうになったことは、永久に伝えようのないものになった。

第七章

ギャツビーにまつわる好奇心が最高潮に達したころ、とある土曜の夜、彼の家の灯《あかり》がつかなくなった——そして、トリマルキオ*としての生涯は、その始まりがよくわからなかったのと同じに、わからないうちに終ってしまった。期待にふくらんで、邸内車道に乗り入れてくる自動車も、わずか一分とまっているだけで、やがて不機嫌そうに走り去っていったが、僕はなかなかそれに気がつかなかった。彼は病気ではないのかといぶかりながら、ようすを見に出かけた——悪党じみた顔つきの見なれない執事が、扉口《とびらぐち》から僕を疑わしそうに眼を細めて見た。

「ギャツビーさんは病気ですか？」

「いんにゃ」ちょっと黙っていてから、のろくさく不承不承に「はい旦那《だんな》」と、言い添えた。

「見かけなかったもんだから、心配だったんです。キャラウェイが来たと言ってください」

「誰？」彼はぞんざいに訊《き》きただした。

「キャラウェイですよ」

「キャラウェイだね。ようがす、伝えましょう」

いきなり扉をぴしゃりと閉めた。

僕のところのフィンランド人家政婦が知らせてくれたのでは、ギャツビーは家にいた召使いを全部一週間前に解雇して、代りに六人ばかりべつの召使いを置いたが、今度のはウエスト・エッグ村に行って商人に買収されるようなことはなく、電話で控え目に物を注文するそうだ。台所は豚小屋のように汚い、と食料品店の小僧は報告したし、新しく来たのはてんで召使いじゃない、というのが村中みんなの意見だった。

翌日ギャツビーから電話があった。

「引っ越すのかい？」僕はきいた。

「いや、君」

「召使いをみんな首にしたそうだね」

「誰か噂《うわさ》でもすると嫌だったもんだからさ。デイジーがたびたび来るものでね——午後だけどさ」

それで不賛成の色が彼女の眼にうかがえたので、さしもの大邸宅も、カルタで組み立てた家のようにすっかり崩れてしまったらしい。

「今度のは、ウルフシェームが何とかしてやりたい、と言ってた連中だよ。みんな兄弟姉妹さ。前に小さいホテルをやってたんだ」

「なるほどね」

彼はデイジーに頼まれて僕に電話をかけて寄こしたのだ——明日彼女の家へ昼食に行かないか。ミス・ベイカーも来るらしい。三十分経《た》ってデイジーが自分で電話してきたが、僕が来るとわかってほっとしたらしい。何かが始まっていたのだ。それでもふたりが選《よ》りに選って、この機会を立ち廻《まわ》りと変えるかもしれないなんてことはないだろうと思っていた――とりわけいつかギャツビーが庭園であらましを話した、あのどちらかといえば胸も張り裂けそうな立ち廻りをするなんて、考えられるわけがない。

翌日は焼けつくようで、その夏のおそらくは最後の、しかもたしかにいちばん暑い日だった。僕の乗っている列車が、トンネルから陽《ひ》の照りつけるところに現れると、真昼どきのじりじり煮えるような、ひっそりした暑気を打ち破るものは、ナショナル・ビスケット会社の暑くるしい号笛だけだった。車内の麦稈《むぎわら》製の座席は、いまにも燃えあがりそうに宙に揺れていた。僕の隣りに坐《すわ》っていた女は、しばらくは汗を白いワイシャツ型ブラウスのなかへ、優にやさしく流しこんでいたが、やがて指の下の新聞まで湿ってきたので、心細い叫び声をあげながら、自棄《やけ》になって、ひどい暑さにぐったりしてしまった。彼女の紙入れが床にぴしゃりと落ちた。

「あらまあ！」彼女は喘《あえ》ぎながら言った。

僕はいやいやながら体をかがめてそれをつまみ上げ、できるだけ遠くに離して、しかもその紙入れに対してべつに悪い謀《たくら》みなんか持っていないことを示すために、隅のほんの尖《さき》っちょを持って、彼女に手渡して戻した――ところがあたりにいたひとは誰も、その女も含めて、やっぱり僕を疑っていた。

「暑いね！」車掌が、知っている顔に言った。

「すごい天気だね！……暑いね！……暑いね！……暑いね！……あなたとても暑いじゃないで

すか？　暑いですか？……でしょう」

　僕の定期券は黒い汗じみがついて車掌から戻った。こんな暑さでも、だれの紅《あか》く燃えた唇に接吻《せっぷん》したとか、頭を胸にのせて寝巻の胸ポケットを汗で濡《ぬ》らしたとかいうことに関心をもつひとの気が知れない。

……ビュキャナンの家の玄関《ホール》を、あるかないかの風が吹き抜けて、扉口《とびらぐち》のところで待っていたギャツビーと僕のところまで、電話のベルの音が聞えてきた。

「ご主人様の死体ですって！」執事が送話口に向って怒鳴《どな》った。「申しわけございません、奥様、何も当てがうことはできません――とても暑くなっていますから、触わることもできません、今日の昼などは！」*

　いや、彼が実際に言っていたことはこうだった。「はい……はい……見てみましょう」

　彼は受話器を置くと、汗で心もちてらてら顔のあたりを光らせながら、こっちへやってきて、僕たちのカンカン帽をうけ取ってくれた。

「奥様が客間《サロン》でお待ちでございます！」と叫んで、必要もないのにその方向を指さした。こんなに暑いときに、余計な身ぶりなんかされると、普通の生命力しか貯《たくわ》えていない者にとっては、馬鹿にされたような気がするものだ。

　部屋は日除《ひよ》けでよく日を遮《さえぎ》ってあって、暗く涼しかった。デイジーとジョーダンが途方もなく大きい寝椅子《カウチ》に横になっていたが、扇風機の歌うような微風に、白いドレスを煽《あお》られまいとして重みをかけている、銀の偶像みたいだった。

「あたしたち動けないわ」と、ふたりはいっしょになって言った。

陽《ひ》に焼けたうえに白粉《おしろい》を刷いてあるジョーダンの指が、ちょっとのあいだ僕の指に託された。

「で、スポーツマンのトマス・ビュキャナン氏は？」僕はきいた。

と同時に、玄関《ホール》で電話をかけている彼の声が聞えた。突っけんどんな嗄《しゃが》れた声で、口を覆っていてよく聞えない。

ギャツビーは緋《ひ》の絨毯《じゅうたん》の真中に突っ立って、うっとりした眼ざしで、あたりをじっと見まわした。デイジーは彼を見守って笑った。例の甘い刺戟《しげき》するような笑いだった。粉白粉がパッと小さく、彼女の胸からあたりにたち上った。

「噂《うわさ》だと」ジョーダンがささやいた。「電話をかけてるのは、トムのいいひとなんですって」

誰も口をきかなかった。ホールの声は迷惑そうに高くなった。「よろしい、それじゃ、君になんか車は絶対売らない。……僕は君になんの義理もないんだから……それにお昼どきにそんなこと言ってきてうるさいじゃないか、絶対に我慢できないよ！」

「あれ、受話器を置いてから言ってるんだわ」と、デイジーが皮肉に言った。

「いや、そうじゃないよ」僕は請《う》け合うように言った。「ほんとうの取引だよ。偶然にも僕は知ってるんだけどね」

トムが荒々しく扉《とびら》を開くと、一瞬厚ぼったい体軀《たいく》で扉口の空間をふさいでしまったが、いそいで部屋に入ってきた。

「やあギャツビーさん！」嫌な気持を上手《じょうず》に隠して、幅の広い平べったい手をさしだした。

「よくお出でくださいました。……やあニック……」

「冷たい飲みものをつくってちょうだい」と、デイジーが叫ぶように言った。

彼がまた部屋を出て行くと、彼女は立ちあがって、ギャツビーのところまで行き、下から顔をひき寄せて、唇を合せた。

「ご存じね、あたしが愛してること」彼女はささやいた。

「ここに淑女がいるのを忘れてんのね」ジョーダンが言った。

デイジーは、どこにいるのよというように、あたりを見まわした。「あんたもニックにキスすればいいのよ」

「なんて下品で、無作法なひとでしょう！」

「あたしかまわないわ！」と、デイジーは叫んで、煉瓦《れんが》造りの煖炉《だんろ》の上で、クロッグダンスを始めた。やがて暑いのを憶《おも》いだして、悪いことでもしたように、寝椅子に腰をおろしたが、ちょうどそのとき、さっぱりと洗濯したものを着た乳母が、小さい女の子を連れて、部屋に入ってきた。

「天使のような、お宝娘ちゃん」彼女は小声で歌うように言って、両腕をさし出した。「あんたが可愛くてしようがないお母さんのところへいらっしゃい」

子供は乳母の手を離れ、部屋をトコトコ横ぎって、恥ずかしそうに母親の着ているもののなかにもぐってじっと動かなかった。

「天使のようなお宝娘ちゃん。お母さんはあんたの黄色い髪にお粉をかけたかしら？　さあお立ち。そうして言ってごらんなさい——こんにちはって」

　ギャッツビーと僕は代る代る前かがみになって、その小さい手を取った。そのあと、彼はその子供をじっといつまでも見つめていた。彼はこれまで子供の存在なんかいちどだって信じていなかったのだろう。

「お昼ご飯の前にお着替えしたの」子供はしきりにデイジーのほうを向きながら言った。

「お母さんがあんたをきれいにしてあげたかったからよ」小さい真っ白な首筋に、たったひとつある皺《しわ》のところに、彼女は顔を埋めた。「あんたは夢よ、あんたは。あんたは絶対小っちゃい夢よ」

「うん」子供はしずかにその言葉を受けいれた。「ジョーダンおばちゃまも白いお洋服着てるわ」

「お母さんのお友だち好き？」デイジーは彼女をぐるりと向きかえたので、ギャッツビーと面と向った。「きれいなお客ちゃまでしょう？」

「お父ちゃまはどこ？」

「父親には似てないわ」デイジーが説明した。「あたしに似てるわ。髪や顔の形はあたしよ」

　デイジーは寝椅子に倚《よ》りかかった。乳母が一歩進み出て、手をさし出した。

「いらっしゃい、パミーちゃん」

「さようなら、いい子ちゃん！」

　嫌々《いやいや》そうにちらとふりかえって見ながら、よく躾《しつ》けられた子供は乳母の手にかじりついて、扉口から連れていかれたが、入れ違いにトムが戻ってきた。そのあと、氷がいっぱい入ってかちかち音をたてているジン・リッキー*が四杯届いた。

ギャツビーは飲みものを取りあげた。

「これはいかにも冷たそうに見える」彼はありありと緊張の色を浮かべながら言った。

みんなごくごくと休まず口をつけたまま、貪《むさ》ぼるように飲んだ。

「どこかで読んだんだけど、太陽は毎年だんだん熱くなってるんだってね」と、トムが愛想よく言った。「もうまもなく地球は太陽と衝突するらしいね——いやちょっと待って——そうだ、正反対だ——太陽が毎年冷たくなっていくんだよ」

「外へ来ませんか」彼はギャツビーにもちかけた。「屋敷を見ていただきたいですな」

僕もついてヴェランダに出た。暑さのために淀《よど》んでいる緑色の海峡には、小さい帆船が一隻、もっと新鮮な海を求めて、のろのろ這うように進んでいた。ギャツビーの眼はそれをちょっと追ったが、片手を挙げて湾の向うをさした。

「僕の家は真正面ですよ」

「そうですな」

岩に沿った薔薇《ばら》の花壇、暑くるしい芝生、草の生えた土用の塵芥《ちりあくた》の向うに、僕たちは眼を注いだ。碧《あお》い空の限界線を背景に、船の白帆がゆっくり動いた。前方には帆立貝の縁《へり》のような波形模様の立った太洋と、溢《あふ》れるばかりに恵まれた島々が横たわっている。

「あれはいいな」トムが言って、うなずいた。「一時間ばかりあれといっしょに沖へ出ていたいもんだよ」

僕たちは暑さを避けるために、やはり暗くなっている食堂で昼めしを喰《た》べ、妙に燥《はしゃ》いでもいらいらするので、冷たいビールを呑《の》んで忘れたのだった。

「午後いったいどうしようかしら？」デイジーが叫ぶように言った。「それから明日は、それからこれからの三十年間ってものは？」

「病的になっちゃ駄目よ」ジョーダンが言った。「秋になって涼しくなったら、また新しい人生が始まるんだから」

「だってとても暑いんですもの」と、デイジーは言い張ったが、いまにも泣きだしそうだった。「それに何もかも滅茶苦茶なんですもの。みんなで街《まち》へ行きましょうよ！」

彼女の声は暑さと闘いつづけ、ぶつかり、感覚がなくなるほどになった暑さをいろんな形に仕上げたといえる。

「厩舎《うまや》からガレージを造るという話は聞いたことがあるけど」と、トムはギャッツビーに向って言っていた。「でもガレージから厩舎を造ったのは、とにかく僕が初めてだろうね」

「どなたが街へいらっしゃりたい？」デイジーがしつこく訊《き》きただした。ギャッツビーの眼が彼女のほうに漂《ただよ》っていった。「あら」彼女は叫んだ。「あなたとても涼しそうね」

ふたりの眼が合うと、あたりにひとがいるのにもかかわらず、おたがいにじっと見つめ合った。やっとこらえて、彼女はちらとテーブルに眼を落した。

「あなたっていつでもとても涼しそうね」彼女は繰りかえした。

あなたを愛しているわ。彼女はそう彼に語っていたのだが、それがトム・ビュキャナンにもわかったのだ。彼はびっくりした。口を小さく開けたまま、ギャツビーを見てから、やがてまたデイジーに視線を戻したが、まるでずっと昔から知っていた誰かだと、いまやっとわかったというふうだった。

「あなたは広告のひとに似てるわよ」彼女はわる気もなく言った。「ご存じね、広告のひとって――」

「よろしい」トムがすばやく口を挟《はさ》んだ。「断然喜んで街へ行くよ。さあ行こう――みんなでニューヨークへ行くんだ」

彼は立ちあがったが、まだギャツビーと妻のあいだに眼をぎらぎら光らせていた。誰も動かなかった。

「さあ行こうよ！」癇癪《かんしゃく》の緒が切れかかった。「どうしたんだ、いったい？　街へ行くなら、出かけようじゃないか」

一生懸命自分を抑えようとして、彼の手は震えたが、コップに残っていたビールを唇に持っていった。デイジーの声でみんな立ちあがり、焼けた砂利の邸内車道に出た。

「すぐ出かけるわけ？」彼女は文句を言った。「こんなふうにして？　まずは煙草を吸いたいひとには吸わせるようにしましょうよ」

「みんな昼めしを食っているとき、吸ってたじゃないか」

「あら、愉しくしましょうよ」彼女は頼むように言った。「いらいらするとよけい暑いわ」

彼は答えなかった。

「勝手になさい」彼女は言った。「さあ行きましょう、ジョーダン」

ふたりが仕度をしに二階へ行ったその留守に、僕たち男三人はそこに突っ立ったまま、足を曳《ひ》きずって小石をあちこち動かした。弧を描いた銀色の月は、もう西の空にたゆとうていた。ギャツビーは何か言おうとしたが、思いなおして口をつぐんだ。だが、トムがくるりと向きを変えて、話を待つ態度で面と向った。

「厩舎《うまや》はここへ造ったんですか？」ギャツビーは努力しいしいたずねた。

「四百メートル道の向うですよ」

「ああ、そう」

話がとぎれた。

「街へ行くなんて了見《りょうけん》がわからない」トムがいきなり猛烈な勢いで叫びだした。「女どもの考えることはこんなことなんだ――」

「お飲みもの何か持ってきましょうか？」デイジーが二階の窓から呼びかけた。

「ウィスキーをとってくるよ」トムは答えて家へ入った。

ギャツビーはぎこちなく、僕のほうに向いた。

「どうも彼の家ではなんにも言えないんだよ、ねえ君」

「言うことが軽率だよ、彼女は」僕は思ったことを言った。「あの声にはいっぱい詰まっているね、なんていうのかな、その――」僕は言い淀《よど》んだ。

「金銭《かね》がいっぱい詰まってるんだ」彼はいきなり言った。

そうだったのだ。前には絶えて理解できなかった。彼女の声には金銭がいっぱいこもっている——抑揚する声の尽きることのない魅力、リンリンと鳴るその音、そのシンバルの歌はそれだったのだ。……白宮殿高く、王の姫、黄金の娘……

トムが一クォート入りの罎《びん》をタオルに包んで家から出てきたが、つづいてデイジーとジョーダンが、金属入りのクロスでつくった小さくてぴったりする帽子をかぶり、薄いケープを腕にかけて出てきた。

「僕の車へみんなで乗って行きましょうかね？」ギャッツビーがもちかけた。彼は熱くなっている緑の革の座席に触わった。「日蔭《ひかげ》に置いとかなくちゃいけなかった」

「この車は規格型のシフトですか」トムが訊《き》きただした。

「そう」

「それじゃ、僕のクーペへ乗ってください。この車は僕に街《まち》まで運転させてくださいよ」

その提案をギャッツビーは厭《いや》がった。

「ガソリンがあんまりないと思うけど」と、彼は反対した。

「ガソリンはふんだんにあるよ」トムは騒々しく言って、計器を見た。「それになくなれば、ドラッグストアで止まればいいさ。このごろは何だってドラッグストアで買えるもの」

このおかしな発言のあとで、話がとぎれた。デイジーは眉《まゆ》をひそめてトムを見た。そしてなんとも言いようのない表情がギャッツビーの顔をよぎったが、それはたしかに見なれないものだが、それでもぼんやり見覚えがあるような、まるで言葉で説明しているのは聞いたことはあるが、まだ見たことはない、そんな表情だった。

「さあおいで、デイジー」トムは言って、片手で彼女をギャッツビーの車のほうへ押した。「このサーカス・ワゴンで街へ連れてってやるよ」

彼はドアを開いたが、さし出した腕の輪から、彼女は外へ出てしまった。

「じゃ、ニックとジョーダンを乗せて行きなさいよ。あたしたちはクーペでついてくから」

彼女はギャッツビーのすぐ傍まで歩いて行き、彼の上着に片手で触わった。ジョーダンとトムと僕は、ギャッツビーの車の前の席に乗った。トムは使いなれないギアを試しに押してみた。すると、うだるような暑さのなかへ、車はさっと飛びだして、あとに残ったギャッツビーとデイジーは見えなくなった。

「あれを見たかい?」トムは答えを促した。

「見たって何を?」

彼は抜け目なく僕を見つめ、ジョーダンも僕も初めからずっと知っていたに違いないと悟っている。

「ずいぶん馬鹿なやつだと思ってるんだろう?」思いついて彼は言った。「多分馬鹿だろうさ。だけどあるんだよ、僕にも、その——ときどきだがね、まあ千里眼に近いものがね。そいつがどうしたらいいか教えてくれるんだ。信じないかも知れんがね、しかし科学は——」

彼は話しやめた。直接関係のある出来ごとに圧倒されて、深遠な理論の淵《ふち》からひき戻されたのだ。「あの男をちょっと調べてみたんだ」と、彼はつづけた。「もっと深く突っこめたんだがな、その、知ってたら——」

「占いのところへ行ってきたっていう意味？」ジョーダンがからかうように言った。

「なんだって？」僕たちが笑ったので、彼はまごついて、じろじろ僕たちを見た。「占いだって？」

「ギャッビーのことでね」

「ギャツビーのことでだって！　いや、占いなんか行きゃしないよ。やつの昔のことを少し調べてみたって言ったんじゃないか」

「そしたらオックスフォード出だってわかったのよね」と、ジョーダンがとりなすように言った。

「オックスフォード出だって！」彼は信じそうもなかった。「とんでもない！　ピンクの背広を着てるようなやつが」

「それだって、あのひとオックスフォード出よ」

「ニューメキシコのオックスフォードか」トムは馬鹿にしたように鼻を鳴らした。「でないにしたって、その辺のとこさ」

「ねえ、トム。あんたそんなに気取ってんなら、何だってあのひとをお昼に招《よ》んだのよ？」ジョーダンがむすっとして訊《き》きただした。

「デイジーが招んだんだよ。結婚前から知ってたんだ――どこでだか知れたもんじゃない！」もうビールが醒《さ》めたので、みんないらいらしていた。そうわかっていたので、しばらく黙ったまま、車を走らせた。やがてT・J・エクルバーグ博士の色褪《いろあ》せた眼が、道の向うに見えてくると、ギャッツビーがガソリンのことを注意していたことを、僕は憶《おも》いだした。

「街へ着くまで充分あるよ」トムは言った。

「でもすぐそこにガソリン・スタンドがあるじゃないの」ジョーダンが反対した。「こんな焼けつくような暑さのなかでエンコするのは嫌よ」

トムは焦《い》らだたしそうに両方のブレーキをかけたので、ウィルソンの看板の下まで車は滑りこんで、そこは急に埃《ほこり》が立った。しばらくして経営主が営業所のなかから現れて、その車を窪《くぼ》んだ眼でじっと見つめた。

「ガソリンをくれないかい！」トムが乱暴に叫んだ。「なんのためにストップしたと思うんだい――景色を賞《め》でるためかい？」

「具合が悪いんでさ」ウィルソンはそのままで言った。「一日中具合が悪かったので」

「どうしたんだい？」

「すっかり衰弱してるんで」

「それじゃ、僕が自分でやろうか？」トムが訊きただした。「電話じゃとても元気そうだったぜ」

ウィルソンはやっとのことで戸口の日除けと支柱のところを離れて、苦しそうに息をついて、タンクの蓋《ふた》を抜いた。日向《ひなた》で見ると、顔は蒼《あお》ざめていた。

「お昼ご飯中なのを邪魔するつもりじゃなかったんで」彼は言った。「でもひどく金がいるんでね。それであの古い車、どうなさるだろうと思ってたんでさ」

「これはどうだい？」トムがきいた。「先週買ったんだよ」

「こりゃすばらしい黄色いやつだね」ウィルソンは言って、ハンドルを握った。

「買いたいかね？」

「これはちょっと」ウィルソンはかすかに微笑《ほほえ》んだ。「いや、だけどあっちのは金になりますさあ」

「なんだって金がいるんだい、藪《やぶ》から棒に？」

「ここに長くいすぎましたよ。逃げ出したいんでさ。女房もわしも西部へ行きたいんでね」

「君の細君がかい」トムはびっくりして、大声で言った。

「十年もそんなこと言ってましたよ」彼は一瞬ポンプに凭《もた》れて憩《やす》み、眼を覆った。「行きたくても行きたくなくっても、今度こそあれも行きますよ。連れてくつもりでさ」

クーペが一陣の埃《ほこり》をあげ、さっと手を振って、傍を通りすぎた。

「いくらだ？」トムは厳《きび》しい声で言った。

「この二日ばかりおかしなことがちょっとわかったんでね」ウィルソンは思っていることを言った。「だから逃げ出したいんでさ。だから車のことで面倒をおかけしたんで」

「いくらだ？」

「一ドル二十セントでさ」

容赦なく襲いかかる暑さに、どうやら僕の頭は混乱しだした。で、一瞬まずいことになったと思ったが、すぐに、これまでのところではトムには疑惑が降りかかっていないな、とわかった。ウィルソンは、マートルが自分から離れて、べつの世界である種の生活をしていた、それを発見したのだ。衝撃のあまり、病気になった。僕は彼をじっと見つめ、やがてトムを見た。そのトムも一時間足らず前に、似たような発見をしたのだ――そして、病人と丈夫な者の違いほど深い違いは、人間同士のあいだにはないのだ、という考えが僕に浮かんだ。* 知力や人種の違いも、まったく問題にならない。ウィルソンはひどく加減が悪かったので、まるで罪でも犯したひとのように見えた。許しがたい罪を犯したひとのように見えたのだ――貧しい娘を妊娠させたとでもいうような。

「あの車は譲るよ」トムは言った。「明日午後送って寄こすよ」

ここはいつでも、そう、昼すぎの明るい光がギラギラ隈《くま》なく照っているときでさえ、何となく不安なところだった。そのとき、背後の何ものかに注意せよ、と言われたような気がして、僕はふり向いた。灰の山の向うにある、T・J・エクルバーグ博士の巨大な眼は、相変らずの番をつづけていたが、すぐそのあとで、べつの眼が二十フィートとは離れていないところから、こっちをじっと見つめているのに気がついた。

ガレージの上のひとつの窓は、カーテンがわずかに傍に寄せられてあったが、その間からマートル・ウィルソンが自動車をじっと見おろしていた。彼女はまったく夢中で、見られていることに気がつかない。ゆっくり現像される写真に、いろんな物が写ってくるように、ひとつまたひとつと、いろんな感情が彼女の顔に忍びこんでくる。その表情は不思議と見なれたものだ——ときおり女たちの顔に見かけるものだ。ところがそれがマートル・ウィルソンの顔に現れると、なんだか意味のない、説明しようのないものに見えてくるが、とうとう嫉妬《しっと》の交じった恐怖にカッと見開かれた眼が、トムの上でなく、ジョーダン・ベイカーの上に釘《くぎ》づけにされているのがわかった。彼女をトムの妻ととったのだ。

混乱のなかでも、単純な心の混乱ほど独特なものはない。で、車が走って行くにつれ、トムは狼狽《ろうばい》の鞭《むち》を激しく感じていた。一時間前までは、何の心配もなく、神聖で犯すべからざるものであった妻と情婦が、だしぬけに自分の支配力からするすると抜けだしていたのだ。デイジーに追いつき、背後にウィルソンを遠ざけるという二重の目的で、彼は本能的にアクセルを踏みつづけた。で、時速五十マイルのスピードで、アストリアに向って走ったが、ついに高架鉄道の蜘蛛《くも》の巣のようなガードのなかに、ゆっくり走っている青色のクーペが見えた。

「五十丁目あたりのの大きい映画館は涼しいわ」と、ジョーダンが持ちだした。「誰もいない夏の午《ひる》すぎのニューヨーク、好きだわ。そこになんだかとても官能的なものがあるわ——熟し過ぎて、まるで妙な果物が、どの種類もどの種類も手のなかへ落ちてきそうなの」

「官能的」という言葉は、トムをさらに不安にさせる効果があったが、抗議を考えだせないでいるうちに、クーペが止まって、並んで止まるように、デイジーが合図した。

「どこへ行くの？」彼女は叫んだ。

「映画はどうかしら？」

「とても暑いわ」彼女は苦情を言った。「あんたたちは映画に行ってらっしゃいよ。あたしたちそこらを乗りまわすわ。だからあとで逢《あ》いましょう」やっと彼女にもかすかながら、機智に富んだことが言えるようになった。「どこかの角で逢いましょう。煙草を二本くわえてるわ*」

「ここでそんなことを言ってる場合か」うしろで罵《ののし》るようにトラックが警笛を鳴らしたので、トムはいらいらしながら言った。「セントラル・パークの南側、プラザ・ホテルの前までついてこい」
五、六回も彼は頭をふり向けて、彼女たちの車を確認した。そして交通のために後の車が遅れると、見えてくるまで速力を遅らせた。おそらく、ふたりの車がどこか傍道を突進して、永久に彼の人生から消え去ってしまうのではないか、と怖《おそ》れたのだと思う。
しかし彼女たちはそんなことはしなかった。しかもみんなで、プラザ・ホテルにスイート・ルームをとるという、さらに説明しかねるような行動をとったのだ。

そこに至るまでのくわしいいきさつは、今ではすっかり忘れてしまったのだが、騒々しい議論が長くつづいていたが、みんなでぞろぞろその部屋へかたまって行ったということでけりがついた。もっとも、議論がつづいているうちにも、僕の下着はまるでじめじめした蛇が脛《すね》に巻きついて登ってゆくような気がしたし、数珠《じゅず》のような汗が、思いだしたように背中をあらそって流れるのが涼しく思われたという、そういう肉体の記憶ははっきりしているのだ。もともとその考えは、五つの浴室を借りて冷水浴をしようというデイジーの提案に端を発して、やがて「ミント入りジューレップ*が飲めるところ」というそれよりも現実的なかたちをとったのだ。おのおのが繰りかえし「それはとんでもないアイデアだ」と言った——当惑したホテルのボーイにみんないっぺんに話しかけた。そして、自分たちはとても愉しいことをしているのだ、と考えたり、そう考えているふりをした……


部屋は大きくて、しかも息が詰まりそうだった。もう四時過ぎだったけれども、窓を開けても公園の暑苦しい灌木《かんぼく》の植え込みから少しばかりの風が入ってくるだけだった。デイジーは鏡のところへ行って、僕たちに背を向けて、髪を整えた。

「素敵なお部屋ですこと」ジョーダンがうやうやしくささやいたので、みんなが笑った。

「ほかのお窓も開けて」と、デイジーがふりかえりもしないで命じた。

「もう窓はない」

「それじゃ、電話をかけて斧《おの》を持ってこさせたほうがいいわ——」

「暑さを忘れることだよ、なすべきことは」トムがいらいらしながら言った。「暑い暑いと文句を言うから、十倍も悪くしてるじゃないか」

彼はウィスキーの壜《びん》をタオルから解いて、テーブルの上に置いた。

「彼女に当たるのは間違いだ、ねえ君?」ギャツビーが思ってることを言った。「街《まち》へ来たがったのは君じゃないか」

一瞬沈黙がつづいた。電話帳が釘《くぎ》からはずれて、床の上にどさりと音をたてて跳《は》ねた。そこでジョーダンが「失礼」と、小声で言った——ところが今度は誰も笑わなかった。

「僕が拾う」と、僕が申しでた。

「もう取ったよ」ギャツビーは切れた紐《ひも》を調べて、興味ありげに「ふーん！」と呟《つぶや》いた。そしてその帳簿を椅子《いす》の上に放った。

「君はずいぶんもったいぶった言葉遣いをするんだな？」と、トムが鋭く切りこんだ。

「何がだね？」

「その『ねえ君』っていうやつのことだよ。どこで拾ったんだね？」

「ちょっと、トム」デイジーは言って、鏡からふり向いた。「だれかにけんかを売るつもりなら、あたし一分だってここにいないわよ。電話をかけて、ミント入りジューレップに使う氷を注文してちょうだい」

　トムが受話器を取りあげたので誰も喋《しゃべ》らなかった。するといきなり、圧迫された熱が爆発するように、階下の舞踏室からメンデルスゾーンの「結婚行進曲」が聞えてきた。

「この暑さに誰かと結婚するなんて！」ジョーダンがうんざりした顔つきで叫んだ。

「それでも——六月の中旬にあたし結婚したわ」デイジーが憶《おも》いだして言った。「六月のルイヴィルといったら！　誰か卒倒したわ。誰だったかしら、ねえトム？」

「ビロクシーさ」彼は無愛想に答えた。

「ビロクシーっていう名なの。『ブロックス』のビロクシー、おまけに箱《ボックス》を作ってたの——ほんとよ——テネシーのビロクシー生れなのよ」

「うちへ担《かつ》ぎこまれたのよ」ジョーダンが言いたした。「だってうちは、教会から二軒目だったでしょう。そしたら、あのひと三週間もいたわ。出てってもらわなくちゃ困るってとうとう父さんが話したの。翌日父さんが亡《な》くなったわ」しばらくして彼女は言い添えた。「べつになんの関係もなかったんだけど」

「メンフィス生れのビル・ビロクシーってのはよく知っていたがなあ」僕は思いついて言った。

「それはそのひとの従弟《いとこ》よ。うちを出てくまでに、家族の経歴を聞いてすっかり覚えちゃったわ。アルミニウムのパターをもらったけど、いまでも使ってるわ」

式が始まったので音楽は消え、今度はいつまでもつづく歓呼が、窓のところから部屋に漂《ただよ》ってくる。それから「そうだーそうだ！」という叫び声がとぎれとぎれにして、最後にどっとジャズが始まって、ダンスになった。

「あたしたち年とったのね」デイジーが言った。「若ければ立って踊るでしょうに」

「ビロクシーを憶いだしてよ」ジョーダンが彼女に注意した。「ねえトム、どこで知り合ったの？」

「ビロクシーかい？」彼は一生懸命注意をこらした。「知らなかったよ。デイジーの友だちだったんだ」

「そうじゃないわ」デイジーは否定した。「いちども逢《あ》ったことなかったもの。あのひと、貸切列車でやってきたのよ」

「ところがあいつは君を知ってるって言ってたよ。ルイヴィルで育ったんだって。エイサ・バードが出発の間際につれてきて、このひとの席はありますか、ってきいたんだ」

　ジョーダンはにっこりした。

「きっと家へ帰るのに、あちこち居候《いそうろう》生活してたんでしょ。イェール大学であんたたちのクラスの委員長だったって言ってたわ」

　トムも僕もぽかんとして顔を見合せた。

「ビロクシーがかい？」

「第一、委員長なんてものはなかったよ――」

　ギャッビーは片足で落ちつきなくコッコッ音をたてた。するとトムはいきなり彼のほうを見た。

「ところでギャッビーさん、オックスフォード出だそうですな」

「そうね、正確に言うとそうじゃないんだけど」

「いや、そうですよ、オックスフォードへ行ったそうじゃないか」

「ええ――行きましたよ」

　話がとぎれた。するとトムが怪しむような、侮辱するような声で言った。

「ビロクシーがイェールに行ったころ、君も向うへ行ったに違いないな」

　また話がとぎれた。ノックの音がして、給仕が砕いたミントと氷を持って入ってきたが、「有難うございます」と言って、しずかに扉《とびら》を閉めても、沈黙は破られなかった。とうとう、この問題の真実があきらかにされるのだ。

「向うへ行ったって言っただろう」ギャッツビーは言った。

「聞いたよ、だけどいつ行ったのか、そいつが知りたいんだ」

「一九一九年さ。五か月いただけだがね。だからオックスフォード出だとは、ほんとは言えないわけなんだ」

トムはちらっと見まわして、自分の不信を僕たちも反映して、やはり信じようとしてないかどうか確かめた。ところが僕たちはみなギャッツビーをじっと見ていたのだ。

「休戦後そういう機会が将校に与えられたのさ」彼はつづけた。「イギリスでもフランスでも、どこの大学にも行けたんだ」

僕は立ちあがって、彼の背中をポンと叩《たた》いてやりたかった。前にも経験したことがあるのだが、まるで彼を信用する気持が、また復活したのだ。

デイジーは立ちあがって、かすかに微笑を浮かべながら、テーブルのほうへ行った。

「トム、ウィスキーを開けてちょうだい」彼女は指図した。「ミント入りジューレップを作ってあげるわ。そうすればご自分のことも、そうお馬鹿さんには見えなくなるでしょうよ。……まあ、このミントをごらんなさいよ!」

「ちょっと待って」トムは意地悪く口を出した。「もうひとつギャッツビーさんにききたいんだ」

「どうぞ」ギャッツビーはていねいに言った。

「いったい僕の家庭に、どういう騒動を起そうってんだね?」

話はついに核心に及ぼうとしていたが、それこそギャッツビーの思う壺《つぼ》だった。

「なにも騒動なんて起してはいないわ」デイジーは絶望的に代る代るふたりを見た。「騒動を起してるのはあなたじゃないの。お願いだから、少しは自制してちょうだい」

「自制だって！」トムは信じられないというふうに繰りかえした。「ただ椅子に坐って、どこからともなくやってきた無名氏に、自分の女房を口説かせるのが、いまの流行らしいな。だが、そういうことなら、僕は違うぞ。……近頃《ちかごろ》は家庭生活や家族制度を鼻であしらうような連中が増えたが、この次は、何もかも投げ捨てて、白人と黒人が結婚するようなことになるだろうさ」

トムは、熱の入った、何が何だかわからない演説に頰《ほお》を紅潮させて、文明の最後の砦《とりで》にたったひとりで立っているつもりになっている。

「ここにいるのはみんな白人よ」ジョーダンが呟《つぶや》いた。

「そりゃ僕なんかそんなに人気はないさ。大きなパーティなんか開かない。きっと友だちをつくるには、家を豚小屋にしなくちゃいけないんだろうな——近代世界ではね」

そこにいる者は誰もそうだったが、僕は腹がたって仕方がなかった。だが、彼が口を開きさえすれば笑いたくなった。放蕩《ほうとう》者から道学居士への転向は、まったく見事なものだったからだ。

「君に話さなくちゃならんことがあるんだよ、ねえ君——」ギャッツビーが始めた。ところがデイジーは彼の意向を察した。

「お願いだからやめて！」彼女は困り果てて遮《さえぎ》った。「お願いだから、みんな家へ帰りましょうよ。なぜみんな家へ帰らないの？」

「それがいい」僕は立ちあがった。「さあ行こう、ねえトム。誰も呑《の》みたがらないよ」

「ギャツビーさんがぜひ話したいって言ったことを、聞きたいね」

「君の細君は、君なんか愛しちゃいない」ギャツビーは言った。「愛したことなんか断じてないんだ。僕を愛してるんだ」

「僕を愛してる、だと？」トムは鸚鵡《おうむ》がえしに大声で言った。

ギャツビーはすっくと立ちあがった。興奮で生き生きしている。

「君を愛したことなんか断じてない。わかったか？」と、彼は叫んだ。「君と結婚したのは、僕が貧乏だったからだ。そして僕を待ってるのに飽きたからだ。それだけなんだ。大変な間違いをしでかしたものだが、心のなかではほかの誰も愛したなんてことは断じてないんだ！」

ここでジョーダンと僕は部屋を出ようとしたが、トムもギャツビーも、そのままいるようにと争って力強く言い張った——ふたりとも匿《かく》すものは何もない、親身になってふたりの感情のお相伴《しょうばん》をするのは君たちの特権なんだ、と言ってるようだった。

「デイジー、お坐《すわ》り」トムの声はなんとかして父親のような調子をだそうとしたが、うまくいかなかった。「どんなことがつづいていたんだね？　すっかり聞きたいんだ」

「どんなことがつづいていたか、僕が話したろう？」ギャツビーは言った。「五年間つづいていたんだ——だのに君は知らなかったんだ」

トムはきっとなって、デイジーのほうを向いた。

「五年間もこの男と逢《あ》っていたのかい？」

「逢いはしないよ」ギャッツビーが言った。「いや、逢おうったって逢えやしなかった。だけどいつだって愛し合っていたんだよ、ねえ君。ところが君は知らなかったんだ。ときどき笑ったもんだ」――だが彼の眼には笑いの影はなかった――「知らぬはなんとか、と思うとね」

「ああ――それだけのことか」トムは牧師のように指をこつこつと打ち合せて、椅子《いす》に凭《よ》りかかった。

「馬鹿なことを言うな！」彼は激しく語りだした。「五年前に起ったことなんか、僕は知らん。その時分デイジーを知らなかったんだから――それに、食料品を裏口に配達でもしたならともかく、そうでもない限り、君がどうやって彼女から一マイルと離れないところにいたのか、そんなことは僕にわかってたまるものか。だが、そのほかのことは全部、途方もない嘘《うそ》だ。デイジーは結婚当時僕を愛してたし、いまだって愛しているよ」

「いや」ギャッツビーは言って、頭を振った。

「いいや、愛しているさ。困ったことに、ときどき馬鹿なことを考えて、自分でも何をしてるんだかわからないようなことを彼女《あれ》はやるんだ」彼は賢人ぶってうなずいた。「そのうえ、僕だって愛している。たまには呑《の》んでどんちゃん騒ぎになってしまって、馬鹿な真似《まね》をして物笑いの種になることもあるさ。だけどいつだって戻ってくるんだ。そして心のなかではいつだって愛しているんだ」

「あなたって胸が悪くなるわ」デイジーは言った。彼女は僕のほうを向いた。そして一オクターヴ下った彼女の声は、ぞっとするような侮蔑《ぶべつ》を含んで、部屋中に広がった。「わたしたちがなぜシカゴを離れたかご存じ？　あのちょっとした呑んだくれの騒ぎの話を、シカゴのひとたちがご馳走《ちそう》のかわりにあなたにしなかったなんて驚いたわ」

ギャッビーは向うへ行って、彼女の傍に立った。

「デイジー、それももうすんだんだよ」彼は熱意をこめて言った。「そんなことはもう問題じゃないよ。本当のことを話してやりさえすればいいんだ――愛したことなんか断じてないって――そうすれば、これも金輪際すっかり帳消しになるんだよ」

彼女は向う見ずに彼を見つめた。「まあ――あたしにどうしてこのひとが愛せるの――できると思って？」

「愛したなんてことは断じてなかったんだよ」

彼女はためらった。彼女の眼ざしは訴えるようにジョーダンと僕の上に注がれたが、まるでやっと自分がしていることがわかった――しかも、初めから全然何もしでかすつもりはなかったというようだった。だがいまそれはなされたのだ。もう遅すぎたのだ。

「愛したことなんか決してなかったわ」と、彼女は言ったが、しぶしぶそう言ったことはたしかだった。

「ハワイのカピオラニでも、そうじゃなかったのかい？」いきなりトムが訊《き》きただした。

「ええ」

こもった、息詰まるような合奏が、暑苦しい空気の波に乗って、階下の舞踏室から漂《ただよ》い昇ってきた。

「君の靴を濡《ぬ》らさないように、パンチボールから抱き降ろしてやった、ほらあの日もそうじゃないかい？」嗄《しゃが》れたやさしさがその調子にこもっていた。……「ええデイジー？」

「お願いだからおっしゃらないで」彼女の声は冷たかったけれども、深い恨みはそこから消えていた。彼女はギャッツビーを見た。「ほらこの通りよ、ジェイ」と、彼女は言った——だが煙草に火をつけようとした手は震えていた。いきなり煙草と燃えているマッチを絨毯《じゅうたん》の上に投げつけた。

「ああ、あんまり要求しすぎるわ！」彼女はギャッツビーに向って叫んだ。「いま、愛してるわ——それだけじゃ足りないの？　過ぎ去ったことはどうしようもないじゃないの」彼女は困り果てて啜《すす》り泣きを始めた。「いちどはあのひとを愛したわ——だけどあなたも愛したわ」

ギャッツビーの眼は開いたり閉じたりした。

「僕も愛したって？」と、彼は繰りかえした。

「それだって嘘《うそ》だ」トムが猛《たけ》りたって言った。「君が生きてるなんて、彼女は知らなかったんだ。そうさ——君なんかにはわからないんだ、いろんなことがデイジーと僕のあいだにはあるんだ、ふたりとも決して忘れないいろんなことがあるんだ」

その言葉はギャッツビーの肉体に喰《く》い入ったらしい。

「デイジーとふたりきりのところで話したい」と、彼は言い張った。「彼女はいますっかり興奮しているんだ——」

「ふたりっきりになっても、トムを愛したことなんか決してなかった、なんてあたしには言えないわ」哀れっぽい声で、そう彼女は認めた。「そう言えば嘘になるわ」

「むろんそうだよ」と、トムは同意した。

彼女は夫のほうに向いた。

「あなたにはどうでもいいことじゃない」彼女は言った。

「どうでもよくないさ。これからはもっと大事にするよ」

「君にはわかってないんだ」ギャッツビーが慌て気味に言った。「もうこれ以上彼女の面倒を見る必要はない」

「ほう?」トムは大きく眼を開いて笑った。もう自制する余裕ができていた。「なぜそうなんだね?」

「デイジーは君と別れるんだ」

「馬鹿な」

「そうよ。別れるの」彼女はあきらかに努力しながら言った。

「デイジーは僕を捨てやしない!」トムの言葉はいきなりギャッツビーのうえにかぶさった。「盗まなくちゃ、指環も女の指に嵌《は》められないような、そんなつまらん詐欺師《さぎし》といっしょになるために、別れたりするもんか」

「我慢できないわ、こんなこと」デイジーが叫んだ。「ああ、お願いだから外へ出ましょう」

「いったい君は何者なんだ?」トムがふいに大声で言いだした。「メイヤー・ウルフシェームとうろつきまわってるあの一味だろう——それだけは偶然にわかった。君の仕事を少し調査してみたんだ——明日はもっと進めてみるつもりだ」

「そんなことなら好きなようにやりたまえ、ねえ君」ギャツビーは落ちついて言った。

「こいつの《ドラッグストア》がどんなものか、見破ったんだ」トムは僕のほうに向いて、早口に喋《しゃべ》った。「こいつとウルフシェームは、ここやシカゴの横町にあるドラッグストアをたくさん買い占めて、店先でエチルアルコールを売ったんだ。これがちょいとした離れ業のひとつなのさ。初めて逢ったとき酒の密売業者だろうと思ったんだが、やっぱり当らずといえども遠からずだったよ」

「それがどうしたんだね?」ギャツビーは愛想よく言った。「そういう君の友だちのウォルター・チェイスだって、たいした自尊心もないのか、のこのこやってきたじゃないか」

「それであの男を見殺しにしたんじゃないか? はるばるニュージャージーの刑務所にひと月も入っているのを知らん顔してたんだ。怪しからん! 君のことについては、ウォルターの言うことを聞いてみるべきだよ」

「あの男は、すっかり破産してやってきたんだ。金がいくらかでも拾えれば、大喜びだったんだよ、ねえ君」

「僕のことを『ねえ君』なんて呼ぶな!」と、トムは叫んだ。ギャツビーは何も言わなかった。

「ウォルターは賭博《とばく》法でも君をつき出すことができたんだ、ところがウルフシェームに脅かされて、口を噤《つぐ》んでしまったんだ」

例の見なれない、けれども見覚えのある表情が、またギャツビーの顔に戻っていた。

「そのドラッグストアの商売だって、ほんの小銭稼ぎだったんだ」トムはゆっくりと話しつづけた。「ところがいま、ウォルターも話すのを怖《こわ》がっているようなことを、君は何かやってるんだ」

デイジーをちらっと見たら、彼女はギャッツビーと夫を怯《おび》えた眼でじっと見ていた。それからジョーダンを見た。ジョーダンは眼には見えない何かを、顎《あご》の尖《さき》に載せて、平均をとり始めていた。それから僕はギャッツビーのほうをまた向いてみた——そして彼の表情を見てびっくりした。それは——あのパーティの庭園でぺちゃくちゃうわさされていた中傷なんかすっかり軽蔑《けいべつ》してこう言うのだが——まるで「人を殺した」とでもいうふうだった。一瞬、彼の顔つきは、まさしくそうした怪奇な表現法で描写しても嘘《うそ》ではなかった。

その表情はやがて消えた。すると彼は興奮してデイジーに向って話し始め、何もかも否定し、話題にもなっていないことについても自分の評判を弁護した。だがそのひとことひとことに、彼女はいよいよ遠く自分のなかにひきこもってしまった。そこで彼も諦《あきら》めた。午後の日が知らぬ間に経《た》ってゆくうちに、ただ死んでしまった夢だけが闘いつづけ、もはや触れることのできないものに触れようと努め、部屋の向うのあの失われた声に向って、不幸にも、だが落胆もせずに、踠《あが》いていた。

その声がまた、行きましょう、と嘆願した。

「お願い、トム！　こんなことにはこれ以上我慢できないわ」

最初はどんな意向だったにせよ、またどんなに勇気があったにせよ、今はもうそれがはっきりと消え去ってしまったことを、彼女の怯えた眼がはっきりと語っていた。

「お前たちふたりで家へ帰れよ、デイジー」と、トムは言った。「ギャッビーさんの車でさ」

彼女はトムを見て、いまさらながらびっくりしたが、彼は嘲《あざけ》りながらも寛大な気持で言い張った。

「そうしなさい。彼はもうお前を困らせやしないだろう。身のほど知らずの根性の小さい恋愛ごっこなんかもう終ったことは、彼にもわかったと思うんだ」

ふたりはひとことも言わずに舞台から消え、場違いのものとなって、幽霊のように、僕たちからも同情されず、見放されて出て行った。

間もなくトムは立ちあがって、とうとう栓《せん》を抜かなかったウィスキーの壜《びん》をタオルに包み始めた。

「これを少しやるかね？　ジョーダンはどう？……ニックはどう？」

僕は答えなかった。

「ニックは？」彼はまたきいた。

「何？」

「少しやるかね？」

「いやたくさん……いま、今日が誕生日だってことを憶《おも》いだしたとこだよ」

僕は三十歳になっていた。新しい十年間の凄《すさ》まじいばかりの、脅かすような道が、僕の前に通じている。

三人がいっしょにクーペに乗り、ロングアイランドに向けて出発したのは七時だった。トムはひっきりなしに喋《しゃべ》り、ひどく喜んだり笑ったりしたが、歩道でふと騒がしい外国人の声を聞いたり、頭上の高架鉄道の騒音に耳をふさがれたときのように、彼の声もジョーダンや僕からは、およそ遠い感じのものだった。人間の同情心にも限りがある。だから、彼らの悲劇的な議論が、背後に去りゆく市《まち》の灯《あかり》とともに、すっかり消えてゆくがままにさせて、僕たちもべつに文句を言うこともなかった。三十歳――それは約束されているのだ、孤独の十年間を。独身者の友人リストもだんだん薄くなってゆくことを。感激にふくれた書類カバンもだんだん平たくなってゆくことを。髪もだんだん薄くなってゆくことを。だが僕の傍にはジョーダンがいる。デイジーと違って、賢《かしこ》すぎるくらい賢く、きれいに忘れてしまった夢を、くる年もくる年も抱きつづけるようなことはしない。暗い鉄橋を通るとき、彼女の蒼白《あおじろ》い顔が僕の上着の肩にもの憂げに凭《よ》りかかった。そして元気づけるように片手を押しつけてくると、三十歳を迎えた怖《おそ》るべき衝撃も消え失《う》せてしまった。

こうして涼しくなってきた黄昏《たそがれ》をついて、僕たちは死に向って車を走らせていたのだ。

若いギリシア人のマカイリスは、灰の山の近くでコーヒーの屋台店を出していたのだが、検《けん》屍《し》に当って第一の証人だった。暑いさなか、彼はずっと昼寝をしていたが、五時過ぎになると、ガレージまでぶらぶら歩いて行った。すると事務室にいたジョージ・ウィルソンが加減が悪いのに気がついた――いかにも悪くて、薄い色の髪の毛と変らぬくらいに顔が蒼ざめ、躯中《からだじゅう》ぶるぶる震えていた。寝たほうがいいよ、とマカイリスは勧めたが、ウィルソンは断って、寝ちまえば商売をいくつもとり逃がしてしまうと言った。隣人がしきりに説きつけていると、激しいわめき声がいきなり頭の上で起った。

「女房をあそこへ閉じこめたんだよ」ウィルソンはゆっくりと説明した。「明後日まではあそこにいるさ。そしたらふたりでここを立ちのくつもりだよ」

マカイリスは驚いた。四年間隣りづきあいをしてきたのだが、こんな思いきったことなどおくびにも出せるひとだとは思えなかったのだ。だいたい彼は、あの疲れきったタイプの人間だった。働いていないときは、戸口の椅子《いす》に腰をおろして、道を通るひとや自動車をじっと見ている。誰か話しかけると、いつもきまって、毒にも薬にもならないようににっこり笑った。妻の言いなり放題で、自由に何でもできる男ではなかった。

それだから、何ごとが起ったのかと、マカイリスが目をきょろきょろさせたのも当りまえだった。ところがウィルソンはひとことも語ろうとしない――その代りに、疑うような変な眼ざしを訪問客にちらっちらっと投げ始めて、これこれの日の、しかじかの時間には、何をしていたかなどときき始めた。マカイリスは不安になってきたが、時を移さず数人の労働者が戸口のところを通りすぎて、彼のレストランのほうへ向ったので、この機会にたち去ってしまったが、あとでまた戻ってくるつもりだった。ところが彼は戻らなかった。多分忘れてしまったので、べつにどうこういうことがあって行かなかったわけではない。七時少し過ぎてから、また外へ出てみると、ガレージの階下で、大声で口汚く罵《ののし》っているウィルソンの細君の声が聞えたので、彼はさっきの会話を憶《おも》いだした。

「打《ぶ》ってば！」と、彼女が叫ぶのが聞えた。「投げ倒して打《ぶ》ちな、ったら。この汚らわしいちびの臆病者《おくびょうもの》！」

一瞬の後、彼女が両手を振りたて、わめきながら黄昏《たそがれ》のなかへ飛び出してきた――そして、マカイリスが家の戸口からまだ動き出すこともできないうちに、事は終ったのだ。

新聞が名づけた《死の車》は止まらなかった。それは深まる夕闇《ゆうやみ》のなかから現れて、一瞬悲しげによろめき、やがて、次のカーヴをまわって消えた。マヴロ・マカイリスは車の色さえ定かでなかった――彼は最初の警官に薄緑だったと告げた。べつの車、ニューヨーク方面へ向って走っていたのが、百ヤード向うに止まって、運転手がいそいでマートル・ウィルソンのところへひきかえしてきた。道に跪《ひざまず》き、どろどろした黒血が夕闇に混じて、彼女は乱暴にいのちを絶っていた。

マカイリスとこの男が彼女のところへ最初に寄ってきたのだが、汗でまだ濡《ぬ》れているワイシャツ型ブラウスをひき裂いて開いて見ると、左の乳房が皮をはがれた生身《なまみ》のようにだらり垂れていた。その下にある心臓の音を聴いてみる必要はなかった。口はかっと開かれ、口端《くちばた》が少し裂けている。まるでこれまで蓄えていたたまげるばかりに溢《あふ》れた生命力を見限る際、ちょっと出口がせまかった、とでもいうようだった。

現場までまだかなりの距離があったのに、僕たちにも三台か四台の自動車と群衆が見えた。「壊したな！」と、トムが言った。「こいつはいい。ウィルソンもやっと少しは商売になるだろう」

彼は速力を弛《ゆる》めたが、まだ停車するなどというつもりは少しもなかった。しかし、さらに近づいてみると、ガレージの扉口《とびらぐち》に群がったひとびとの、固唾《かたず》を呑《の》んだ、傍《わ》き目も振らずにいる顔を見ると、ついに彼は反射的にブレーキをかけた。

「見てみよう、ちょっとだけ」彼は不審そうに言った。

僕はもうガレージからひっきりなしに聞こえてくる、うつろな泣き叫ぶ音に気がついていた。クーペから降りて、扉口のほうへ歩いて行くと、その音は変じて「ああ、神様！」という言葉になり、それが喘《あえ》いだ呻《うめ》き声で繰りかえし繰りかえし言われた。

「これはかなりひどいな」と、トムは興奮して言った。

彼は爪先《つまさき》で伸びあがって、見える高さに届くと、ひとびとの頭の輪のうえからガレージのなかをじっと見た。そこはうえのほうに、揺れる金属の籠《かご》に入った黄色い灯《あかり》がただひとつつけてあるだけだった。トムが咽喉《のど》のところで耳障りなうなり声をあげたかと思うと、逞《たくま》しい腕を動かして、人垣を激しく押し除《の》け、遮二無二道をつけて進み出た。

駄目じゃないか、とみんなが注意するささやきがさっとつづいて起ったが、その輪はまた閉じてしまった。僕には一分間ばかりまるで何も見えなかった。すると新たに到着した者たちが、その線を狂わせてしまって、ジョーダンと僕はいきなり前へ押し出されてしまった。

マートル・ウィルソンの死体は毛布に包まれ、さらに暑い夜なのに寒気がしてしょうがないとでもいうように、もう一枚の毛布に包まれて、壁際の作業机の上に横たえられている。トムは僕たちに背を向けて、身じろぎもせずにそのうえにかがみこんでいた。彼の隣りにはオートバイで乗りつけた巡査が立っていて、汗をだくだくたらしながら、そして訂正しいしい、小型の手帳に名前を書きとめていた。がらんとしたガレージに喧《やか》ましく反響する高い呻《うめ》き声の言葉が、どこから出てくるのか、最初僕はわからなかった——やがて見ると、ウィルソンが一段高くなった事務室の敷居の上に立って、前や後にふらふらしながら、扉口の側柱に両手でつかまっていた。誰か低い声で話しかけて、ときどき肩に手をかけようとしたが、ウィルソンは聞いてもいないし、見ようともしなかった。彼の視線は揺れている灯から、壁際の死体を載せてある机にゆっくりと落ちてくると、やがてまた灯のほうにぐいと戻るのだった。しかもひっきりなしに、高い怖《おそ》ろしい呼び声を発していた。

「ああ、かみーさま！　ああ、かみーさま！　ああ、かみ！　ああ、かみーさま！」

まもなくトムはぐいと頭をもたげて、どんよりした眼でガレージをじろじろ見まわしてから、もぐもぐと辻褄《つじつま》の合わないことを言って、巡査に話しかけた。

「マーアーイー」と、巡査は言っていた。「ーオ——」

「いいえ、ルですー」と、男が訂正した。「マーアーヴールーオ——」

「ねえ、おいッたら！」トムは荒々しくぶつくさ言った。

「ル」と、巡査が言った。「オ——」

「グ——」

「グー」トムの幅の広い手が強く肩にかけられたので、彼は眼をあげた。「なんだね、君ーい？」

「何があったんです？——それが知りたいんだ」

「車に轢《ひ》かれた。即っ死」

「即死」と、トムは繰りかえして、眼を見張った。

「道ぃ駈《か》け出したんだ。野郎め車を止めーもせなんだ」

「二台車がいたんです」と、マカイリスが言った。「一台は来る、一台は向ぅへ行く。ねえ？」

「どこを行くんだね？」巡査が鋭くきいた。

「一台が銘々その道を走るんで。そう、彼女が」——片手を挙げて毛布のほうを指さそうとしたが、途中でやめて、また脇《わき》におろした——「あそこへ駈け出したってえと思うと、ヌゥヨーク方面から来たのがなんと彼女を叩《たた》きつぶしたんでさ。時速三十か四十マイル出してたね」

「ここは何というところだね？」と、警官が訊《き》きただした。

「名前なんかないでさあ」

肌の色のうすい、身なりの立派な黒人が一歩近寄った。

「黄色い車でした」と、彼は言った。「でかい黄色い車。新しいね」

「事故を見たね？」巡査がきいた。

「いや、そうじゃないけど、道の向うですれ違ったです。四十以上出して走ってた。いや五十、六十で走って」

「こっちへ来て。君の名を聞こう。さあどいた、どいた。この人の名を聞くんだから」

この会話のうち、いくつかの言葉は、事務室の扉口でぶらぶら軀《からだ》を揺すっているウィルソンのところまで聞こえたに違いない。というのは、彼の喘《あえ》ぐような叫びのさなかに、いきなり新しい題目が唱えられたからだ。

「どんなふうな車だったか、話す必要なんかないぞ！　どんなふうな車だったか、知ってるぞ！」

トムを見守っていると、彼の肩のうしろの筋肉の塊《かたま》りが上着の下でひき締まるのが見えた。彼は向うにいるウィルソンのところまですばやく歩いて行って、面と向って突っ立ち、二の腕をしっかと把《つか》んだ。

「元気を出さなきゃいけない」と、彼は銅鑼声《どらごえ》でなだめるように言った。

ウィルソンの視線はトムのうえに落ちた。彼は驚いて爪先《つまさき》で立ちあがったが、トムが真直ぐに支えなかったら、膝《ひざ》をついてくず折れてしまったろう。

「ねえいいかい」トムは言って、彼をちょっと揺すった。「僕はちょっと前にニューヨークからここへ来たばかりだ。君と話し合った例のクーペを君のとこへ持ってきたところなんだ。今日昼すぎ運転していたあの黄色い車は、僕のじゃなかったのだ——わかるかい？　あの車は午後ずっと見かけてないいんだよ」

黒人と僕だけが、彼の言ってることが聞けるくらい近くにいたのだが、巡査はその語調から何かを捉《とら》えて、獰猛《どうもう》な眼ざしで目をやった。

「いったいそれは何のことだね？」彼は訊《き》きただした。

「友だちです」トムは頭をふり向けたが、両手はしっかりウィルソンの軀にかけたままだった。

「やった車を知っているって言うんです。……黄色い車だったって」

あるかすかな衝動に駆られて、巡査はうさん臭さそうに見つめた。

「で、君の車の色は？」

「青い車、クーペです」

「僕たちはニューヨークから真直ぐやってきたんです」と、僕は言った。

僕たちの少しあとから車を走らせてきた、どこかのひとが確証してくれたので、巡査は向うを向いてしまった。

「さて、またあの名前を正確に教えてくれるかな——」

トムは人形を抱きかかえるように、ウィルソンを立ちあがらせて、事務室のなかへ運びいれ、椅子《いす》に腰かけさせて、戻ってきた。

「誰かここへ来て、いっしょにいてくれないかな」と、いかにも権威をもった人物のように、がみがみ言った。いちばん近くに立っていたふたりの男が、おたがいにちらっと顔を見合せて、嫌々ながら部屋に入っていくまで、彼は見守っていた。それからふたりのあとから扉《とびら》を閉めて、一段きりの階段を下りてきたが、机を見ることは避けた。僕の傍を通りすぎながら「出よう」と、小声で言った。

僕たちは人前で気がひけたけれども、彼が威信ありげに腕で道を開けたので、まだ集ってくる群衆のなかを押し進んだが、三十分ほど前淡い希望をこめて呼びにやった医者が、鞄《かばん》を手にいそいでやってくるのとすれ違った。

トムはその道のカーヴの向うに出るまでゆっくり車を走らせた――やがて彼の脚《あし》がぐっとアクセルを踏み込むと、クーペは夜をついて全速力で走った。まもなく低い嗄《しゃが》れた啜《すす》り泣きが聞えたので、見ると彼の顔から涙が溢《あふ》れでていた。

「怪しからん臆病者《おくびょうもの》め！」彼は泣き声で言った。「車を止めもしなかったなんて」

暗闇《くらやみ》のなかでさらさら鳴っている木立のなかから、いきなりビュキャナンの家が僕たちのほうにすっと浮かびでた。トムはポーチの傍に車を止めて、二階を見あげた。そこはふたつの窓に灯が入って、蔦《つた》のなかに花が咲いたように美しかった。

「デイジーが帰ってる」彼は言った。車から降りると、僕をちらっと見て、かすかに眉《まゆ》をひそめた。

「ウエスト・エッグで降ろせばよかったな、ねえニック。今夜はもう何をすることもできないものな」

彼は前と変って、重々しく、しかもきっぱりと口をきいた。三人で月光に濡《ぬ》れた砂利道を横ぎってポーチに向って歩いてゆくと、彼は二、三のきびきびした言葉で、事を片づけた。

「電話でタクシーを呼んで、家まで行ってもらおう。待ってるうちに君もジョーダンも台所へ行って、何か夕食を拵《こしら》えてもらったらいいな――欲しかったらだよ」彼は扉《とびら》を開けた。「入れよ」

「いや、結構だ。そう、頼むよ、タクシーをいいつけてくれないか。外で待ってるよ」

ジョーダンが僕の腕に手をかけた。

「お入りにならない、ニック？」

「いや、有難う」

僕は少し気持が悪かったので、ひとりになりたかった。しかしジョーダンはなおしばらく去りかねて、ぐずぐずしていた。

「まだ九時半よ」と、彼女は言った。

なかへなんか入るものか。今日一日だけで、彼らなんかもうたくさんだった。しかも突然気がついてみると、そのなかにジョーダンも含まれていたのだ。彼女は僕の表情のなかに、そのことをいくぶん見てとったに相違ない。ぷいっと向うを向いて、ポーチの階段を駈《か》けあがると、家へ入ってしまった。僕は腰をおろして、両手で頭をかかえ、二、三分そうやっていた。するとなかで電話をとりあげて、執事の声でタクシーを呼んでいるのが聞えた。そこでゆっくりと邸内車道を歩いて、家から離れた。門の傍で待つつもりだった。

二十ヤードも行かないうちに、僕の名が呼ばれた。ギャツビーがふたつの藪《やぶ》のあいだから径《こみち》へ踏みこんできた。そのころまで、僕はかなり気味の悪い感じにつき纏《まと》われていたに違いない。そう呼びかけられても、月の下で明るく光る、彼のピンクの服に気がついただけで、ほかに何も思いつかなかったからだ。

「何をしているんだね？」と、僕はきいた。

「ここに立ってるだけだよ、ねえ君」

どういうわけか、それは卑劣なことのように思われた。彼はこのあと、この家を掠奪《りゃくだつ》しようとしていたのかもしれない。彼の背後の暗い藪のなかに、人相の悪い顔、《ウルフシェームの手下》の顔が見えたとしても、一向おかしくなかったろう。

「道で何かごたごたしてなかったかね？」しばらくして彼は言った。

「うん、見たよ」

彼はためらった。

「死んだのかい？」

「うん」

「そうだろうと思った。そうだろうとデイジーに話したんだ。ショックはみんないっぺんに来たほうがいいんだ。立派に彼女は持ちこたえたよ」

彼の話しぶりを聞いていると、まるでデイジーの反応だけが重大なことのようだ。

「裏道を通ってウエスト・エッグへ行って」と、彼は話しつづけた。「車をうちのガレージに置いてきたんだ。誰にも見られなかったと思うんだけど、むろん確実じゃないよ」

このときにはもう、彼がひどく嫌いになっていたので、君の言ってることは間違っているよ、なぞと話してやる必要などはないと、僕は考えた。

「誰だったんだね、あの女は？」彼はきいた。

「ウィルソンという名前さ。主人はガレージを持ってるんだ。いったい何があったんだ？」

「そう、ハンドルをぐるっと回そうとしたんだ――」彼はぷっつり話しやめたので、突如真相が、僕にも推測された。

「デイジーが運転してたんだね？」

「そうなんだ」彼はしばらくして言った。「だけどむろん僕だった、と言うべきだろうね。ねえ、ニューヨークを出たとき、彼女はひどく神経質になっていたもんだから、運転でもしたら落ちつくかもしれないと、思ったんだな――そうしたら、向うの道を走ってくる車とちょうどすれ違ったときに、あの女がこっちへ駈《か》け出してきたんだ。みんな何もかも一瞬の出来ごとだったんだが、しかし、あの女はどうも僕たちに話しかけたがっていたらしく思えるんだよ。知ってるひとだと思ったらしいな。そう、最初デイジーはあの女を避けて、向うから来る車のほうに向きを変えたんだけど、気おくれしてまたもとへ向きを変えたんだ。僕が片手でハンドルに触わった瞬間、激突するのを感じたんだ――即死だったに違いないな」

「ひき裂かれてたよ――」

「もうたくさんだ、ねえ君」彼はたじろいた。「とにかく――デイジーはスピードを上げつづけた。僕は止めさせようとしたんだが、彼女は止めることができない。そこで非常ブレーキをかけたんだ。すると膝《ひざ》の上に彼女が倒れかかったので、そのあとは僕が運転しつづけたんだよ」

「彼女も明日になればよくなるだろうよ」と、彼はほどなく言った。「ここで待ってみて、今日昼すぎのあの不愉快なことで、また彼女を苦しめやしないか、そいつを確かめるつもりだ。

自分の部屋に鍵《かぎ》をかけて閉じこもっているから、もし彼が野蛮なことでもすれば、灯《あかり》を消してまたつけることになってるんだ」

「トムは手を触れたりしないよ」僕は言った。「彼女のことなんか考えてないよ」

「信用できるもんか、ねえ君」

「いつまで待つつもりなんだい？」

「必要とあれば、徹夜さ。とにかくみんな寝てしまうまではね」

新しい観《み》かたが僕の頭に浮かんだ。運転していたのはデイジーだったと、トムが気がついたらどうだろう。彼はそこに因果を見たと思うかもしれない――とにかく何か考えそうだ。家を見ると、階下の窓が二つ三つ明るかった。二階のデイジーの部屋からは、桃色の強い光がさしている。

「ここで待ってないか」僕は言った。「騒動が起きそうな気配かどうか見てくるから」

芝生の縁に沿ってひきかえし、砂利道をそっと横ぎって、ヴェランダの階段を爪先《つまさき》であがった。客間のカーテンが開いていたので、覗《のぞ》いてみると、部屋には誰もいなかった。三か月前のあの六月の夜、僕たちが食事をしたポーチを渡って、小さい長方形に光がさしているところまで来たが、そこは食器室の窓なのだろう、鎧戸《よろいど》はおりていたが、窓の下枠に割れ目が見つかった。

デイジーとトムが向き合って、台所のテーブルに坐《すわ》っていた。ふたりのあいだには、冷たい揚げた鶏のお皿と、ビール壜《びん》二本があった。彼はテーブル越しに、熱心に話しかけていたが、熱心のあまり片手を彼女の手の上に置いて、その手を覆《おお》っていた。ときおり、彼女が彼を見あげては、うなずいて同意を示していた。

彼らは幸福ではなく、どちらも鶏にもビールにも手を出さなかった――それでもなお、不幸でもなかった。その一幅の絵には、自然に親密さが漂《ただよ》っていて、間違いようがなかった。あれを見れば、ふたりはぐるになって陰謀を企てていると見るひともあったかもしれない。

爪先立ちでポーチを離れると、僕の乗るタクシーが暗い道を家へ向って、手探りで進んでくるような音が聞えた。ギャツビーはさっき別れた邸内車道で待っていた。

「あそこはすっかり鎮《しず》まってるかね？」彼は心配そうにきいた。

「うん、すっかり鎮まってるよ」僕は言い淀《よど》んだ。「家へ帰って、少し眠ったほうがいいよ」

彼は頭を振った。

「デイジーが寝るまでここで待っていたいんだ。おやすみ、ねえ君」

彼は両手を上着のポケットに突っ込むと、この家を綿密に吟味する仕事にまた熱心に戻っていった。まるで僕がいたために、神聖な寝ずの番が傷つけられたとでもいった調子だった。そこで僕は歩き去って、無に向って見張りをしたまま――月光を浴びて、そこに立ちつくしている彼の傍を離れた。

第八章

僕は一晩中眠れなかった。霧笛が海峡でひっきりなしに呻《うめ》いていた。グロテスクな現実と、凶猛で胆《きも》をつぶすような夢のあいだを転々しながら、吐きそうだった。明け方近く、ギャッビーの邸内車道をタクシーが走ってくる音が聞えたので、すぐベッドから跳《と》び起きて、身支度をした——彼に話すことや警告することがあるような感じがしたのだ。朝では遅すぎる。

彼の家の芝生を横ぎって、見ると表玄関はまだ開いたままで、玄関《ホール》のテーブルに彼がぐったり凭《もた》れかかっていた。がっかりしたのか、眠っていたのか。

「何も起らなかったよ」彼は力なく言った。「待っていたら、四時ごろ彼女が窓のところへ来て、ちょっと立っていたけど、やがて灯《あかり》を消してしまったよ」

そのときふたりで大きな部屋をいくつも通って、煙草を探しまわったときほど、彼の家が途方もなく大きく見えたことはない。園遊会や運動会などで使う大テントのようなカーテンを押し除《の》けて、真暗な壁の何フィートと数えきれないほど広い面のあちこちを、手探りで電灯のスイッチを探した——いちどなど、僕は幽霊の影のようなピアノの鍵盤《けんばん》の上にころげ落ちて、大きな音をたてる始末だった。どこもかしこも腑《ふ》に落ちないほど埃《ほこり》がたまっていたり、部屋はかび臭くて、まるで長いあいだ風を通していないといった具合だった。僕は見なれないテーブルの上に煙草貯蔵筺《ばこ》を見つけたが、なかに香の抜けたぱさぱさした巻煙草が二本あった。客間のフランス窓をサッと開けて、ふたりは腰をおろして暗闇《くらやみ》のなかで煙草をふかした。

「逃げなくちゃいかんよ」僕は言った。「君の車を捜しだすことは九分九厘たしかだな」

「いま、すぐ逃げるのかい、ねえ君？」

「一週間ばかりアトランチック・シティへ行くんだ。それとも北のモントリオールへ行くんだよ」

彼はそんなことは考えようともしなかった。デイジーがどうするのかわかるまでは、彼女から離れるなどということは不可能なのだ。いまだに最後の希望に縋《すが》りついていたので、蒙《もう》を啓《ひら》いてがっかりさせてやるに忍びなかった。

ダン・コーディといっしょに暮した、若き日の奇妙な話を語ってくれたのは、このときだった——《ジェイ・ギャッツビー》がトムの堅い敵意にぶつかってガラスのようにすっかり砕けてしまい、長いこと秘密だった大芝居が幕となってしまったので、その話をしたのだ。いまこそずばり、すべて本当のことを語ってくれたと思うが、彼はやっぱりデイジーのことを話したがった。

彼女こそ初めて知った《育ちのいい》女の子だった。いろんな資格をこっそりつくっては、そうしたひとたちと近づきになったが、いつでも目に見えない有刺線があいだにあって隔てられてしまう。彼女はたまらなく望ましい女だとわかった。初めのうちはテイラー基地の将校連と行ったが、やがてひとりで行った。彼女の家に行って驚いた――それまでこんなに美しい家に入ったことはない。しかしその家に、息もつけないくらい強烈なものがあると思われたのは、そこにデイジーが住んでいたからだ――しかし彼女からすれば、そこに住んでいるのは偶然なので、彼が基地に住んでいるのが偶然なのと同じではないか。その家には神秘的なものが色濃く漂《ただよ》っている。よその寝室よりもっと美しくて涼しげな寝室が二階にありそうだ。華《はな》やかで明るい活動が廊下で起っていそうだ。かびが生えたからと言って傍へ除《の》けられ、ラヴェンダー＊のなかにしまっておくようなロマンスでなく、みずみずしく生々躍動した、この年のピカピカした新車の臭いの強いロマンスがありそうだ。いまや酣《たけなわ》でいつまでも衰えそうもないダンスをやっていそうだ。すでに大勢の男からデイジーが愛されていることも彼を興奮させた――そのために彼女の値打ちが倍になって目に映った。彼らが家のあたりに姿を現しているのではないかと感じられる。いまだに震えている感情の陰影や反響が、いっぱい立ちこめているのが感じられるほどだ。

だが自分が途方もない偶然の仕業で、デイジーの家にいることはわきまえていた。ジェイ・ギャツビーの未来がどれほどかがやかしいものであろうとも、現在は何の経歴もない、一文なしの青年だったし、軍服を包んでいる目に見えない覆《おお》いが、いつなんどき両肩からずり落ちるかもわからない。そこで自分の時間をできるだけ利用した。貪《むさ》ぼるように、無遠慮に、手に入るものは何でも取った――とうとうある静かな十月の夜、デイジーをものにした。彼女の手に触れる権利などはほんとはなかったのに、ものにしたのだ。

場合によっては、彼は自分を軽蔑《けいべつ》したかもしれなかった。ありもしない口実を設けて、ものにしたことはたしかだったからだ。何百万というありもしない財産を、ありそうに利用したという意味ではないが、用心深くおれには保証があるんだ、という安心感をデイジーに与えたのだ。彼女のとほとんど同じ社会層の人間だと信じこませた——自分なら世話が充分できると信じこませた。事実はそんな便宜は彼にはない——何不自由のない家族が背後に控えていたわけではないし、個人など問題にしない気紛れな政府の手で、どこか世界の隅にでも吹き飛ばされかねなかったのだ。

だが彼は自分を軽蔑しなかった。事態は彼が想像した通りにはならなかった。多分、ものにできるものをものにしてから、行ってしまうつもりだったのだろう——ところがいま自分は、聖盃《せいはい》の従者としてわが身を縛りつけられているではないか。デイジーが風変りなことはわかっていたが、いったい《育ちのいい》女の子がどれほど風変りでありうるものか、わかっていなかったのだ。彼女は富裕な家のなかへ、豊かで充分な生活のなかへ入って消えてしまい、ギャツビーに残していったものは——何ひとつない。結婚したいという思い、ただそれだけだった。

二日後また逢《あ》ったとき、息をはずませていたのはギャツビーだった。とにかく裏切られたのはギャツビーだった。金銭で買った贅沢《ぜいたく》な星の光がとりつけてあって、ポーチは明るかった。彼女が彼のほうを向いたので、好奇心を唆《そそ》る愛らしい口に接吻《せっぷん》すると、長椅子の柳の枝が流行品らしくキーキー鳴った。彼女は風邪《かぜ》をひいていたので、いつもより声が嗄《しゃが》れていて、魅力があった。富に閉じこめられ、富に保護された青春や神秘を彼は知り、さまざまなあざやかな衣類を彼は見、あくせくしている貧乏人から超然として、安全で誇り高く、銀のように光り輝くかと見えるデイジーを知って、ギャッビーは圧倒されたのだ。

「彼女を愛していることがわかって、自分ながらどんなにびっくりしたか、とても口では言えないよ、ねえ君。一時はいっそ見捨ててくれればいいのに、と願ったくらいだ。だけどそうもしなかったのは、彼女もやっぱり愛してたからなんだな。かけ離れたことを僕がいろいろ知っていたんで、大のもの知りだと思ったんだな……ところで、僕は野望から遥《はる》か離れたところにいて、一分毎にますます深く恋するようになったんだが、いきなり気がついてみると、僕はもうそのことをくよくよしなくなってるんだ。将来何をするつもりかってことを、彼女に話すだけで、結構愉《たの》しいとすれば、大きな仕事なんかやったって何の役にたつだろう?」

海外へ行くという最後の午後、彼は長いこと黙ったまま、両腕にデイジーをかかえていた。寒い秋の日で、部屋には火がはいり、彼女の頰《ほお》は燃えていた。ときおり彼女が動くと、彼は腕の位置を少し変えた。いちどは彼女の色の濃いつやつやした髪に接吻した。まるで、深い記憶をおたがいのなかにとどめようとするようだった。彼女が黙って、彼の上着の肩のところを唇でこすったり、彼がやさしく彼女の指先に触わったりしたこのときほど、おたがいに深く気持がかよったことはなかった。

彼は戦争では驚くばかりよくやった。前線へ出ないうちに大尉になり、アルゴンヌの戦闘に従軍しているうちに少佐となって、師団直属の機関銃隊の指揮をとった。休戦になると、帰還しようと必死にいろいろやってみたが、何か込みいったことがあったのか、それとも誤解があったのか、代りにオックスフォードに送られた。いまは心配でたまらない――デイジーの手紙には、いらいらした絶望が目についてきた。なぜ帰れないのか、彼女にはわからないのだ。彼女も世間の圧力を感じていた。だから彼に逢《あ》って、しかと傍にいてもらって、お前のやってることはつまりはそれでいいんだよ、と力づけてもらいたかったのだ。

思うにデイジーは若かったし、周囲の人工的な世界では、蘭《らん》の香や、愉快で明るい気取った香りが漂った。その年流行のリズムを編曲して、管弦楽は人生の悲哀や、暗示に富んだ人生の断面を、新しい調べに纏《まと》めた。一晩中サキソフォンが泣くような音をたてて、「ビール街ブルース」を困ったように奏でると、いっぽう粉末を撒《ま》き散らしてきらきら光った床を、百足《ひゃくそく》もの金や銀のダンスシューズがあちこち滑っている。ほの暗いお茶の時刻には、きまって部屋部屋に、この快い微熱のような興奮が絶えまなしに脈打ち、そうかと思うと、悲しげに鳴るホルンで床に吹き散らされた薔薇《ばら》の花びらのように、新しい顔、顔があちこちにさまよっている。

社交シーズンが始まるとともに、デイジーはふたたびこの薄明の世界を動き始めた。突然彼女はまた一日に六人の男と六回逢《あ》う約束をしつづけ、頸飾《くびかざ》りやシフォンの夜会服を、ベッドの傍の床に置いた枯れかかった蘭のあいだにまるめたまま、明け方になってうたた寝をする。しかも彼女のなかに巣くう何ものかが、決定を求めてたえず慟哭《どうこく》している。いますぐにも自分の一生を形をなしたものにしたい――力を加えてもらわなければ、決まらないのだ――愛の力か、金銭の力か、うむを言わさぬ実際的な力か――それは手近かなところにあるのだ。

春のなかば、トム・ビュキャナンがやってくると、その力は形をなした。彼の人柄や身分には健全なスケールの大きさがあって、デイジーは心を唆《そそ》られた。その心と闘ってみたり、ほっと救われた気持になったこともたしかだ。ギャッツビーがまだオックスフォードにいるうちに、その手紙が届いた。


ロングアイランドにも曙《あけぼの》がさしてきたので、ふたりで階下へ行って、ほかの窓をせっせと開けて、灰色に変ってくる光、金色に変ってくる光を、家のなかへいっぱいに入れた。一本の樹の影がふいに露の上にさし、姿の見えない小鳥が青葉のなかから鳴き始めた。あたりの空気はゆっくりと愉《たの》しげに動く気配があり、それはあるとも知れぬ風のそよぎだったが、涼しい快よい日和を前触れしていた。

「彼女が彼を愛したなんて思えないな」と、窓からくるりと向いて、ギャッツビーは挑戦するように僕を見た。「ねえ君、君もきっと覚えていると思うが、彼女は昨日の午後とても興奮してたんだ。あの男があんなことを喋《しゃべ》ったもんだから、びっくりしたんだよ――そのためにまるで僕がくだらん本職の賭博《とばく》師みたいに見えちゃったんだな。挙句の果てに、彼女も自分で何を言ってるんだかわからなくなっちゃったんだよ」

彼は陰鬱《いんうつ》そうに腰をおろした。

「むろんほんのちょっとのあいだくらいは彼を愛したろうさ、結婚した初めてのときくらいはだな――でもそのときだって、僕のほうをずっと愛していたんだ、わかるだろう?」

突然、彼は妙なことを口走った。

「いずれにしても」と、彼は言った。「ほんの個人的なことだったんだ」

この事件を考える彼の考えかたに、はかり知れないほどの激しさがあったのだ、と思うよりほかに、この言葉をどう理解できようか?

彼がアメリカに帰ってきたとき、トムとデイジーはまだ新婚旅行の最中だった。軍の最後の給与で、ルイヴィルまで、どうしても制しきれなくて、みじめな旅行をした。そこに一週間滞在し、かつて十一月の夜ふたりで足音高く歩いた街路を歩きまわり、彼女の白い自動車でドライヴした辺鄙《へんぴ》な場所をまた訪れてみた。デイジーの家はほかの家よりも、いっそう神秘めいて、しかも明るいものにいつも思われたのだが、それとまったく同じように、この市そのものを考えると、たとえ彼女がそこを去っていても、もの悲しい美しさがあたりに浸みこんでいる。

彼が町をたち去るとき、もっと一生懸命捜したら彼女が見つかったかもしれないと感じた――彼女をおき去りにしてゆくのだ、と思った。普通列車は――彼はもう一文無しだった――暑かった。開いているデッキに出て、おりたたみ椅子《いす》に腰かけた。すると駅が滑るように遠ざかり、見なれないビルディングの裏側が傍を流れ去った。やがて春の平野に出ると、黄色い電車がほんのしばらく汽車と競走して走ったが、そこに乗っていたひとのなかには、不思議な魅力をたたえた蒼白《あおじろ》い彼女の顔を、いちどは行きずりの街頭で見かけたひとがいたかもしれない。線路がカーヴして、もう太陽から遠ざかっていた。太陽はさらに低く沈みながら、向うに見えなくなってゆく町を祝福して、その上に広がるかと思われた。その町でかつては、彼女が息を吸ったことがあるのだ。彼は絶望的に片手を伸ばして、まるで一掴《ひとつか》みでもよいからそこの空気をひったくり、彼女が自分のために愛《いと》しい場所にしてくれたその破片《かけら》を取っておこうとした。ところがそれはすべて、涙で霞《かす》んだ彼の眼には、いまあまりにも速く過ぎ去り、最も新鮮で最良だった部分は失われてしまったことを伝えていた。

僕たちが朝の食事をすませて、ポーチへ出て行ったときは、九時だった。夜のうちに天候がはっきり変って、空には秋の気配が漂《ただよ》っていた。ギャツビーが前から使っていた召使いのなかでは、最後にただひとり残った庭師が、石段の下までやってきた。

「今日プールを掃《はら》いますよ、ギャツビーさん。もうじきに木の葉が散りだすでね。そうすりゃいつだって排水管が故障を起しますでな」

「今日はまだいいだろう」ギャツビーは答えた。弁解するように僕のほうを向いた。「ほら、ねえ君、夏中とうとうあのプールをいちども使ったことがないんだものな」

僕は時計を見て立ちあがった。

「汽車はあと二十分だ」

僕は市へ行きたくなかった。ちゃんとした立派な仕事などする柄ではなかったが、しかしそれ以上のものがそこにはあったのだ――ギャツビーと別れたくなかった。その汽車に遅れ、またもうひと汽車遅れて、やっと出かける仕儀とはなった。

「電話するからね」僕は最後に言った。

「そうしてくれ、ねえ君」

ふたりはゆっくり石段を下りた。

「きっとデイジーも電話してくるだろう」彼は心配そうに僕を見て、まるでこのことを僕から確証してもらいたいというふうだった。

「僕もそう思うな」

「じゃ、さよなら」

握手して、僕は出かけた。垣根の少し手前まで来て、僕はあることを憶《おも》いだしたので、ふりかえった。

「くだらん奴らだ」僕は芝生越しに怒鳴《どな》った。「みんな十把《じっぱ》ひとからげにいっしょくたにしたのと、立派に釣合うだけの値打ちが、君にはあるんだぞ」

そう言ってやってよかった、といまでも思っている。たったいちどだけ言ってやったお世辞だった。なぜなら僕は初めから終りまで彼に不賛成だったからだ。最初彼はていねいにうなずいたが、やがてあの嬉《うれ》しそうな、ものわかりのよさそうな微笑が、ぱっと顔に浮かんだ。まるでふたりいっしょになって、四六時中その事実に有頂天になっていたといった具合だった。彼の豪華なピンクの背広は、白い石段を背景にあざやかな色彩の斑《まだら》となっていた。三か月前、古くから伝った彼の家へ初めて来た夜のことを憶いだした。芝生や邸内車道は、彼の背徳をあれこれ推測するひとびとの顔で溢《あふ》れていた——そして彼はあの石段に立って、不滅の夢を匿《かく》しながら、あのひとびとに手を振ってさよならをしていたのだ。

僕は手厚いもてなしに礼を言った。そのことに関する限り、誰でもいつも彼に感謝していた──僕もほかのひとたちも。

「さよなら」と、僕は呼びかけた。「朝御飯ご馳走《ちそう》さま、ねえギャツビー」

市に着いてから、しばらくのあいだ長たらしい金額の出ている株式相場を記載しようとやってみたが、やがて回転椅子《いす》のままで眠ってしまった。正午少し前電話で目が醒《さ》めたが、急に汗をかきだして、それが額《ひたい》に吹き出た。ジョーダン・ベイカーだった。ときどきこの時間に電話をかけて寄こしたが、それは彼女がホテルやクラブや個人の家を動きまわっていて、自分でも当てにならなかったので、これ以外の方法では彼女を見つけにくかったのだ。いつもだとみずみずしい涼しげな声が電線を伝わってきて、まるで緑のゴルフリンクから切りとられた芝生の一片が、オフィスのなかへ勢いよく飛びこんでくるみたいだったが、気のせいか、今朝は耳障《みみざわ》りでかさかさした声だった。

「デイジーの家、出ちゃったの」彼女は言った。「ヘンプステッドにいるのよ。それで今日午後サザンプトンへ行くところなの」

多分デイジーの家を出たことは、機転のきいたやりかただったろうけれども、そんな行動をとるなんてと、僕はいらいらした。その次に彼女の言った言葉は僕をさらに硬化させた。

「あなたったら昨夜ずいぶんひどかったわ」

「あのときはそんなこと問題じゃなかったろう?」

一瞬の沈黙。それから、

「だって――お逢《あ》いしたいの」

「僕だって逢いたいよ」

「それじゃサザンプトンへ行くのやめて、今日午後町へ行きましょうか?」

「いや――今日午後は駄目だと思うね」

「じゃあいいわよ」

「今日午後はとうてい駄目だね。いろんな――」

しばらくのあいだそんなふうに話し合ったが、やがてふいにもう話してはいなかった。カチャッと強く受話器を置いたのは、ふたりのうちどっちだったかわからないけれども、そんなことはどうだっていいことなんだ。たとえこの世で二度と話す機会がないとしても、その日お茶のテーブルを挟《はさ》んで、彼女に話しかけるなどということは、僕にはとてもできなかったろう。
二、三分してギャッツビーの家を呼び出したが、話し中だった。四回やってみたが、とうとう腹をたてた局の交換手が、デトロイトから長距離でずっとふさがっていると話してくれた。時間表を取りだして、三時五十分の汽車を小さい丸で囲った。それから椅子《いす》に凭《よ》りかかって、考えようとした。ちょうど正午だった。

その朝汽車で灰の山を通過するとき、僕はわざと列車の反対側の席に移っていた。きっと物見高い群衆が一日中そこに集って、子供たちは路の埃《ほこり》のなかに黒ずんだ斑点《はんてん》を探しているだろうし、お喋《しゃべ》りな男がいて繰りかえし繰りかえしその出来ごとを話して、しまいには話す当人にもだんだんほんとうでないようになって、もうその話ができなくなって、マートル・ウィルソンが身をもって成しとげた悲劇は忘れられていくのだ。――さて、ここでしばらくあと戻りして、前夜僕たちがそこを去ってから、ウィルソンのガレージで起ったことを話したい。

妹のキャサリンを探すのは大変だった。酒を呑《の》まない習慣をその晩は破ったに相違ない。というのは、ここへ着いたときも酒にしびれていて、救急車がもうフラッシングの検屍所*へ行ってしまったことがのみこめなかったからだ。みんなが寄ってそのことを納得させると、すぐに気を失った。まるでそれが事件の耐えがたいところなんだ、とでもいうようだった。親切なのか、もの好きなのか、誰かが自分の車に乗せて、姉の死骸《しがい》のお通夜に連れて行った。

真夜中すぎてかなり遅くまで、いれ替りたち替り群衆がガレージの正面を取り巻いた。その間ジョージ・ウィルソンは、なかの寝椅子に腰かけて、軀《からだ》を前後に揺すっていた。いっとき事務室の扉《とびら》が開いていたので、ガレージのなかへ入ってきた者は、いやでもそのなかをちらっと見ずにはいられなかった。とうとう、そいつはいけない、と誰だか言って、扉を閉めた。マカイリスとほかに数人傍にいた。最初は四、五人だったが、あとになったら二、三人になった。なお遅くなってから、マカイリスは最後に残った見知らぬ男に、もう十五分ばかり待ってくださいさい、と頼まなければならなかった。そのあいだに自分の店に戻って、コーヒーを一壜《ひとびん》つくった。そのあと明け方まで、ウィルソンとふたりきりでそこにいた。

三時ごろになると、ウィルソンが辻褄《つじつま》の合わないことをぶつぶつ言っていたその内容が変った——前より落ちついてきて、黄色い車のことを話し始めた。黄色い車が誰のものか見つけだす方法はあるぞ、と宣告するように言った。それからふた月前、細君が市から帰ってきたとき、顔は傷つき、鼻は腫《は》れていたと口を滑らした。

しかし自分でこう口に出したことを耳にすると、彼はたじたじとなって、またうめき声で「ああ、神様！」と、大声で始めた。マカイリスはその彼の気を紛らそうとして、無器用にいろいろとやってみた。

「結婚してどのくらいになるね、ジョージ？　ほら、どうだ、ちょっとでいいからじっとして、僕の質問に答えてごらん。結婚してどのくらいになるね？」

「十二年さ」

「子供はあったのかい？　さあほら、ねえジョージ、じっとして——僕は質問したんだよ。子供はあったのかい？」

殻の硬い褐色の兜虫《かぶとむし》が鈍い灯にぶーんといつまでも打《ぶ》つかっていた。外の道をひた走りに走って行く自動車の音を聞くたびに、マカイリスにはそれがさっきの、止まらなかったあの車の音のように響いた。彼はガレージのなかへ入って行きたがらなかったが、それは仕事台の死体が横たえられていたところにしみがついていたからだ。だから気味悪そうに事務室をあちこち歩きまわった——朝を迎えるまでには、事務室にある物は何から何まで知りつくしてしまった——そしてときおり、ウィルソンの傍に坐《すわ》って、もっと静かにさせようとつとめた。

「ときどき行く教会があるのかい、ねえジョージ？　長いこともう行ったことがないとしたって、まあいいさ、ないかね？　まあその教会に電話をかけて、牧師さんに来てもらえば、話をしてくれるだろうよ、ねえ？」

「どこって決まっちゃいないさ」

「教会がなくちゃ駄目じゃないか、ええジョージ、こういうときのためにだよ。きっといちどくらい行ったことはあるだろう。教会で結婚しなかったんかい？　ねえ、ジョージ、いいかい。君は教会で結婚しなかったんかい？」

「そりゃずいぶん昔のことだ」

答えようと一生懸命になるので、軀《からだ》を揺すっているリズムが崩れる——一瞬彼はしーんとなった。すると、あの同じ、半ば知っているんだといったような、半ばとほうに暮れたような眼ざしが、衰えた眼に戻ってきた。

「そこのひきだしのなかを見てくれ」と、彼は言って机を指さした。

「どっちのひきだし？」

「そのひきだし——そっちのだよ」

マカイリスはいちばん手近かのひきだしを開けた。なかには皮革と編んだ銀で造った、小さい高価な犬の綱があるだけだった。あきらかにそれは新品だった。

「これかい？」と、彼はききながら、それを高く掲げた。

ウィルソンはじろじろ見てうなずいた。

「昨日午《ひる》すぎ見つけたんだ。女房のやつわしに言いわけしようとしたんだ。何だか妙なもんだってことはわかってたよ」

「おかみさんが買ったっていうのかい？」

「女房のやつティッシュペーパーに包んで、化粧箪笥《けしょうだんす》の上に置いといたんだ」

だからといって、べつに変ったことがあるとは、マカイリスには思えない。そこで細君が犬の綱を買ったかも知れないとして、その理由を十幾つほどウィルソンに並べたてた。ところが、考えられることだが、それと同じ説明をいくつか、マートルから前に聞かされていたのだろう。またささやくように「ああ、神様！」と、言い始めたではないか——彼の慰め手は、五つか六つ説明をし残したままだった。

「するとあいつが殺《や》ったんだ」ウィルソンは言った。彼の口はいきなりパクッと開いた。

「誰がしたって？」

「見つけだす方法はあるぞ」

「病的だぞ、ジョージ」友は言った。「今度のことであんまり緊張したもんだから、自分の言ってることが、君にはわからないんだ。一生懸命になって朝までじっとしてるようにしたほうがいいよ」

「あいつがあれを殺したんだ」

「事故だったんだよ、ねえジョージ」

ウィルソンは頭を振った。眼は細くなり、口はわずかに開いて、「ふん！」と言おうとするようだった。

「わかってるぞ」彼はきっぱりと言った。「わしだってここらの信頼できる連中の端くれだ。だからだれにも害にゃならねえと思ってるんだ。ところが事を知る段になりゃ、ほんとに知ってるんだぞ。あの車に乗ってた男だったんだ。女房のやつ駈《か》け出して話しかけようとしたんだ。ところが車を止めようともしやがらなかった」

マカイリスもこの点は見て知っていたけれども、そこに特別何か意味があるなどとは、思い浮かばなかった。ウィルソンの細君は、これといって特定の車を止めようとしたんじゃない、それより夫から逃げ出していたんだ、彼はそう信じていた。

「どうしてそんな大それたことするもんかい？」

「狡《ず》るい女なんだ」と、ウィルソンは言ったが、それが質問の答えになっていると思ってるのだろうか。

また軀《からだ》を揺すり始めた。「あーああー」

マカイリスは立ったまま、片手に持った綱をひねっていた。

「友だちがあるんだろう、電話をかけてもいいような。ねえジョージ？」

これは侘《わび》しい望みだった——ウィルソンに友だちがないことは、ほぼたしかだった。妻に対してでも彼は充分ではなかったのだ。少しあとになって、部屋のようすが変って、窓のところに碧《あお》い色がよみがえると、夜明けも遠くないことがわかって彼は喜んだ。五時ごろになると、灯《あかり》をパチンと消してもいいくらい外は碧味がさした。

ウィルソンのどんよりした眼は、灰の山のほうを向いた。そこは小さい灰色の雲がとりとめない形をつくっては、あるかないかの曙《あけぼの》の風にのって、俄《にわ》かにあちこち動いていた。

「あいつに言ったんだ」長い沈黙のあとで、彼は呟《つぶや》いた。「わしを騙《だま》すことはできても、神様を騙すことはできないぞ、そう言ってやったんだ。窓のところまで連れてったんだ」――やっとこさ立ちあがると、裏の窓のところまで行って、倚《よ》りかかり、顔を窓に押しつけた――「それで、言ってやったんだ。『お前がしてきたことは神様がご存じだ。お前がしてきたことはなんでもご存じだ。わしを騙すことはできんぞ！』ってな」

マカイリスはうしろに立って、ウィルソンがT・J・エクルバーグ博士の眼を見つめているのを見て、ぎょっとした。それは次第に薄れてゆく夜のなかから、蒼白《あおじろ》くて巨大な形を現したばかりだった。

「神様は何もかもご存じだ」と、ウィルソンは繰りかえした。

「あれは広告だよ」マカイリスは安心させるように言った。何かにうながされて、彼は窓から顔をそむけて、部屋のなかを見かえした。ところがウィルソンはそこに長いこと立っていて、窓ガラスにぴたり顔を近づけ、薄明りに向ってうなずいていた。

六時になるころマカイリスは疲れきっていたので、車が外に止まる音を聞いてホッとした。それは前の晩通夜をした男で、戻ってくると約束してあった。そこで三人分の朝の食事を拵《こしら》えたが、結局彼とその男とふたりで喰《た》べた。ウィルソンはそのときは前よりも落ちついていたので、マカイリスは家へ帰って眠った。四時間後目を醒《さ》ましていそいでガレージに戻ってみると、ウィルソンはいなかった。

彼の行動――ずうっと徒歩だった――はあとになって辿《たど》ってみると、ルーズベルト港へ行き、それからガッズヒルへ行き、ここで喰べもしないサンドイッチを買い、コーヒーを一杯飲んだ。疲れていたのでのろのろ歩いたに違いない。昼までにガッズヒルに着かなかったからだ。これまでのところは、どう時間をすごしたか、説明するのにむずかしいことはない――「おかしな行動をする」男を見かけた、と言う子供たちがあったし、路傍から変なふうにじろじろ見られた、と言う自動車の運転手たちがいた。それからの三時間は、姿をくらましてわからない。「見つけだす方法はあるんだ」と、マカイリスに言ったことを警察は信じて、その辺のガレージからガレージへ渡り歩いて、黄色い車を探して時間をすごしたのだろうと想像した。ところが彼を見かけたと申しでたガレージのひとは、いつまで経《た》ってもなかった。で、恐らく知りたいと思うことを見つけだすのに、もっと容易でもっと確実な方法をとったのだろう。二時半ごろウエスト・エッグにいた。ここで誰かにギャツビーの家へ行く道をきいたのだ。だからもうそのときは、ギャツビーの名前を知っていたわけだ。

二時にギャツビーは水着を着て、もし誰かから電話があったら、プールにいるから言伝《ことづ》けるように、執事に言っておいた。夏中お客たちを喜ばせたマットレス型の浮ぶくろを取りに、ガレージで足を止めた。マットレス型の浮ぶくろにポンプで空気を入れるのを、お抱えの運転手が手伝った。それから、どんな事情があっても黄色いオープンカーを出してはいけない、と指示した――ところでこれは変だ。前の右のフェンダーは修繕しなければならなかったからだ。

ギャツビーはマットレスをかついで、プールに向った。いちど立ち止まってマットレスを持ち替えたので、手伝いましょうか、と運転手がきくと、頭を振って、黄葉してきた樹々のなかにすぐ姿を匿《かく》した。

電話はかかってこなかったが、執事は居眠りもしないで、四時まで待った——つまり、かかってきてもそれを伝える者が待機しているようになって、自分は用がなくなってからも、ずっとあとまで待っていた。ところがギャツビー自身は電話なんかないだろうと信じていたと、僕は見当をつけた。そしておそらく、もうそんなことはどうでもよかったのだろう。もし電話なんかこないと信じていたことが事実だとすれば、高価な代償を支払って、夢一筋に繋《つな》がって、あまりにも長く生きてきた、なつかしい熱烈な世界もついに失われてしまったか、と彼は感じとったはずだ。怯《おび》えているような樹々の葉越しに、見なれない空を見あげて、薔薇《ばら》というものがどんなにグロテスクなものか、そよとも動いていそうもない草に注がれた日光がどんなに冷え冷えした感じのものか、いまさらながら気がついて、身震いしたに違いない。現実のものではないが、有形の新しい世界、そこは哀れな亡霊たちが、空気のように儚《はか》い夢を呼吸し、ふとあたりに泛《うか》んでいた……形の定かでない木立のなかを、あの蒼白《あおじろ》い幻想的な姿のように、するすると音もなく彼のほうに滑って。

運転手は——ウルフシェームの子分だった——銃声を聞いた——があとになって、そのことはあまり気にとめなかったとしか、彼には言えなかった。僕は駅から真直ぐギャツビーの家へ車を駆って、気がかりのあまり、正面の石段をいそいで駈《か》けあがったので、みんな初めて驚いた。だが僕はかたく信じている、彼らはもうそのとき知っていたのだ。ほとんど一語も発しないで、僕たち四人、運転手と執事と庭師と僕は、いそいでプールへ行った。

片ほうの端から新しい流れが他の端にある排水溝に向って押し進むので、水がかすかに、やっとわかるくらい動いていた。ほとんど波の影ともいえないさざ波をたてながら、ギャッビーをのせたマットレスが、ジグザグにプールの向うがわへ動いて行った。水面に波形をつけるかつけないかの、さっと吹く少しの風だけで、不慮の荷をかかえた、その偶然の針路をかき乱すには充分だった。ひと塊《かたま》りの葉が触わると、それはゆっくりと回転し、転鏡儀《トランシット》の脚のように、うす赤い輪を水中になぞった。

みんなでギャッビーを抱えて、家のほうへ歩き始めてから、少し離れた草のなかに、ウィルソンの死体を庭師が見つけて、この惨劇は完結した。

第九章

二年後になっても、その日のそれからあとのこと、その晩、その翌日のことを僕は覚えているが、ギャツビーの家の正面の扉口《とびらぐち》を入ったり出たりする、警官、カメラマン、新聞記者が果てしのない畝《うね》のようにつづいていたことだけが頭に浮かぶ。表門に綱が張られて、傍に警官がひとり立って弥次馬を閉め出していたが、子供たちはすぐ僕の家の中庭を通れば入れることを見つけて、いつも二、三人ぽかんと口を開けたまま、プールのあたりにかたまっていた。誰だか自信のありそうな態度をした、恐らく刑事と思われる男が、その日の午後、ウィルソンの死体にかがみこんで、「狂人」という表現を使った。たまたま権威のこもった彼の声が、翌朝の新聞の報道に方向性を与えることになった。

そうした報道は、たいてい夢魔のようなものだ——グロテスクで、その場限りで、どぎつい、真相から遠いものだった。検屍《けんし》に臨《のぞ》んだマカイリスの証言で、ウィルソンが細君の不貞を疑っていたことが明るみに出たとき、その話の一部始終がまもなく痛快な諷刺《ふうし》の役割を果たすだろうと僕は思った——ところが、妹のキャサリンは何でも言えたはずなのに、ひと言も言わなかった。そればかりか、そのことに関しては驚くほどの風格をしめした——例の描き直した眉《まゆ》の下から、決然とした眼ざしを注いで、検屍官を見つめ、姉はギャッツビーにいちども逢《あ》ったことがないこと、姉は夫といっしょに暮して申し分なく幸福だったこと、どんな危害も蒙《こうむ》ったことはないことを誓った。彼女は自分ながら強くそう信じこんでいて、ハンカチに顔を埋めて泣いた。まるでそう仄《ほの》めかされただけで、もう耐えられない、といった恰好《かっこう》だった。そこで、ウィルソンは「悲嘆のあまり発狂した」男とされてしまって、事件は最も単純な形式のものになってしまった。しかもいつまで経《た》ってもそのままだった。

しかしすべてこれは遠くかけ離れたことであって、事件の本質的な部分だとは思われない。

気がついてみると、僕はギャツビーの味方だった。しかもたったひとりの味方だった。あのカタストロフィ――惨事を僕が電話でウエスト・エッグ村に知らせると、たちまち彼にまつわるあらゆる臆測《おくそく》や、現実的なあらゆる質問が僕のところへ持ちこまれた。最初は驚いたり、まごまごしたりした。やがて、彼の死体が家のなかに横たえられ、動きもしなければ、呼吸も話しもしない、その時間がだんだん経《た》つにつれて、僕には責任があるんだという考えが、ますます高まってきた。なぜなら、ほかの者は誰も関心をもっていなかったからだ――つまり、誰だって最終的にはそこはかとない権利をもっているのだが、あの切実な個人的興味を抱いている者はなかったからだ。

彼が見つかってから三十分後に、デイジーに電話をかけた。もう本能的に、ためらわずにかけたのだ。ところが彼女とトムは、その午後早くに出かけてしまった。しかも旅の荷物を持って行ったのだ。

「行先を書き残していかなかった?」

「ええ」

「いつ帰るか言った?」

「いいえ」

「どこだか見当つく? どうしたら連絡できる?」

「存じません。わかりません」

僕は、彼のために誰かを連れてきてやりたかった。彼が横たわっている部屋に行って、こう言って安心させてやりたかった。「君のために誰か連れてきてあげるよ、ねえギャツビー。心配しなくてもいいよ。ただ僕を信じていればいいんだ。きっと誰か連れてきてやるからね——」と。

メイヤー・ウルフシェームの名前は電話帳になかった。ブロードウェイにある事務所の住所を執事が教えてくれたので、番号案内係を呼び出したが、番号がわかったころは五時をかなりまわっていて、誰も電話に応じなかった。

「もういちどかけてくれませんか?」

「三回かけたんですよ」

「とても重大なことなんです」

「お気の毒ですわ。どなたもいらっしゃらないんじゃないかしら」

僕は客間に戻ったが、突然部屋にいっぱい集った、公務で来たこのひとたちは、すべてゆきずりの訪問客であることは、少し考えればわかることだった。彼らはシーツを除《の》けて、ぎょっとした眼ざしでギャッビーを見やったけれども、それでも相変らず彼がこう抗議しているのが、僕の頭から消えなかった。

「ほら、ねえ君、僕のために誰か連れてきてくれなければいけないよ。一生懸命やってみてくれなければいけないよ。ひとりぼっちではとてもこんなことには耐えられないんだ」と。

誰かが僕に向って質問し始めたが、僕は逃げ出して二階へ行き、彼の机の鍵《かぎ》のかかっていないひきだしを慌《あわただ》しく調べた――両親は死んでしまったと、彼がはっきり語ったことはない。だがそこには何もなかった――ただダン・コーディの写真だけが、忘れられた激しい生活の形見として、壁からじっと見下ろしているだけだった。

翌朝、僕は執事にウルフシェーム宛《あ》ての手紙を持たせて、ニューヨークへやった。手紙は、この件について情報を得て、次の汽車で出かけてくるようにせきたてたものだった。書いたときは、そんなふうに頼むなんて、なくもがなのことに思われた。きっと新聞を見れば出かけてくるだろう。それとまるで同じように、きっと午前中にデイジーからも電話があるだろう――ところが、電話もミスタ・ウルフシェームも来なかった。いや、警察やカメラマンや新聞記者が増えた以外、誰も到着しなかった。執事がウルフシェームの返事を持ち帰ってからというもの、僕は反抗的な感情を、そして彼らすべての者を軽蔑《けいべつ》するギャッビーとの連帯感を、公然ともち始めた。

親愛なるキャラウェイ君

これは我が生涯の最も怖ろしい衝撃でして、まさか本当とは信じかねます。あの男がしでかしたとんでもない行ないには誰だって考えさせられてしまう。僕はいま行くことはできません。とても重大な仕事に縛られているし、いまこういうことに首を突っこむことはできません。すこしあとになって僕にできることがあれば、エドガーに手紙を届けて知らせてください。こういうようなことを聞くと身の置きどころもないくらいです。完全になぐり倒され叩きだされてしまいます。

草々

メイヤー・ウルフシェーム

それから、そそくさと下に書き添えてあった。

葬式その他のことを知らせてください。家族のことはまるっきり知りません。

その日の午後電話がかかって、長距離の呼出しがシカゴからですと言ったので、今度こそとうとうデイジーからだろうと思った。ところが出たのは男の声で、か細く遠かった。

「スレーグルです……」

「はい、それで?」知らない名前だった。

「もの凄《すご》く音が悪いじゃないかね?　わしの電報受取った?」

「なんの電報も来てませんよ」

「パークの若いのがごたごたを起してね」と、彼はすばやく言った。「債券屋の店先で債券を渡してるところを捕《つかま》ったんでさ。ほんの五分前に番号を知らせる回状がニューヨークから届いていたんだね。そのことで何か聞いてませんか、ええ？　こういうまともな町じゃ誰だってわからんですわ――」

「もしもし！」僕は息せき切って遮った。「ねえ――僕はギャッビーさんじゃないですよ。ギャッビーさんは亡くなったんです」

電話の向うでは長いこと黙っていたが、感極まった叫びがそれにつづいた……やがて急に大きい荒々しい、不平をしめす声がして、電話が切れた。

ヘンリー・C・ギャッツと署名された電報がミネソタのある町から届いたのは、たしか三日目のことだった。発信者は、すぐにそちらへ行くから、それまで葬式を延ばすようにと、ただそれだけだった。

それはギャッビーの父親で、しかつめらしい老人だが、ひどく頼りなげで、度を失っていた。暑いさなかに、長い安もののアルスタ外套《がいとう》にすっぽりくるまっていた。興奮のあまり眼からはとめどなく涙が滲《にじ》みでていて、両手に持っているカバンと洋傘をこっちにあずけると、ひっきりなしに薄い白くなったちょび鬚《ひげ》をひっぱり始めたので、外套を脱がせるのがひと苦労だった。いまにもへたばってしまいそうだったので、音楽室へ連れて行って坐《すわ》らせ、そのあいだに喰《た》べるものを取りにやらせた。ところが何も喰べようとしない。震える手からコップの牛乳がこぼれた。

「シカゴの新聞で見たです」彼は言った。「すっかりシカゴの新聞に出てましただ。すぐに出かけてきたです」

「どうしたら連絡できるかわからなかったんですよ」

眼は何も見ていなかったが、絶えず部屋のあちこちに向って動いていた。

「犯人は、おかしくなってたんだね」彼は言った。「おかしかったに違いないだ」

「コーヒーをあがりませんか?」僕はしきりに勧めた。

「何も欲しくないんね。もう大丈夫でさ、ええとミスタ――」

「キャラウェイです」

「そうさね、もう大丈夫でさ。どこにジミーを連れてってあるですいね?」

客間に連れて行った。そこに息子は横たわっているのだ。そこに残して、僕は部屋を出た。幾人か子供が石段をあがってきて、広間のなかを覗《のぞ》いていた。到着したひとが誰だか話してやると、しぶしぶ帰って行った。

しばらくすると、ミスタ・ギャッツが扉《とびら》を開けて出てきた。口を少し開け、顔は心もち赧味《あかみ》を帯び、両眼からはぽつんぽつんと不揃《ふぞろ》いにあいだをおいて涙が滲みでている。もはや死というものもゾッとするような驚愕《きょうがく》とはならない、そういう年齢に達している。いま初めてあたりを見まわして、高くて壮麗な広間や、大きな部屋部屋がそこから他の部屋につづいているのを見ると、悲嘆に混じって、畏敬《いけい》のこもった誇りの色が見え始めた。介添えして二階の寝室へ連れて行った。上着とチョッキを脱いでいるとき、すべての処置はあなたが来るまで延ばしてある、と話した。

「どういうご意向だか、わからなかったもんですからね、ギャツビーさん――」

「――ギャッツです、わしの名は」

「――ギャッツさん。遺体を西部へお持ちになりたいだろうと思ったんです」

彼は頭を振った。

「ジミーはいつだって東部のほうが好きだったいね。東部でこの地位に出世しただでね。倅《せがれ》の友だちでしたか、ええとミスター――?」

「親友でしたよ」

「前途にでかい将来があったんでさ、ねえ。ほんの若僧だったが、ここんとこにずいぶん頭の力があったいね」

自分の頭に触わったのが印象的だった。僕はうなずいた。

「生きてりゃ偉いひとになれたんだ。ジェームズ・J・ヒル*みたいなひとにさ。あのひとは国を建設する役にたったんだ」

「そのとおり」と、僕は言ったが、居心地は悪かった。

刺繡《ししゆう》のついたベッドの上掛けを手探りして、ベッドからそれを取ろうとした。そしてぎこちなく横になった――と、たちまち眠ってしまった。

その夜電話があった。相手は、おどおどしてるのがはっきりわかる声で、自分から名のる前にこっちが誰か訊《き》きただした。

「キャラウェイといいます」僕は言った。

「ああ！」ほっとした声だった。「クリップスプリンガーです」

僕もほっとした。ギャツビーの墓へ行く友人がもうひとり増えたと思ったからだ。新聞に出して見物人を大勢ひき寄せたくはなかった。そこで僕は自分で二、三のひとに電話をかけていたのだった。だが、そういうひとはなかなか見つからなかった。

「お葬式は明日です」僕は言った。「三時にこの自宅ですよ。行ってみようかという気持のあるひとには誰にでも言ってくださいよ」

「やあ、言いますよ」彼は慌てていきなり大声で言いだした。「誰にも逢《あ》いそうもないことは決まりきってますがね、でも逢えばね」

その調子に疑惑を抱いた。

「むろんあなた自身は来るでしょうね」

「そう、きっと何とかやりくりしてみますよ。僕が電話をかけたのはね――」

「ちょっと待ってください」と、僕は遮《さえぎ》った。「あなたが来るということはどうですか？」

「いや、実はですね――ほんとうのことは、いまグリニッジ*に幾人かで滞在してるんですよ。それで明日はみんなといっしょに行動するようにって、当てにされてるんですよ。ほんとのとこ、ピクニックとか、まあ何かそういったようなことがあるんですよ。むろん抜けられるようにできるだけのことはやりますがね」

怺《こら》えきれなくなって、僕は思わず「へっ！」と言ったが、聞えたに違いなかった。そのあと、神経質に話しつづけたからだ。

「僕が電話したのは、そこへ靴を置いてきちゃったことなんですがね。執事に送ってもらうのは、あんまり迷惑すぎるかしら。ねえ、テニス用の靴なんですよ。だからそれがないと処置なしです。僕の住所は気付けでB・F・――」

そのあとの名前は聞かなかった。受話器をかけてしまったからだ。

そのあと、僕はギャツビーに対して恥ずかしい気持になった――電話をかけたひとりの紳士は、そういう目に彼が遭《あ》ったのも当りまえなんだ、という意味のことを言った。しかし、これは僕が間違っていたのだ。その男はギャツビーのふるまう酒に勢いをかりて、ギャツビーを最も辛辣《しんらつ》に冷笑した常連だったからだ。だから、そんな人物に電話をかけるべきではなかったということは、僕にもよくわかっていたはずだったのに。

葬式の朝、メイヤー・ウルフシェームに逢いに、僕はニューヨークまで行った。ほかの方法ではどうしても連絡できそうもなかったのだ。エレベーターボーイの口添えで押し開けた扉《とびら》には、《スワスチカ持株会社》としるされていた。で、最初のうちはなかに誰もいそうもなかった。しかし「もしもし」と五、六回、むなしく大声で呼んでいたら、仕切りの向うで急に言い争いが起った。するとほどなく、愛くるしいユダヤ女が内側の扉のところに姿を現して、敵意に充ちた黒い眼で僕をじろじろ見た。

「誰もいませんよ」彼女は言った。「ウルフシェームさんはシカゴへ行きましたよ」

このうち最初のほうはあきらかに嘘《うそ》だった。誰かがなかで調子っぱずれに「ロザリオ」を口笛で吹き始めたからだ。

「キャラウェイという者ですが、お目にかかりたいって、どうかおっしゃってください」

「シカゴから呼び寄せるわけにいかないでしょうが」

この瞬間声が、紛れもなくウルフシェームの声が、扉の向う側から「ステラ！」と呼んだ。

「あんたの名前を書いて机の上に置いとき」彼女はいそいで言った。「戻ってきたら渡してやるからね」

「でもそこにいるじゃないですか」

彼女は僕のほうへ一歩出て、怒ったように両手を腰に当てて上下にさすりだした。

「お前さんたち若僧は、いつでもここへ無理にでも入れると思ってるんだね」と、彼女は怒鳴《どな》りつけた。「あたしたちゃそんなこたぁうんざりしてるんだよ。シカゴにいるってあたしが言えば、シカーゴにいるんだよ」

僕はギャツビーのことを言った。

「まあーぁ！」また改めて僕を見た。「ちょっとあの――お名前はなんでしたっけ？」

彼女は姿を消した。すぐにメイヤー・ウルフシェームがしかつめらしく扉口に立って、両手をさし出した。彼は事務室へ僕をひっぱって行き、うやうやしい声で、僕たちみんなにとって悲しいときだと言い、葉巻をさしだした。

「初めて逢《あ》ったときのことを憶《おも》いだすよ」彼は言った。「除隊したばかりの若い少佐で、戦争でもらった勲章をいっぱい着けていたな。とても困っていたもんで、ずっと軍服で通さなきゃならなかった。なぜって、なみの服が買えなかったんだからな。初めて逢ったのは、四十三丁目のワインブレナーの公開賭博場《とばく》*に入ってきて、仕事がないかときいてきた。二日間も何ひとつ喰《た》べていない。『さあ、わしと昼めしを喰《く》いな』と、わしは言った。半時間ばかりで四ドル以上も喰ったよ」

「あなたが仕事を始めさせてやったんですか？」と、僕はきいた。

「始めさせたって！　彼を仕立てあげたんだよ」

「ほう」

「無から育て上げたんだよ。まったくどん底から育て上げたんだ。顔のきれいな、紳士のような若者だってことを、すぐに見てとった。オッグズフォード出だってことを言うもんだから、こいつはうまく使えるなってことがわかったよ。アメリカ世界大戦参加軍人会へ入会させたが、いつだっていい役どころにいたぜ。すぐさま、オールバニーへ行って、わしの取引先のためにちょっとした仕事をしたよ。わしとは何ごともこんなふうに、とても仲がよかった」――彼は団子みたいな指を二本もちあげた――「いつもいっしょさ」

一九一九年のワールド・シリーズの八百長事件も、この提携のなかに含まれていたのだろうか。

「もう死んでしまったし」と、しばらくして僕は言った。「あなたはいちばんの親友だったんだから、今日午後のお葬式には来たいでしょうね」

「行きたいね」

「そう、それじゃいらっしゃい」

彼の鼻毛がかすかに震えた。そして頭を振ったが、眼にはいっぱい涙が溜《た》まっていた。

「それができないんだよ――これにかかり合いになるわけにはいかないんだよ」と、彼は言った。

「かかり合いになるようなことは何もありませんよ。もうすっかりすんじゃっているんですから」

「ひとが殺されたときには、どんなかたちでもかかり合いになりたくないんだ。避《よ》けているんだよ。若いときはこうじゃなかったな――友だちが死のうものなら、どんなことがあったって、やつらにとことんまでついていたもんだ。そんなことはセンチメンタルだって思うかもしれないが、ほんとにそうなんだよ――ほんとうに最後までな」

彼なりに何か理由があって、来るつもりはないと決めているのだ。そうわかったので、僕は立ちあがった。

「あんたは大学出かね？」彼は出し抜けにきいた。

一瞬、例の「取引先」を仄《ほの》めかそうとするんだなと僕は考えたが、彼はうなずいただけで、握手した。

「相手が生きているうちに友情をしめして、死んでからはそっとしておくように勉強しようじゃないか」と、彼は持論を言った。「そのあとは、わしは自分じゃ何ごとも放っておくのが掟（おきて）なんだ」

事務室を出たら、空が暗くなっていて、僕は時雨《しぐれ》をついてウエスト・エッグに戻った。着替えをして、隣りに行ってみると、ミスタ・ギャッツが興奮して広間を行ったり来たりしているのが目についた。息子や息子の財産に対して抱いた誇りが、絶えまなく増大していたのだ。いま何か僕に見せるものがあったのだ。

「ジミーがこの写真を送ってくれたんでね」彼は震える指で札入れを取りだした。「ほらごらん」

この家を撮《と》った写真だったが、角のところが割れていて、たくさんの手から手へ渡って汚れていた。彼は隅から隅まで細かく熱心に指さしてみせた。「ほらごらん！」そうしては、僕の眼に賞讃《しょうさん》の色が現れるか、とうかがうのだ。あまりにもたびたびひとに見せてきたので、いまここにいるこの家そのものよりも、写真の家のほうが、いっそう現実的なものになっている。

「ジミーがこれを送ってくれたんでね。とてもええ写真だと思うだよ。よく撮れてるいね」

「とてもいい。最近逢《あ》ったことがありましたか？」

「二年前来てくれて、いま住んでる家を買ってくれただ。むろん家出したときは、わしら途方に暮れたいね。でもいまになりゃ、わけがあったことがわかるいね。それに、成功してからってものは、いつでもえらい気前がよかったでな」

彼は写真をしまうのが気がすすまないらしく、もう一瞬僕の眼の前にぐずぐずさし出していた。やがて札入れをしまって、『ホパロング・カシディ』*というぼろぼろの古い本をポケットからひき出した。

「ほら、こりゃ子供のとき持っていた本でさ。これでよくわかるいね」

　彼は裏表紙を開いて、僕に見せるようにぐるりと向きを変えた。巻末の飛びページに、時間表と、活字体で書いてある。日付は一九〇六年九月十二日。そしてその下に、

起　床　　午前六時
亜鈴体操と壁登攀《とうはん》　〃　六時一五分―六時三〇分
電気の勉強等々　〃　七時一五分―八時一五分
仕　事　〃　八時三〇分―午後四時三〇分
野球とスポーツ　午後四時三〇分―五時
弁舌、身ごなしの練習とそれをものにする方法　午後五時―六時
発明に必要な勉強　〃　七時―九時

　決意一般

シャフターズや……〔名前があるが判読できない〕で時間を無駄にしないこと

もう禁煙、嚙《か》み煙草もやらないこと
一日隔《お》きに入浴すること
週に一冊ためになる本か雑誌を読むこと
週に五ドル〔消して〕三ドル貯蓄すること
両親にもっとよくすること

「偶然見つかったんで」と、老人は言った。「これでよくわかるいね？」

「ジミーはきっと出世するつもりだった。こういう決心だとかそげえなものを、いつも持ってな。心をよくするちゅうてどんなことを考えていたか、思いつきなさるかね？　その点にかけちゃいつでも偉かったいね。いちどなんか、わしが豚のように喰《く》うなんて言やあがるんで、打《ぶ》ってやったいね」

彼はその本を閉じるのがつらそうだった。項目のひとつひとつを大声で読んで、それからしげしげと僕を見つめた。僕がそのリストを写し取っておいて、自分で使うことを期待しているみたいだった。

三時少し前に、ルーテル派の牧師がフラッシングから到着したので、僕は思わず窓の外を見て、ほかの車を探し始めた。ギャツビーの父親もそうだった。時間が経《た》ち、召使いたちが入ってきて、立ったまま広間で待っていると、彼の眼は心配そうに目ばたきし始め、くよくよしながら曖昧《あいまい》に雨のことを口にしたりした。牧師は五、六回腕時計をちょっと見た。そこでわきへ連れて行って、もう三十分ばかり待ってくれ、と僕は頼んだ。だがそんなことをしても無益だった。誰も来なかったのだ。

五時ごろ三台の自動車からなる行列は、墓地に到着し、降りしきる時雨《しぐれ》のなかを門の傍で止まった――最初に怖《おそ》ろしく黒く塗った、濡《ぬ》れた霊柩車《れいきゅう》。それからリムジンにミスタ・ギャッツと牧師と僕。少し遅れてギャッツビーのステーション・ワゴンに乗った召使いが四、五人とウエスト・エッグの郵便集配人。みんなずぶ濡れだった。門を入って墓地のなかへ歩きだすと、自動車が止まる音、やがて水びたしの地面を誰かがあとを追って、ぴしゃぴしゃ渡ってくる音がした。僕はふり向いた。それは三か月前のある晩、図書室でギャッツビーの本に驚嘆しているところを見かけた、梟《ふくろう》の眼のような眼鏡をかけた男だった。

あれ以来いちども逢《あ》わなかった。どうして葬式のことを知ったのかはわからない。それでなくとも、僕は彼の名前さえ知らないのだ。雨が彼の分厚い眼鏡を伝って流れた。すると、彼は眼鏡をはずして拭《ふ》いてから、ギャッツビーの墓を覆《おお》っていたテントが解かれるのを見つめていた。

僕はそのとき、束《つか》の間《ま》ギャッツビーのことを考えようとつとめたが、彼はすでにあまりにも遠ざかっていた。で、僕はただ、デイジーが弔電も寄こさず、花ひとつさえ贈って寄こさなかったことを、怨《うら》む気持もなく憶《おも》いだせただけだった。「幸福なるかな、死せる者に雨の降りたる」と、誰かが呟《つぶや》くのがぼんやり聞えた。すると、梟の眼鏡の男がきっぱりした声で「アーメン」と言った。

僕たちはばらばらになって、雨のなかを車まで急いだ。梟の眼は門の傍で、僕に話しかけてきた。

「家には行けなかったよ」彼は言った。

「誰も来なかったですよ」

「なんだって！」彼は驚いて言った。「なんて怪しからんのだ！　何百人とあそこへよく行きよったのに」

彼は眼鏡をはずして、外側となか側をまた拭いた。

「可哀そうなやつだな」彼は言った。

僕にとっていちばん生き生きした憶い出のひとつは、クリスマス休暇のときに、予備校から、あるいは大学から、西部へ帰省することだ。シカゴより遠方へ行く者は、十二月の夕方の六時に、古めかしいうす暗いユニオン・ステーション*に集まるのがきまりだ。もう自分たちの休暇にすっかり燥《はしや》いでいるシカゴの友人が、もっと先へ行く友人たちに向けて、いそいでさよならを言う。僕は憶いだす、ミス誰それの学校から帰郷する少女たちの貂《てん》の外套《がいとう》を。氷った息を吐きながらのお喋《しゃべ》りや、古くからの知り合いを見かけると、両手を頭の上で振ったりしたことを。「君はオードウェーの家へ行くかい？　ハーシーの家へは？　シュルツの家は？」などと、招待されたことの情報を交換し合ったり、そのあいだにも、長い緑色の切符を手袋をはめた手にしっかり握っていたことを。そして最後に、シカゴ、ミルウオーキー・セント・ポール線の黄色い列車が、ゲートの傍の線路に、このときばかりはクリスマスそのものみたいに陽気に見えていたことを。

汽車が駅を出て、冬の夜のなかへ向って進み、雪らしい雪、僕たちの雪が身近にずうっと広がり、窓にキラキラし始めて、ウィスコンシンの小さい駅々のぼんやりした灯《あかり》が、汽車の傍をすれ違うころともなると、鋭く荒々しく緊張したものが、さっと空気のなかにはいってくる。夕食をすませて、寒いデッキを戻ってきながら、その空気を深く吸いこみ、この地方でこそ、僕たちも水をえた魚のようになるのだという、なんともいえない意識が生れるのだが、その不思議な一時間がすぎると、また今度はその空気のなかに、見分けがつかないくらいに融《と》けこんでしまうのだ。

それが僕の中西部なのだ——小麦でもなければ、大草原でもなく、滅び去ったスウェーデン人の町々でもなく、青春時代の、胸もわくわくするような帰省の汽車であり、霜の降りた夜の街灯や橇《そり》の鈴であり、灯のついた窓から雪の上に投げだされた西洋柊《せいようひいらぎ》の花環の影がそうなのだ。僕もその片棒をかついでいるのだが、あの長い冬の感触のせいで、少々しかつめらしい人間になっている。何十年間にもわたって、いまなお家の名で住宅を呼ぶような、そんな市のキャラウェイの家で育ち、それでまあまあ満足しているような人間だ。いまになってわかるのだが、これは結局西部の物語だった——トムやギャツビー、デイジーやジョーダンや僕は、みんな西部の人間だ。そのせいだろう、みんな申し合せたように欠陥があって、不思議と東部の生活になじめないのだ。

東部にいちばん夢中になったときでさえ、また、子供と老人だけは見逃すけれども、そのほかの者には根掘り葉掘りいろんなことを聞いて、いつ果てるとも知れないオハイオを越えた向うに、退屈して大の字なりに寝そべって脹《ふく》れあがった西部の町に比べれば、東部のほうがいいと痛いほどはっきりわかったとき――そのときでさえ、僕にとって東部には相変らず歪《ゆが》められたものがあった。特にウエスト・エッグはいまでも、前よりいっそう奇怪な夢となって現れる。エル・グレコの描く夜の風景を見るようだ。ありきたりの家かと思うと、グロテスクでもある百軒もの家々が、陰鬱《いんうつ》に垂れさがっている空や、光沢《つや》のない月の下に蹲踞《うずくま》っている。前景には夜会服を着こんだ四人の男が、まじめくさった顔つきで、担架を持って歩道を歩いている。担架には白いイヴニングドレスを着た女が、酔いつぶれたまま横たわっている。わきにだらりと垂れた手には、真珠が冷たく光っている。男たちは重々しく、とある家に立ち寄る――しかし、それは違う家なのだ。だが誰も女の名前を知らないし、誰も気にもかけない。

ギャツビーの死後、僕にとり憑《つ》いていた東部とはそんなふうに、僕の眼の矯正力《きょうせい》ではどうしようもないほど歪められていた。だから、はかない木の葉が青い煙のように空にかかっている頃、紐《ひも》にピンとかかった濡《ぬ》れた洗濯物が爽《さわ》やかな風に吹かれている頃、僕は故郷へ帰ることに決めた。

立つ前にすることがひとつあった。厄介な不愉快なことで、恐らくそのまま放っておいたほうがよかったことかもしれない。しかし物ごとはきちんとしておきたい。よく世話をしてくれて、しかも気にもかけないあの海に任せて、僕が残してゆく屑《くず》をきれいに押し流してもらうなんてことは、なんとしても嫌だった。ジョーダン・ベイカーに逢《あ》って、ふたりでしたことや、その後僕が経験したことなど、いろいろと話した。彼女は大きな椅子《いす》に横になって、じっと動かずに耳を傾けていた。

ゴルフの服装をしていた彼女は、みごとな挿絵《さしえ》のようだと思ったことを、いまでも憶《おぼ》えている。少し気取って顎《あご》をあげ、髪は秋の木の葉色で、顔は膝《ひざ》に載せた指のない手袋と同じ色あいの褐色だった。話し終ると、彼女は何の説明も加えないで、ほかの男と婚約したと語った。ほんとうのことだろうか。もっとも彼女が頭をひとつ下げてうなずきさえすれば、結婚できる相手は、五、六人あるにはあったのだが、それでも僕はびっくりしたようなふりをした。ほんの一瞬、この女と別れるなんて、おれは間違いをしでかしているんじゃないか、そう訝《いぶか》った。しかしいそいでもういちどすべてのことを考えてみてから、立ちあがって、さよならを言った。

「それだってあなたに捨てられたのよ」と、ジョーダンはいきなり言った。「電話で捨てられたのよ。いまはあなたのことなんか何とも思わないけど、新しい経験だったわ。だから当分は、目まいがしたくらいよ」

ぼくたちは握手した。

「それで、あなた憶えてらっしゃる」――彼女は言い添えた――「いつか車の運転のことで、あたしたち話し合ったこと？」

「そう――はっきりしてないけど」

「おっしゃったでしょう？　下手《へた》な運転手は下手な運転手に出逢《であ》うまでは、まあまあ安全だって。そう、あたしはもうひとりの下手な運転手に出遭ったってわけね？　そりゃあたしが不注意だったってことはほんとよ、あなたにこんな間違った思いこみをしたなんて。あなたってどっちかといえば、誠実で率直なかただと思ってたわ。それがあなたの秘《ひそ》かな誇りだと思ってたわ」

「僕だって三十だ」と、僕は言った。「自分に嘘《うそ》をついて、それが名誉だと言うには、五つも年をとりすぎている」

彼女は答えなかった。僕はむっとして、しかし半ば彼女を愛しながら、しかももの凄《すご》く申し訳なく思いながらも、僕は身を翻《ひるがえ》した。

十月も遅いある日の午後、トム・ビュキャナンに逢った。例の敏捷《びんしょう》で喧嘩《けんか》腰の歩きかたで、五番街で僕の前を歩いていた。邪魔者を撃退するように、両手を軀から少し前のほうに出し、頭を抜け目なくあちこちに動かして、落ちつきのない眼に調子を合せているといった恰好《かっこう》だった。追いついてはまずいと思い歩調をゆるめると、途端に彼は宝石店の窓を顔を顰《しか》めて覗《のぞ》き始めた。そしていきなり僕を見つけ、あと戻りして片手をさしだした。

「どうしたんだい、ニック？　握手するのは不服なのかい？」

「そうだ。君のことをどう思ってるか、わかってるだろう」

「どうかしちまったのかい、ニック」彼はいそいで言った。「おかしいぜ。いったいどうしたんだい、僕にはわからんよ」

「なあトム」と、僕はきいた。「あの日の午後、君はウィルソンになんて言ったんだい？」

彼はひとことも言わずに、まじまじと僕を見たので、あのなりゆきのはっきりしなかった二、三時間について、僕が推測したことは正しかったことがわかった。僕はさっと身を翻し歩き始めたが、彼はあとを一歩踏みだして、僕の腕をむんずとつかんだ。

「ほんとうのことを話したよ」と、彼は言った。「僕たちが出かける仕度をしていたら、ウィルソンが扉口《とびらぐち》に現れたんだ。留守だって言わせたら、無理に二階へ押入ろうとした。完全におかしくなっていたから、車の持ち主を教えなければ、たぶん僕は殺されていたよ。家にいるあいだ中、ポケットのピストルに手で触わっていたからな——」彼は反抗するように、急に話しやめた。「話したってそれがどうだっていうんだ？　あのギャツビーってやつが自分でそうさせたんだ。やつは君の目を眩《くら》ましたんだよ。同じやり口でデイジーの目も眩ましたんだ。でも剛の者だったな。まるで犬の仔を轢《ひ》くように、マートルを轢いたんだからな。しかも車を止めもしなかったんだ」

僕に言えることは何もなかった。ただそれは嘘《うそ》だという、口に出して言いようのないひとつの事実があるだけだった。

「それで僕は僕なりに悩みもしなかったなんて、君が考えるなら——ねえ、いいかい、あのアパートを手放しに行って、あの犬のビスケットの箱が、あそこの食器棚にのっかっているのを見た時には、僕は坐《すわ》りこんで、赤ん坊のように泣いたんだ。ああ、怖《おそ》ろしく嫌だったぜ——」

彼を赦《ゆる》すこともできなかったし、好きにもなれなかった。しかし彼の行為は、本人にとっては完全に正当なものだったことがわかった。それは何から何までひどく不注意で、滅茶苦茶だ。

彼らトムとデイジーは不注意な人間だ——物や生きものを粉砕して、やがて持っている金銭や、途方もない不注意や、それでなければふたりをいっしょにしておいてくれるものなら何でもかまわない、そのもののなかへ、また退却して行くのだ。そして自分たちがしでかしたごたごたを、ほかのひとにきれいに掃除してもらう……。

僕は握手した。しないのは馬鹿げたことに思われた。まるで赤ん坊に話してるような感じが、突然したからだ。やがて僕の田舎《いなか》っぽいしかつめらしさなんか永久にふり払って——真珠の頸《くび》飾《かざ》りを買うために、彼は宝石店のなかへ入って行った——それとも、多分カフスボタンを買うだけだったかもしれない。

僕が立つ時は、まだギャッツビーの家は空家《あきや》だった——芝の草は僕の家のに負けず劣らず、伸び放題だった。村のあるタクシーの運転手は、表門の前を通るとき、ちょっとストップして、なかを指さしてからでないと、料金を受け取らない。多分事件のあった夜、デイジーとギャッツビーをイースト・エッグまで運んだのは彼だったろう。多分彼なりの物語を、すっかり作り上げていたのだろう。それを聞きたくなかったので、僕は汽車から降りても、彼の車は避けた。

僕は土曜の晩は、いつもニューヨークですごした。彼が開いた、あのきらきらと目も眩《くら》むばかりのパーティが、なまなましく僕にとり憑《つ》いていて、庭園からかすかに、しかもひっきりなしに起る音楽や笑い声、邸内車道を行ったり来たりする車の音が、いまなお聞えてくるようだったからだ。ある晩、そこからほんものの自動車の音が聞えたので、見るとその灯《ライト》が玄関の石段のところで止まった。しかし僕は出ていかなかった。多分誰か最後のお客で、しばらくどこか遠くへ行っていて、パーティがなくなったことも知らなかったのだろう。

最後の夜、トランクを詰め、自動車を食料品店に売ってしまうと、僕は出かけて行って、何の成果も生まなかった巨大な家をもういちど見た。白い石段には、誰か子供が煉瓦《れんが》の欠片《かけら》で落書した猥《みだ》らな言葉が、月光を浴びてくっきりと目だっていた。僕は靴でガリガリ擦《こす》って、それを消した。やがて渚《なぎさ》のほうへぶらぶらくだって行き、砂の上に大の字なりに寝そべった。

渚沿いの大きな屋敷は、もうあらかた閉鎖されて、海峡を渡るフェリーボートのぼんやりした赤い灯が動くほかは、灯らしい灯はなかった。そして、月がさらに高く昇るにつれて、たいして目立たない家々はだんだんに消え去り、とうとう、その昔オランダの水夫たちの眼に花咲いたここの古島——みずみずしい緑の胸のような新世界が、次第に意識に浮かんできた。その島の消え去った樹々は、ギャツビーの家へ道を開いた樹々でもあるのだが、かつて人間の夢という夢のなかでも、最後のそして最大の夢を、そっと小声で唆《そその》かしたのだ。移ろいゆく束《つか》の間《ま》、うっとりして、人間はこの大陸を目の前にして息をつめたに違いない。わかりもしないし、のぞみもしない美的な観想に迫られて、驚異を感ずる能力と釣合った何ものかと、歴史上最後の対面をしたに違いない。

そして僕はそこにいて、古い未知の世界のことを考えながら、初めてデイジーの桟橋《さんばし》の突端に緑の灯火《あかり》を捉《とら》えたとき、ギャツビーの感嘆がどんなだったかを憶《おも》いうかべた。この青々とした芝生まで、長い道程《みちのり》を彼はやって来たのだ。彼の夢は、つかみ損うことはないほど身近なものに思われたに違いない。彼はその夢がすでに背後に、どこかニューヨークの向うのあの茫漠《ぼうばく》とした闇《やみ》のなかに、共和国の暗い平原が夜の下にうねっているところに、去ってしまったことを知らなかったのだ。

ギャツビーは緑の灯火を信じていた。年々僕たちの前から後退してゆく底抜け騒ぎの未来を信じていた。そのときになれば、肩透かしを喰《く》うのだが、そんなことはかまわない——明日になればもっと速く走ろう、さらに遠くへ腕をさし伸ばそう。……そしてある晴れた朝——

だから、過去のなかへ絶えずひき戻されながらも、僕たちは流れに逆らって船を浮かべ、波を切りつづけるのだ。

訳注

一〇＊ニューヘイヴン　コネチカット州の海港。イェール大学の所在地。
二一＊マイダス　フリジヤの王。ディオニソスから手の触れる一切のものを金に変える力を与えられた。
＊モルガン　一八三七―一九一三。アメリカの大銀行家。
＊ミーシーナス　芸術家のパトロン。
二四＊ポロ　馬に乗って行う団体球技。愛好者は富裕層が多い。
＊レイク・フォーレスト　イリノイ州にある町。
＊ジョージ王朝　ジョージ三世（在位一七六〇―一八二〇）。イギリス王。在位中の一七七六年アメリカが独立した。
二四＊ノーディックス　ヨーロッパ北西部のゲルマン民族の一種。ナチスが、世界人類のなかで最優秀であると主張した。
五七＊ペンシルヴェニア駅　マンハッタン区の七番街と三十二丁目の交叉点にある、ペンシルヴェニア鉄道のターミナル駅。ロングアイランド線などの発着駅。
六八＊ベラスコウ　一九二〇年代のブロードウェイの有名な興行師ダヴィッド・ベラスコウ。つまり、物事をすっかり本物らしく見せる派手な興行師の意。
七〇＊オールド・スポート　男は酒・賭事などの道楽を持っているのでこう呼ぶ。従って女性には用いない。非常な親しみをしめす。

八三＊ジャージー・シティ　ハドソン・リバーを挟んでニューヨーク市に対している港市。

八四＊ウォーリック　ロードアイランド州にある町。

八九＊フォン・ヒンデンブルグ　一八四七―一九三四。ドイツの陸軍元帥。

＊あの悪魔　第一次世界大戦の張本人とみられるドイツ皇帝ウィルヘルム二世のこと。

九五＊人形　おかしな動作をしてバラバラにくずれてしまう玩具の人形。

九八＊アストリア　当時ロングアイランドの村。いまはニューヨーク市クイーンズ区に編入されている。

九九＊大きな橋　クイーンズボロ橋のこと。セントラル・パークの南端にあたる五十九丁目でマンハッタン区とクイーンズ区を結ぶ。

＊ブラックウエルズ島　クイーンズボロ橋が架っているイースト・リバーにある島。橋のほぼ中間に位置する。一九七一年より、ルーズヴェルト島の名称になった。

一〇七＊テイラー基地　アメリカの将軍で第十二代大統領となったザケーリ・テイラー（一七八四―一八五〇）の名に因む陸軍の基地。ケンタッキーにある。

一〇九＊四台貸切の車輛　個人が鉄道会社から借りきる車輛。大統領の選挙行脚のときや金持ちなどが借りる。

一一四＊馬車が……通るとき　公園内の高い道と低い道が交叉する際低い道は高い道の橋の下を通る。

一一七＊押しくらまんじゅう　原文「箱のなかの鰯」は狭い場所にできるだけたくさんの人が入ろうとする遊戯。

一一八＊コニーアイランド　ロングアイランド南岸に近いエリアで、海水浴場や歓楽施設がある。

一二三＊クレーの『経済学』　サー・ヘンリー・クレー（一八八三―一九五四）。イギリスの経済学者。一九一六年発刊の一般読者への手引書。

一三三＊それが……ことなんだね　原文の「それはラックレント城の秘密さ」は、余計なことを相手がきくような場合に使うユーモラスな慣用表現。ラックレント城には特別の意味はない。伝説や怪奇物語に富んだスコットランドの古城。
＊ガソリンが……障るかな？　デイジーが前に話した執事の鼻にかけた冗談。
一三〇＊マリー・アントワネット時代風の音楽室　ルイ十六世の后（一七五五―九三）の名に因んだもの。
＊王政復古時代　一八一四年に行なわれたフランス、ブルボン朝復位の時代。
＊マートン大学図書室　オックスフォード大学の図書館。それに因んだものだが皮肉である。
一三一＊アダム式装飾様式　イギリスの建築家で家具設計家ロバート・アダム（一七二八―九二）、ジェームズ・アダム（一七三〇―九四）兄弟によって始められたもの。
一三四＊ポンパドゥール　理髪形のひとつ。男子では、オールバックのこと。
一四三＊ド・メントナン夫人　一六三五―一七一九。ルイ十四世の二度目の妻。
＊バーバリ海岸　バーバリ諸国。即ちモロッコ、アルジェ、チュニス、トリポリの地中海沿岸地方。
一五六＊パーティの玩具　パーティのときかぶる紙製の帽子や錫の角笛。たいていパーティが終るとその場所に投げ棄てられる。
一五九＊トリマルキオ　古代ローマの諷刺作家ペトロニアスの「仲裁人」の登場人物。お人好しの単純な成金で人々を盛大な饗宴に招いたりする。
一六二＊ご主人様の……今日の昼などは！　この一節は、暑さのあまり、探偵小説などで執事が主人の死体を発見して、しかも彼が犯人であるような状景に暑さをかけた、機智とユーモアに富むニックの想像。
一六六＊ジン・リッキー　ジンと炭酸水の中にレモンに似た果実ライムの汁を入れたもの。
一七五＊そして……僕に浮かんだ　作者が好んで読んだイギリスの文人サミュエル・バトラーの思想、「エレホン」参照。
一七七＊煙草を二本くわえてるわ　空想的なアメリカ風の冗談。街頭や駅でまだ知らない人と逢うときに二本の煙草が目じるしになることがある。

一七八＊ミント入りジューレップ　ウィスキーやブランデーにミントの風味をそえた混合飲料で、氷で冷して飲む。

二〇九＊ラヴェンダー　乾燥した花茎を、虫除けや香りをつけるために衣類の間に入れる。

二一九＊フラッシング　ニューヨーク市クイーンズ区にある町。警視庁があって、検屍が行なわれる。

二三六＊ジェームズ・J・ヒル　一八三八―一九一六。カナダの生れ。合衆国の鉄道を敷設。また金融業者。

二三七＊グリニッジ　ニューヨーク市マンハッタン区南西部の一地区。芸術家、作家などが多く住んでいる。

二四〇＊公開賭博場　遠隔地で行なわれる競馬や拳闘に対して賭をする場所。

二四三＊『ホパロング・カシディ』　有名なカウボーイの名を題名にした物語。

二四六＊ユニオン・ステーション　シカゴ市にあって、オルタン、バーリントン、ミルウオーキー、ペンシルヴェニア、グレートノーザン各線の発着駅。

二四七＊滅び去った……町々　スウェーデン人の移民が隔離して住んだ活気のない町。ミネソタにある。

解　説

エドワード・サイデンスティッカー氏が、日本人読者のアメリカ文学受容のしかた、読みの好みについて書いている。「外国の眼を通して」と題し、各国でのアメリカ文学を観るシリーズ第一回で、氏が担当した「日本における北米インディアンたち」として、『ケニヨン・レヴィユー』一九六〇年夏号に発表したものである。日本ではフランス文学とソヴィエト体制以前のロシア文学は、翻訳小説としてまんべんなく読まれている。アメリカ文学は選択して読まれている。南北戦争前の古典、ヘミングウェイ、フォークナー、スタインベック、サロイヤン等のいるマーク・トウェン人、この二つのグループは読まれているし、読まれるようになった。しかしフィツジェラルドのいるヘンリー・ジェイムズ人のものはなかなか登場してきていない、と訳された作者と作品の統計から、氏は書いている。ホーソンやポー（短篇小説と詩）の古典的作品、行動と活力の冒険的世界を扱うマーク・トウェン人は読まれている。フィネッスのフランス文学を愛する日本の読者が、ヘンリー・ジェイムズ人をまだ読んでいないことを、日本人読者の好みが、アメリカ的なものから何を期待するかがうかがえる、と氏は述べている。

語り手ニックの知的であって、道徳的ないちずさに熱烈な共感をあらわし、悪いものに強い反撥《はんぱつ》を示す思考と感性から織りなす語りに比べれば、ギャツビーの語る言葉は次元の違うしどろもどろなものだが、そのなかでハッとする言葉に、「いずれにしても個人的なこと」というのがある。フィッツジェラルドの用いる言葉に、彼の好きな「個人的な」言葉が頻発していて、それがロマンチックで奔放な怪しい魅惑を、その文体に与えている。

サイデンスティッカー氏は、ギャツビーの夜のオープンハウスにやってくる、有名人の名前の列挙（第四章のはじめの部分）を取りあげている。ジョージアのストーンウォール・ジャクソン・エイブラム夫妻、煙草輸入業者のベルーガとベルーガの娘ほか。ゆうに八〇名近い、聞きなれない固有名詞が挙げられている。それらのひしめく名前の音調が、どんな快適でスリリングな感覚を与えるのか、アメリカの読者ならぬわれわれにはとうていわからない。「日本の読者は、こうした名前のリストに出逢《であ》うと、植物学のテキストのリストをのぞいて見るのと同じで、異国風で歯がたたないと思ってしまい、ページをめくって、なぜこの作品がアメリカで高く評価されるのか不思議がる」と氏は言う。『ハックルベリ・フィン』の言葉や、ヘミングウェイの『短い、しあわせな生涯』の言葉は、やはり同じようにとらえにくくはないか。その通りだが、マーク・トウェンはフィッツジェラルドより、はるかにこくのあるリキュール。一徹な直読主義者がこれでもかこれでもかと読み終えたあとでも、なお読者をよろこばせるのがマーク・トウェンだ。ヘミングウェイについて言えば、最終的な分析を加えれば、フィッツジェラルドより強い酒というわけではないのは、たしかなことだが、言葉の鍛錬という点では、ヘミングウェイの鍛錬は、行動に的確に言葉を合わせるようにする。だがエイブラム夫妻とベルーガ氏が、夏にギャツビーの邸宅を訪れると、フィツジェラルドの言葉がありとあらゆるべつの行動をひき入れるのとはわけが違う」と。フィツジェラルドの言葉の微妙なわかりにくさは、逆に言えば、日本の小説に出てくる「前菜にはじまって、茶碗蒸《ちゃわんむし》、刺身《さしみ》、口取《くちとり》、煮物《にもの》、中皿《なかざら》、それにまだたべたこともないようなおいしい和物《あえもの》」を、英訳する場合、この日本料理の名前をただローマ字で書いたところで、英語圏の読者にわからないのと同じか、と氏はつけ加えている。しかし今になってわかってきたことだが——イースト・エッグ村から来るファッショナブルな有名人、ニューヨークから来る映画人や舞台関係の人たち、三日後に入獄する大物など——ギャツビーが開く途方もないパーティで、作者が描いていないその人たちの奇妙多彩な動きや、彫刻のように動かない、椅子《いす》に腰かけた美しい女優の傍《かたわ》らにたたずむ監督が、二時間もかかって、自分の顔を彼女の方へ近づけていく描写は、その人たちの名前の響きが、「ありとあらゆるべつの行動」を喚起しているのではないかと思われてくる。

フィツジェラルド（F. Scott Fitzgerald, 1896-1940）の *The Great Gatsby*（1925）を初めて読んだのは、一九五〇年「現代アメリカ文学の前景」という講義でだった。その頃は、二〇年代の失われた世代の作家たちが、二〇年、三〇年たって復活した年代にあたる。プリンストン大学時代からの親友だったエドマンド・ウィルソンが、心打つエッセイ「崩壊」や娘への手紙や、ガートルード・スタイン、T・S・エリオットやイーディス・ウォートンからフィツジェラルドへの書簡などを編纂《へんさん》した『崩壊』（*The Crack-Up*, 1945）の出版、ハリウッドの映画人を書いた『ラスト・タイクーン』（*The Last Tycoon*, 1941）もウィルソンが未定稿を整えて出版していた。

『ザ・グレート・ギャッツビー』は、この作品の第二のヒーローである語り手ニックの、目的に向かってまっしぐらに進んでいく視点が、派生的なもの、副次的なものといった不純物をいっさいカットした構成、一語として無駄のない、詩のような言葉の組み合せ、想像力を燃やしつくしたかと思えるほどの、思いもかけない形容言と名辞とのマルチな接合が重層して、小説の長さが適度な短かさとなっている。物語は時間の物理的進行を守ってゆるがない。物語が中断しても、過去への遡《そ》行《こう》は一回で、複雑な入りくんだ時間の乱反射はない。そのため、後半にサスペンスがあり興味がつきない。

主人公ギャッツビーは明らかに英雄である。古代の叙事詩にうたわれた、ギリシャ神話の「エディポス王」や、アングロ・サクソンの英雄「ベイオウルフ」を憶《おも》いださせる。英雄とは国家や国民に幸福をもたらす栄光の若々しい王子をいうだけではない。エディポスはテーベを苦しめたスフィンクスを退治して、テーベの王となる。歳月がすすんで、テーベの国は衰える。エディポスの凶々《まがまが》しき悪運のせいである。己《おの》れの生みの父を殺し、生みの母を妻として二人の子をなすという、思ってもみなかった悪運が動かぬ事実となると、母は毒杯をあおって死に、エディポスは両眼を自らの手でくりぬき、二人の子供に手をひかれて、いずくともなく立ちさる。「ひとのことを幸せな人だなどと言ってはいけない。あのひとを見るがよい」と合唱が起こる。

豪勇なベイオウルフは、伯父《おじ》なる王の宮殿を荒らし閣僚を殺す怪物グレンデル母子を海底の洞窟《どうくつ》に追いつめて殺し、伯父からよろこばれて、賞をもらって故国に帰り、自らの国を治め、繁栄をきずく。年老いたベイオウルフは、国を荒らす竜と闘い、殺すが、自らも傷つき死んでゆく。このように、上昇線を描く若々しい明るさが英雄的なのではなくて、下降線をたどって落ちるのが、ヒロイックなのだ。

　ギャツビーもある時代の英雄である。国民のために業績をなしとげるということはない。あくまで自分だけの夢を追求する。戦争中基地の将校と付近の町の若い娘とのロマンスがはじまり、結ばれる。ギャツビーは海外に出征し、ふたりは別れ別れになる。戦争がすんでもギャツビーはなかなか帰還できない。いっぽうデイジーは身近な生活に流されて、富豪の息子のトムと結婚する。ギャツビーはデイジーのことが忘れられない。ギャツビーは親からもらった名前を変え、現実の両親を否定し、自らプラトニックな存在だと考える。俗悪な美にも仕えなければならない、悲劇的な神の子である。このきわめて反自然主義的な発想から、ギャツビーは湖畔の美しいヨットや、恋人デイジーの立派な邸宅に、この世の美と魔力の姿を見て、自らも金の力によって、途方もなく大きな邸宅を構え、お伽《とぎ》話めいた豪華なパーティを開く。以前こうした環境をもたなかったために、失った恋人も、再び手に入れることができた。夢は実現したかにみえる。それも束の間、暑い夏の白日夢の仕業のように、デイジーが犯した殺人の責めに殉じ、あくまで俗悪な美の体現者デイジーの心をうることもないのに、なお全幅のやさしい愛情を捧げながら、自らも死にいたるのだ。英雄としてのギャツビーは、このように多くの人々の幸福のために力をつくしたのではないが、あくまでも青春の美と愛を夢みて身を亡ぼした下降に特色がある。

　ギャツビーに対する作者の同情は、強烈な想像力が描いた夢のデイジーと現実のデイジーとのくいちがいを、ギャッツビーは知っていたことを、ギャッツビーに言わせている二つの言葉で理解できる。

その夏いちばんの暑さをおして、ギャッツビーとニックが、デイジーの家に行き、トムと三人の心のもつれが強くなってきて、

「言うことが軽率だよ、彼女は」僕は思ったことを言った。「あの声にはいっぱい詰まっているね、なんていうのかな、その――」僕は言い淀《よど》んだ。

「金銭《かね》がいっぱい詰まってるんだ」彼はいきなり言った。

そうだったのだ。前には絶えて理解できなかった。彼女の声には金銭がいっぱいこもっている――抑揚する声の尽きることのない魅力、リンリンと鳴るその音、そのシンバルの歌はそれだったのだ。……（一六九―一七〇ページ）

べつの言葉は、カタストロフのあと、トムと自分へのデイジーの愛についてギャッツビーが語るところである。

「むろんほんのちょっとのあいだくらいは彼を愛したろうさ、結婚した初めてのときくらいはだな――でもそのときだって、僕のほうをずっと愛していたんだ、わかるだろう？」

突然、彼は妙なことを口走った。

「いずれにしても」と、彼は言った。「ほんの個人的なことだったんだ」

この事件を考える彼の考えかたに、はかり知れないほどの激しさがあったのだ、と思うよりほかに、この言葉をどう理解できようか？（二一三―二一四ページ）

にもかかわらず、現実の彼女を、夢のデイジーのイメージに包んで、飽くまで押しきった、献身的な、ひたすらなやさしさ。そのやさしさのゆえに壊滅した愛だった。悲劇を予知しつつも、自らそのなかに踏み入らずにいられないヒロイズムなのだが、それは理想を達成する手段方法が、狂躁《きょうそう》に歪《ゆが》んだ異常な時代に流されるまま、強く常軌を逸し、道徳を超えているゆえに、冷酷気紛れな社会全般と衝突して潰《つい》え去る運命にあるものだ。しかしそのヒロイックなロマンチシズムは、時代を流れ、個人を貫く人生の指標であることも現実なのだ。ギャツビーの生きた時代は、このロマンチシズムを閃光《せんこう》のように開花させ、しかも仇花《あだばな》として捨て去って容赦しない。

この小説は、そうしたロマンチシズムの無償性を、いっそう浮きたたせるために、終始その反証を、ほとんど非情なまでに追求して、情感を高めている。作品はこの単一な情緒に統一されて、あますところがない。どの単語も、どのせりふも、どの一節も、どんな出来ごと、どんな人物も、全体としての作品の、効果的、有機的な部分でないものはない。ロングアイランドとニューヨークの中間にある灰の山は、T・S・エリオットの「荒地」を思わせ、人生のむなしさを印象づけるが、その上に立ちはだかっている、眼医者の大きな広告は、情欲の象徴として、トムの情婦のマートルの登場と結びつき、最後にそのマートルの不倫に悩むウィルソンとオーバーラップする。灰をかぶった車の列は、機械文明の象徴にほかならない。突堤の尖端《せんたん》にかかげられた緑の灯火は、ギャツビーの夢のシグナルであったのだが、最後にはギャツビーを遡源《そげん》して、昔この大陸に第一歩を印したヨーロッパ人の夢のシンボルと化している。また梟《ふくろう》の眼のような眼鏡をかけた男や、クリップスプリンガーのような端役まで、最後にいたっても、いかに重要な役割を果しているか、注意されたい。フィッツジェラルドはフローベエルを超えて、キイツの詩によって、構成の完璧《かんぺき》と情感の美を学んだのだった。

この作品が出版された一九二五年はスポーツシャツが出はじめた年で、作中かっこでくくってある。それから六〇年以上が経ち、日本の読者も、ヘンリー・ジェイムズやフィッツジェラルドを読んでいる。村上春樹氏の『ノルウェイの森』の若い主人公が『グレート・ギャツビー』を読んでいる。「僕は気が向くと書棚から『グレート・ギャツビー』をとりだし、出鱈目《でたらめ》にページを開き、その部分をひとしきり読むことを習慣にしていたが、ただの一度も失望させられることはなかった。一ページとしてつまらないページはなかった」と。

第二次世界大戦後それまで国際文化の断絶があったあと、希望はもちつつも、孤独にもさらされていた異国での学生に、ギャツビーの孤独は絶えず頭の中で反芻《はんすう》された。

一九八九年二月

訳者

本書は、角川文庫旧版『夢淡き青春《グレート・ギャツビィ》』（一九五七年二月初版）、および『華麗なるギャツビー』（一九八九年八月改版）を底本として、新装改版しました。この際に、著作権継承者の了解を得て、タイトル表記を改め、本文も一部表記や表現を改めました。

なお、本文中に、今日の人権擁護の見地に照らして、不適切ともとれる表現がありますが、著訳者が故人であること、作品自体の文学性を考え合わせ、初版当時の訳をそのまま残している箇所があります。

（編集部）

グレート・ギャツビー

フィツジェラルド　大《おお》貫《ぬき》三《さぶ》郎《ろう》＝訳

昭和32年 2月20日　初版発行
令和4年 6月25日　改版初版発行

発行者●青柳昌行

発行●株式会社KADOKAWA
〒102-8177　東京都千代田区富士見2-13-3
電話　0570-002-301（ナビダイヤル）

角川文庫 23230

印刷所●株式会社暁印刷
製本所●本間製本株式会社

表紙画●和田三造

●お問い合わせ
https://www.kadokawa.co.jp/（「お問い合わせ」へお進みください）
※内容によっては、お答えできない場合があります。
※サポートは日本国内のみとさせていただきます。
※Japanese text only

ISBN 978-4-04-112652-3　C0197

角川文庫発刊に際して

角川源義

第二次世界大戦の敗北は、軍事力の敗北であった以上に、私たちの若い文化力の敗退であった。私たちの文化が戦争に対して如何に無力であり、単なるあだ花に過ぎなかったかを、私たちは身を以て体験し痛感した。西洋近代文化の摂取にとって、明治以後八十年の歳月は決して短かすぎたとは言えない。にもかかわらず、近代文化の伝統を確立し、自由な批判と柔軟な良識に富む文化層として自らを形成することに私たちは失敗して来た。そしてこれは、各層への文化の普及滲透を任務とする出版人の責任でもあった。

一九四五年以来、私たちは再び振出しに戻り、第一歩から踏み出すことを余儀なくされた。これは大きな不幸ではあるが、反面、これまでの混沌・未熟・歪曲の中にあった我が国の文化に秩序と確たる基礎を齎らすためには絶好の機会でもある。角川書店は、このような祖国の文化的危機にあたり、微力をも顧みず再建の礎石たるべき抱負と決意とをもって出発したが、ここに創立以来の念願を果すべく角川文庫を発刊する。これまで刊行されたあらゆる全集叢書文庫類の長所と短所とを検討し、古今東西の不朽の典籍を、良心的編集のもとに、廉価に、そして書架にふさわしい美本として、多くのひとびとに提供しようとする。しかし私たちは徒らに百科全書的な知識のジレッタントを作ることを目的とせず、あくまで祖国の文化に秩序と再建への道を示し、この文庫を角川書店の栄ある事業として、今後永久に継続発展せしめ、学芸と教養との殿堂として大成せんことを期したい。多くの読書子の愛情ある忠言と支持とによって、この希望と抱負とを完遂せしめられんことを願う。

一九四九年五月三日